中华典藏 全注全译本

国际儒学联合会教育系列丛书

诗经 上

李山 译注

丛书指导委员会主任
————滕文生 牟钟鉴 董金裕

总主编
————钱 逊 郭齐家

汉唐书局专家委员会审定

济南出版社 汉唐书局

图书在版编目（CIP）数据

诗经. 上 / 李山译注. —济南：济南出版社，2023.4
（中华典藏）

ISBN 978-7-5488-5577-4

Ⅰ.①诗… Ⅱ.①李… Ⅲ.①古体诗—诗集—中国—春秋时代②《诗经》—研究 Ⅳ.①I207.222

中国国家版本馆CIP数据核字（2023）第054428号

出 版 人	田俊林
丛书策划	付晓丽　冀春雨
责任编辑	李家成
专家审读	龙文玲
装帧设计	王铭基　谭　正

出版发行	济南出版社
地　　址	济南市二环南路1号
编辑热线	0531—86131747（编辑室）
发行热线	82709072　86131701　86131729　82924885（发行部）
印　　刷	山东彩峰印刷股份有限公司
版　　次	2023年9月第1版
印　　次	2023年9月第1次印刷
开　　本	170 mm×240 mm　16开
印　　张	15
字　　数	210千
印　　数	1—4000册
定　　价	58.00元

（济南版图书，如有印装错误，请与出版社联系调换。联系电话：0531-86131736）

总　序

中国共产党的二十大报告指出：我们必须坚定历史自信、文化自信，坚持古为今用、推陈出新，把马克思主义思想精髓同中华优秀传统文化精华贯通起来。2023年2月7日，习近平总书记在学习贯彻党的二十大精神研讨班开班式上发表重要讲话，指出：中国式现代化，深深植根于中华优秀传统文化。

中华优秀传统文化的显著特点是启发人的内心自觉，追求的是人的身与心、人与人、人与社会、人与宇宙自然的统一与和谐，表现出人的崇高的精神境界，其思想背后是中国人对天道、天命和道德人格典范的敬畏。中华经典记录了中华优秀传统文化的本和源、根和魂，是构成我们民族文化、民族智慧、民族心灵的庞大载体，是支撑我们民族生存、发展、创新的活水源头，是几千年来维护我中华民族屡经重大灾难而始终不解体的坚强纽带。中华经典是人生教育学典籍，或者说是人生的课本、教材，靠一代代中国人的诵读、解释，并在传承中发展、创造，在极深刻意义上参与塑成了中华民族的历史和生活世界。其中蕴含的天下为公、民为邦本、为政以德、革故鼎新、任人唯贤、天人合一、自强不息、厚德载物、讲信修睦、亲仁善邻等精神，是中国人民在长期生产生活中积累的宇宙观、天下观、社会观、道德观的重要体现，是地地道道的"中国式"。

济南出版社·汉唐书局以习近平新时代中国特色社会主义思想为指导，高度落实习近平总书记关于中华优秀传统文化的一系列重要论述，深度理解中华经典的根源与发展，联合国际儒学联合会组织全国中华优秀传统文化相关领域的专家学者，通过深耕细作，潜心编写，精心注译，严谨校对，专业编排，集结成册，向广大读者隆重推出"中华典藏"系列丛书。本丛书包括20种典籍，即《论语》《孟子》《大学》《中庸》《近思录》《周易》《道德经》《诗经》《史记》《孙子兵法》《孔子家语》《三字经》《百家姓》《千字文》《千家诗》《弟子规》《龙文鞭影》《声律启蒙》《笠翁对韵》《蒙求》，除经典原文、注释、大意（译文）外，还根据每部典籍的特点，设置了知识拓展、释疑解惑等。

终身学习、终身教育已经成了这个时代的常态。中华经典是"母乳"，是最具纯正、最富营养、最有价值的终身学习资源。中华经典是整体之学，是身心之学，是素养之学，是每一个中国人在这个动荡变革时代中培养定力、安身立命的大宝典。因此，中华经典的受益者不仅仅是在校的老师和学生，还包括各级各类领导干部、工农兵学商等各行各业人员（如企业家、工厂工人、手工业者、新农村建设者、解放军官兵、科研工作者、医务工作者等），以及海外侨胞、留学生。

中华民族的祖先曾追求这样一种境界：为天地立心，为生民立命，为往圣继绝学，为万世开太平。我郑重将"中华典藏"这套普及性丛书推荐给读者，希望我们这个团队经过近十年共同奋斗所凝结的智慧，走向大众，让诵读中华经典的琅琅之声传遍祖国的大江南北，让我们每个人心中有山河，心中有宇宙，心中有父母，心中有圣贤，心中有家国天下，心中有我们中华民族的精神，心中有我们中国人的本心、本性。让我们全民为实现中华民族的伟大复兴与构建人类命运共同体凝聚智慧、贡献力量。

是为序！

郭齐家

2023年2月于北京回龙观寓所

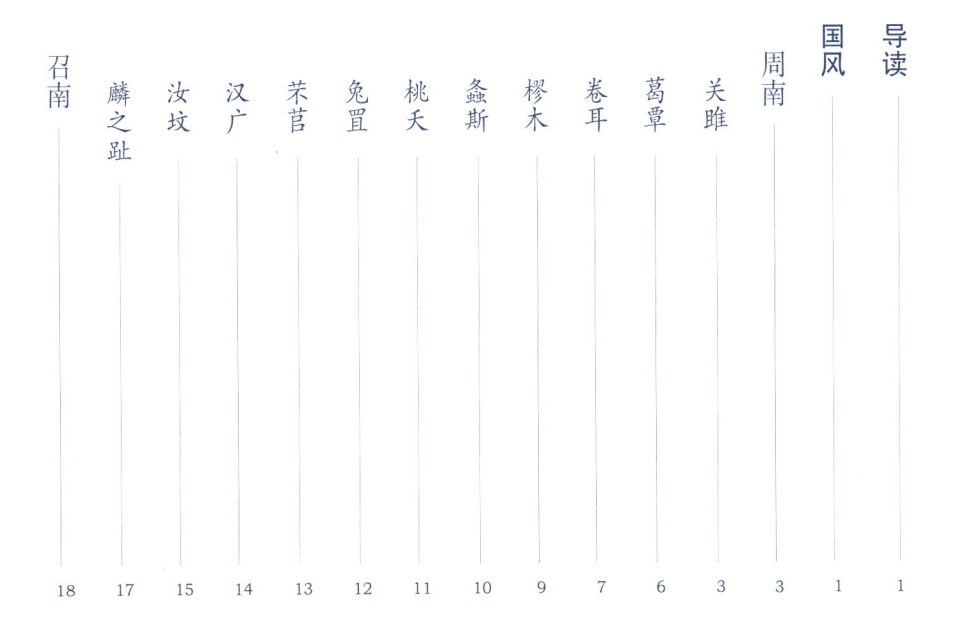

目录

篇章体例
◎ 原文
◎ 注释
◎ 章旨
◎ 解读

导读	1
国风	1
周南	3
关雎	3
葛覃	6
卷耳	7
樛木	9
螽斯	10
桃夭	11
兔罝	12
芣苢	13
汉广	14
汝坟	15
麟之趾	17
召南	18

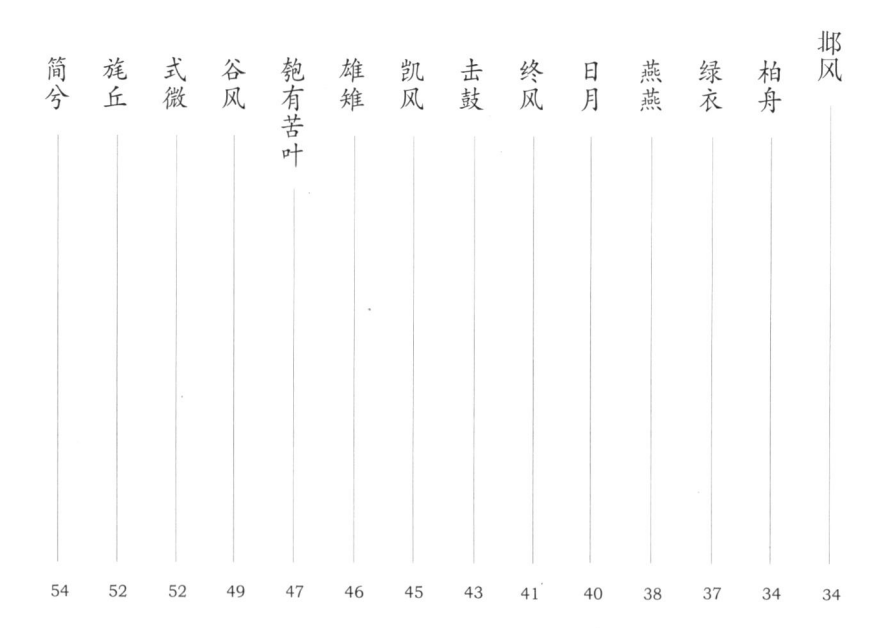

鹊巢	18
采蘩	19
草虫	20
采蘋	21
甘棠	22
行露	24
羔羊	25
殷其雷	26
摽有梅	27
小星	28
江有汜	29
野有死麇	30
何彼襛矣	31
驺虞	32

邶风	34
柏舟	34
绿衣	37
燕燕	38
日月	40
终风	41
击鼓	43
凯风	45
雄雉	46
匏有苦叶	47
谷风	49
式微	52
旄丘	52
简兮	54

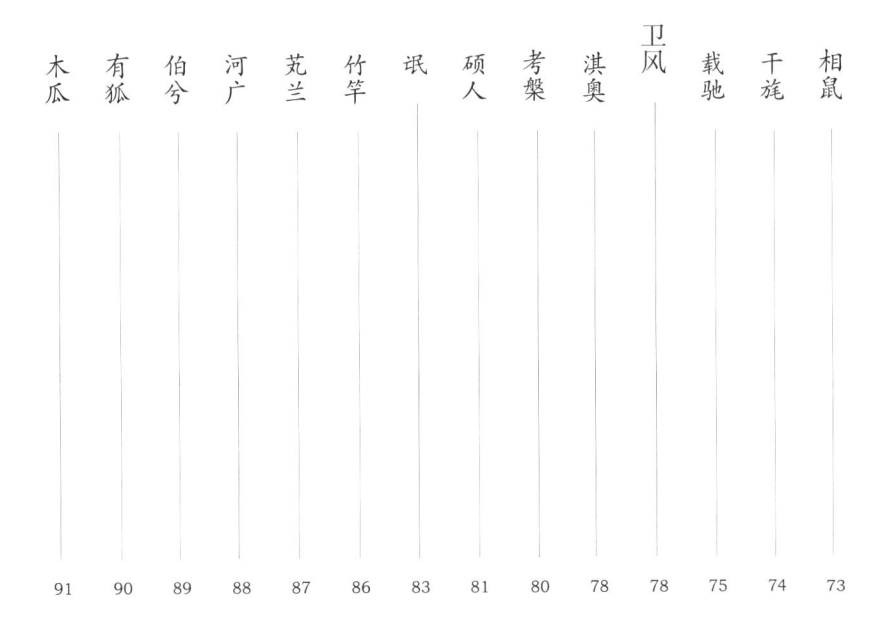

目录

泉水	55
北门	58
北风	59
静女	60
新台	61
二子乘舟	62
鄘风	64
柏舟	64
墙有茨	65
君子偕老	66
桑中	68
鹑之奔奔	69
定之方中	70
蝃蝀	72
相鼠	73
干旄	74
载驰	75
卫风	78
淇奥	78
考槃	80
硕人	81
氓	83
竹竿	86
芄兰	87
河广	88
伯兮	89
有狐	90
木瓜	91

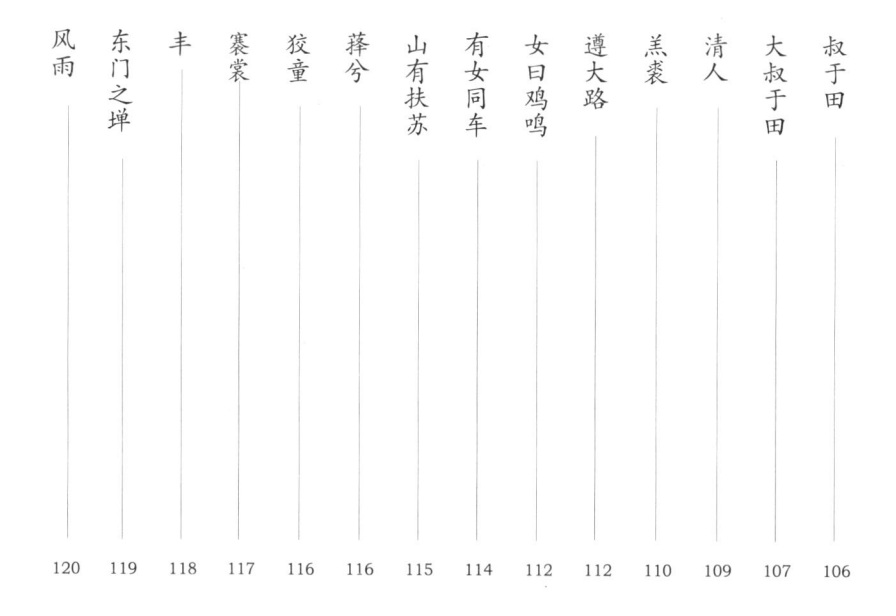

王风

篇名	页码
黍离	93
君子于役	94
君子阳阳	95
扬之水	96
中谷有蓷	97
兔爰	98
葛藟	99
采葛	101
大车	102
丘中有麻	103

郑风

篇名	页码
缁衣	104
将仲子	105
叔于田	106
大叔于田	107
清人	109
羔裘	110
遵大路	112
女曰鸡鸣	112
有女同车	114
山有扶苏	115
萚兮	116
狡童	116
褰裳	117
丰	118
东门之墠	119
风雨	120

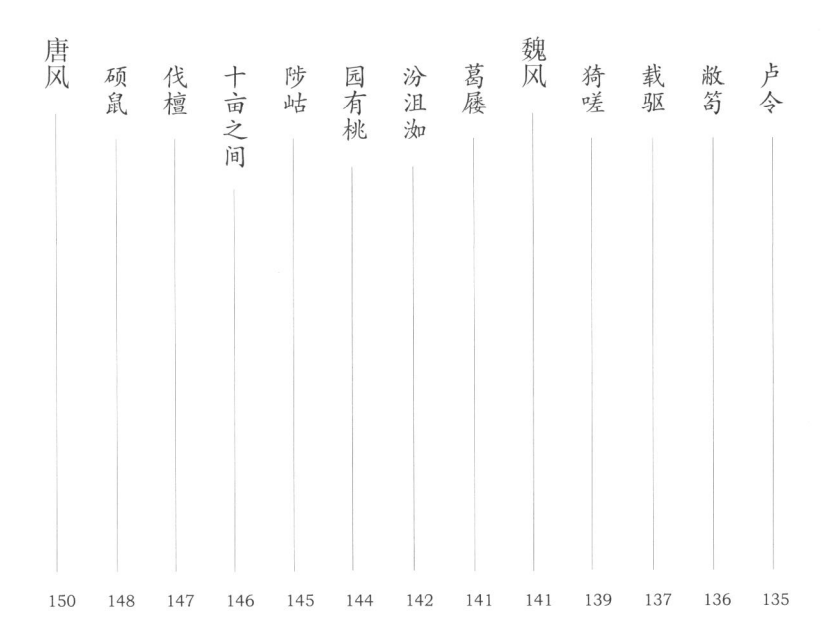

子衿	121
扬之水	122
出其东门	123
野有蔓草	124
溱洧	125
齐风	
鸡鸣	127
还	127
著	128
东方之日	129
东方未明	130
南山	131
甫田	132

卢令	134
敝笱	135
载驱	136
猗嗟	137
魏风	
葛屦	139
汾沮洳	141
园有桃	141
陟岵	142
十亩之间	144
伐檀	145
硕鼠	146
唐风	147
	148
	150

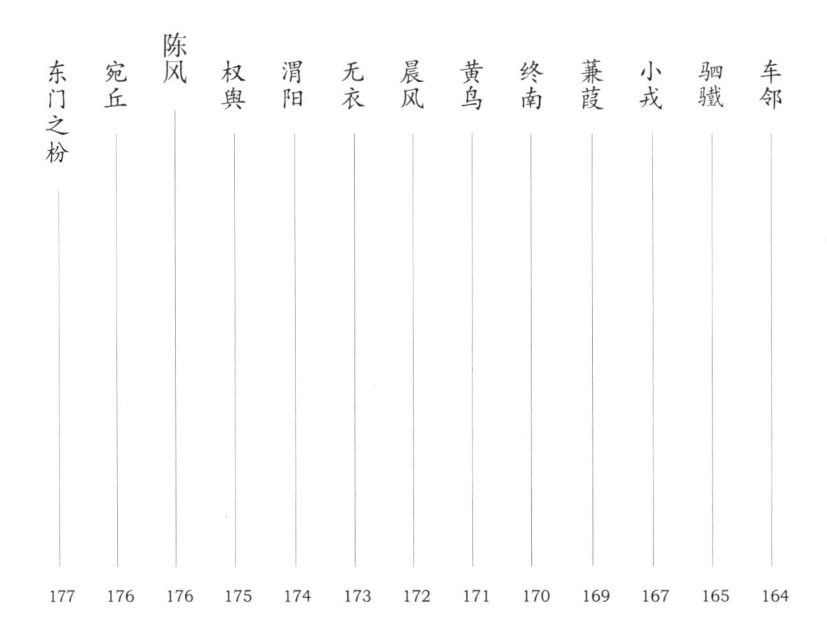

篇名	页码
蟋蟀	150
山有枢	152
扬之水	153
椒聊	154
绸缪	155
杕杜	156
羔裘	157
鸨羽	158
无衣	159
有杕之杜	160
葛生	161
采苓	162
秦风	164
车邻	164
驷驖	165
小戎	167
蒹葭	169
终南	170
黄鸟	171
晨风	172
无衣	173
渭阳	174
权舆	175
陈风	176
宛丘	176
东门之枌	177

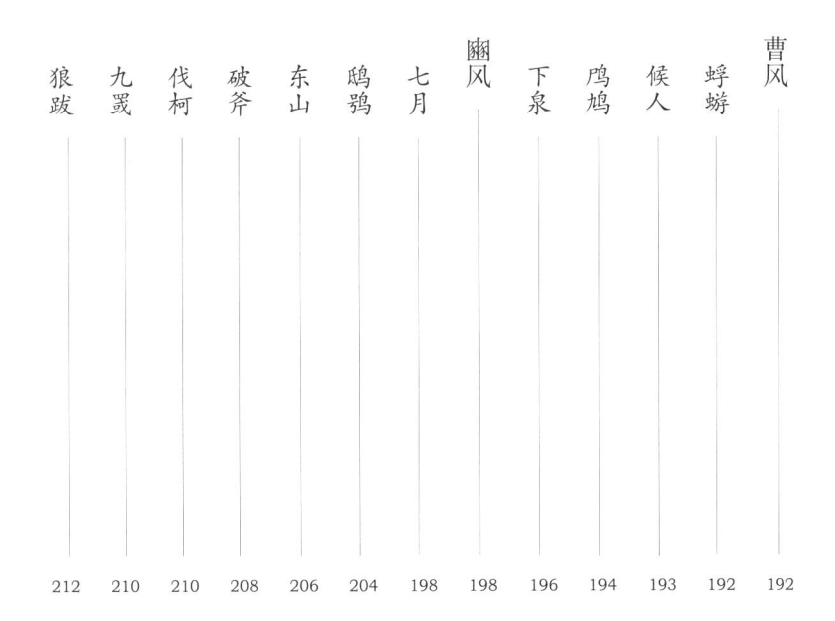

目录

衡门 … 178
东门之池 … 179
东门之杨 … 181
墓门 … 181
防有鹊巢 … 182
月出 … 183
株林 … 184
泽陂 … 185

桧风
羔裘 … 187
素冠 … 187
隰有苌楚 … 188
匪风 … 189

曹风
蜉蝣 … 190
候人 … 192
鸤鸠 … 192
下泉 … 193

豳风
七月 … 194
鸱鸮 … 196
东山 … 198
破斧 … 198
伐柯 … 204
九罭 … 206
狼跋 … 208
  … 210
  … 210
  … 212

漢唐書局

导　读

一、《诗经》是什么

常见的定义是：《诗经》是我国古代第一部诗歌总集。

这样说一般而言是正确的，因为今天读到的《诗经》确实是一部诗歌的集子。可问题也不小，最重要的是隔膜，即由此带来的误解。什么误解？说《诗经》是"集"，容易把《诗经》等同于后来"李白诗集""杜甫诗集"中的诗篇集子。当成李白、杜甫"诗集"中的篇章来看，又有什么问题？《诗经》这部作品，特别是其中有些篇章，原为西周"礼乐"的有机部分，把《诗经》当"集"看，很容易忽略这一重要的特点，因而在解读上出现偏差。这样说笼统，就让我们举一首诗篇为例来说明。这首诗见于《周颂》的《敬之》篇：

敬之敬之，天维显思，命不易哉！无曰高高在上，陟降厥士，日监在兹。维予小子，不聪敬止？日就月将，学有缉熙于光明。佛时仔肩，示我显德行。

《毛诗序》说："《敬之》，群臣进戒嗣王也。"说"戒嗣王"，与前六句相合，可是后六句呢？"维予小子"云云，很明显不再是大臣的"戒"，而是对"戒"的应答。所以，若是一味照着《毛诗序》的解释，这首诗有一半就难以解释通顺。稍微认真地观察一下这首诗篇，很明显，诗篇的歌唱出现了两个抒情主体：前六句为大臣，后六句则是周王。这就是问题所在。一首诗中怎么有两个主体发声呢？宋代朱熹就觉得《毛诗序》说法不通，因而他的《诗集传》将诗篇的理解改为："成王受群臣之戒，而述其言曰'敬之哉……'"。可照这样解诗篇又成了先以周成王口吻叙述大臣告诫，然后成王再加以回答的"一首诗"了。不还是很别扭吗？不难看出，《毛诗序》与《诗集传》一样，都相信《敬之》是一个人的诗。本来诗中含有两种声音，《毛诗序》只承认一半——大臣的陈戒；朱熹则承认另一半——周王答词，其实两者都是"半身不遂"。

问题就出在他们都是按后来诗人赋诗言志的创作模式来理解《敬之》的。是的，后世诗人的诗歌篇章不会出现"两个诗人"在那里说话的现象。就是写"对话体"的乐府体类的诗，也是抒发诗人一个人的心情想法，不会出现"两个诗人在说话"这样的怪事。也就是说，应该统一在一个抒情主体之下，而不能像《敬之》这样。

《敬之》原本就是表现大臣和君主的"对唱"，而将这对唱联系起来的则是新王登基的隆重典礼。这是先辈学者傅斯年先生发现的。傅斯年先生根据《尚书·顾命》篇西周新王登基有大臣对新王陈戒、新王作答词的记录，证明《敬之》是一首新王登基典礼的君臣对答的诗篇。毫无疑问，这是尊重了诗篇文本自身显示的说法。① 按照这样的理解，《敬之》应该如下分章：

大臣：敬之敬之，天维显思，命不易哉！无曰高高在上，陟降厥士，日监在兹。
新王：维予小子，不聪敬止？日就月将，学有缉熙于光明。佛时仔肩，示我显德行。

这就是笔者所要强调的：《诗经》是礼乐的"组成部分"。今天所见的诗篇，在当初属于典礼程序不同环节的歌唱，后来典礼消失，同一典礼上不同抒情主体的歌唱被抄在一起，看似一首诗歌，其实是两首歌或几首歌。即如《敬之》，前者表达的是臣民对新王的希望，后者则是新王对臣民希望的表态。这就是典礼歌唱的"歌以发德"。诗就是出自一个人之手，也是分别为两类抒情主体分作的歌词。麻烦的是，后来典礼消亡，人们把典礼中的不同人物的唱词抄在一起，就成了一首诗。再后来的古代注家不加分辨地以"一首诗"的眼光解读，就难免扞格难通了。这就是不假思索地将《诗经》视为"诗集"的结果，理解上难免出问题。

---

① 傅斯年：《傅斯年文集：〈诗经〉讲义稿》，上海：上海古籍出版社，2012年，第21—51页。

◎ 导读

二、《诗经》中的"礼乐"

说《诗经》是"礼乐"的一部分，还不仅是上述所讲。除《敬之》之外，还有一首是《周南》中的《卷耳》篇。

这首诗也是含着两个主体的抒情。其第一章是：

采采卷耳，不盈顷筐。嗟我怀人，置彼周行。

很明显是女子怀念丈夫的情态。可是接下来的三章：

陟彼崔嵬，我马虺隤。我姑酌彼金罍，维以不永怀。
陟彼高冈，我马玄黄。我姑酌彼兕觥，维以不永伤。
陟彼砠矣，我马瘏矣。我仆痡矣，云何吁矣。

三章不外一个意思：因想登高望乡而累病了马、累病了仆人。为此，诗中人还借酒浇愁。诗到最后一章写终于登上了高山，可还是因为太远而望不到家乡。第一章如上所说是写女子思念远人；而这三章所写的诗中人，又是驾车，又是饮酒，明显是怀乡男子的歌吟。这也是"一首诗"含着两个抒情主体。这样的"一首诗"，也同样是难坏了历代的注解家。

其实，这也是一首"各说各的"互表心思的"两首歌"。新近出土的战国竹简文字《孔子诗论》"卷耳不知人"的说法颇可为证。《孔子诗论》的"不知人"一句，句法如同《论语》中的"以不教民战是谓弃之"。"不教民"即"没有教过的民"。"不知人"不是"不知道他人"，而是"不相知"的意思。"知"在这里做"接"，也就是交集、交流的意思。①《孔子诗论》这话说的是：《卷耳》是两个久别夫妻"各在天一隅"的歌唱，只是互相思念，并非面对面的情感交流。就是说，与《周颂》的《敬之》一样，《卷耳》虽也是短短的

---

① 马瑞辰《毛诗传笺通释》："《墨子·经上》篇曰：'知，接也。'《庄子·庚桑楚》篇亦曰：'知者，接也。'《荀子·正名》篇曰：'知有所合谓之智。'凡相接、相合皆训匹。"

3

"一首诗",却需要分成两篇来读。《敬之》的君臣对唱是对应新王登基的典礼,那么《卷耳》的夫妻对唱又对应的是哪种典礼呢?这是个问题。

西周新王的继位登基典礼,是有相关文献记载的,可是《卷耳》互表思念的"对唱",按说应该是有其特定的典礼,然而这在文献记载上却踪影全无。然而,这正显示的是《卷耳》诗篇的独特价值:可以补充既有文献关于周礼记载的不足。《卷耳》虽是一首诗篇,却同样具有历史文献的价值,《卷耳》"对唱"实际可以丰富我们对西周"礼乐"的理解。而且,更重要的是《卷耳》篇"男女对唱"的歌吟,表现的是"礼乐"作为上层建筑文化的一项重要内容:协调家与国、人伦与政道之间的龃龉,即古语所谓"忠孝不得两全"一类的伦理冲突。任何社会都会存在这样的冲突,《卷耳》及《诗经》其他类似题材的篇章,给我们展现出礼乐文明处理这样一种冲突的独特样态。

三、《诗经》与文明进步

由上简单的举例,就可以体会到这样一点:作为礼乐的《诗经》,是体贴着情感来的。而且这种情感很现实、很"人世",这正是文明进步的精神结果。

《诗经》出现之前很久,先民就会唱歌了。然而,记录歌唱的诗篇却从距今三千年左右开始(《诗经》最早的《周颂》篇章,年代就在此期),这显示的是文明的进步与提升。这还涉及《诗经·商颂》的年代问题。《商颂》诗篇共五首,自古以来就有人认为《商颂》五首是殷商时期的作品,这样的说法在今天仍有众多信从者。关于这个问题,在此不多谈。笔者是不相信《商颂》为商代作品的。笔者以为20世纪王国维《说商颂》(上、下篇)提出的商颂"盖作于宗周中叶"以及西周中期的说法是中肯,可以信从的。因为王先生的文章,取证有新材料,论证也更合理。笔者之所以相信这一说法,也还有其他考虑,这是下面要讲的。先请看一段记载,见于《左传·襄公十年》:

宋公享晋侯于楚丘,请以《桑林》。荀䓨辞。荀偃、士匄曰:"诸侯宋、鲁,于是观礼。鲁有禘乐,宾祭用之。宋以《桑林》享君,不亦可乎?"舞,师题以旌夏,晋侯惧而退入于房。去旌,卒享而还。及著雍,疾。卜,桑林见。

◎ 导读

"宋公"为春秋中后期的宋国君主,"晋侯"即晋悼公,晋国一代有为之主,"荀䓨""荀偃"和"士匄"为晋大臣。"著雍"为地名,"桑林"为宋国保存的古老殷商舞乐。据《吕氏春秋》等文献记载,据说商汤得天下后,久旱不雨,无奈,"商汤以身祷于桑林",因而有"桑林之舞",是商朝级别很高的乐舞。其名又见于《庄子·养生主》,说明它应该保存到很晚近的时候。上举《左传》说宋君为取悦霸主晋侯,主动为他表演"桑林"之舞。表演开始时,宋国人打出一种叫"旌夏"的旗帜,结果"旌夏"果然"惊吓","晋侯惧而退入于房"。堂堂一国之君竟然被舞乐吓得魂不守舍,逃离舞乐现场,以至于生病,"桑林"舞乐的阴森恐怖,也就可以大体领略了。

这就是殷商文化的阴森鬼魅气息。商汤之舞如此,后来的商朝文化气息也没有大的变化,这可以从考古发现中得到印证。例如在殷墟发现的殷商高级贵族墓葬,一次殉葬就用了390人;又据考古工作者对殷墟乙组21座建筑发掘,发现建筑仪式被杀掉的人,竟高达641名![1]为建筑祈福而用人做牺牲这样糟糕之事可谓由来已久,从新石器时代就开始了。但是,如此大规模地用人牲,商代贵族应该算是变本加厉。这表明什么?只表明殷商人的精神还处于鬼魅缠身的状态。殷商固然有发达的青铜器制造等等,但是物质文明发达,并不代表内在的心灵世界文明程度提升了,相反,论内心世界的文明,殷商还处于巫觋文化阶段。

那么,西周时期的殉葬制度是不是还这样呢?从考古发掘来看,周人墓葬中用人殉葬的现象虽不能说弊绝风清,确实是大大减少。《左传·僖公十九年》说,周人祭祀信奉"六畜不相为用"的原则,这与"人牲"是相违的。殷商时期为建筑宫殿可以杀掉六百多人,西周大型贵族建筑遗址近年颇有发掘,却未见杀人祭奠的现象。这就是文明的进步,就是对鬼魅缠身精神状态的摆脱,因为不用他人为宗教祭祀献身,是尊重生命的表现。《诗经·小雅》中也有一首表现建筑房屋的诗篇,是建筑竣工时的礼乐诗篇,可以让我们领略一下,不用人的生命为建筑祈福的周人展现了怎样的心灵状态与生活情调。这首诗就是《诗经·小雅·斯干》:

---

[1] 宋振豪:《夏商社会生活史》,北京:中国社会科学出版社,1994年,第80页。

秩秩斯干，幽幽南山。如竹苞矣，如松茂矣。兄及弟矣，式相好矣，无相犹矣。
似续妣祖，筑室百堵，西南其户。爰居爰处，爰笑爰语。
约之阁阁，椓之橐橐。风雨攸除，鸟鼠攸去，君子攸芋。
如跂斯翼，如矢斯棘，如鸟斯革，如翚斯飞，君子攸跻。
殖殖其庭，有觉其楹。哙哙其正，哕哕其冥。君子攸宁。
下莞上簟，乃安斯寝。乃寝乃兴，乃占我梦。吉梦维何？维熊维罴，维虺维蛇。
大人占之：维熊维罴，男子之祥；维虺维蛇，女子之祥。
乃生男子，载寝之床。载衣之裳，载弄之璋。其泣喤喤，朱芾斯皇，室家君王。
乃生女子，载寝之地。载衣之裼，载弄之瓦。无非无仪，唯酒食是议，无父母诒罹。

诗篇年代大体为西周宣王时，属于"歌唱生活"的作品。诗篇一开始从房屋建筑的周围景物写起，营造出一派美丽的光景。"秩秩斯干，幽幽南山"是说房子近处有清澈流水，远望则为清幽的终南山色。诗情画意的景与情交融，是中国诗歌文学灵魂性的东西，就是所谓的"意境"，它在《斯干》开始的短短两句中出现了。继而是比兴手法。诗篇先对房屋建筑作总体的形容与象征："如竹苞矣，如松茂矣。"建筑的群落，像丛生的竹子，如茂盛的松柏。诗篇的比拟是"绿色"的，以丛竹、松柏比喻房屋建筑的密集高耸，很奇特，突出的是建筑的生气。在这样的好环境中，"兄及弟矣，式相好矣，无相犹矣"。"犹"，图谋也，尔虞我诈也。诗句是说，住在这样的好环境里，兄弟之间更容易和睦相处、团结一心。

第二章"似续妣祖"章是讲建筑房屋的地方不是新占的，不是抢夺来的，而是继承的祖业。在这样的祖业福田里"爰居爰处，爰笑爰语"，是幸福的，充满欢声笑语的。第三章，则从房屋建筑的实用角度着笔。先说建筑时的着力及所成屋墙的坚实："风雨攸除，鸟鼠攸去。"屋墙舍宇能遮风避雨，还能免于鸟雀和老鼠的侵扰，在这样的房檐下居住当然安好无比了。写房屋说到鸟鼠，浓厚的生活气息扑面而来。房屋单讲究实用，意味上就未免寡淡枯燥了，建筑还要讲究表现生活理想、趣味的形态、姿致，这就是第四章所表达的。第五章"殖殖"几句表现房屋厅堂的明暗大小，楹柱的高大。建筑讲究居住得舒适，这就涉及房屋大小、明暗的安排,诗章实际是说建筑的房屋该大的大,该小的小,该明的明,该暗的暗。诗人很懂生活。

写建筑本身,至此已经差不多。不过诗篇并没有就此结束,而是柳暗花明,再现一境,以表达吉祥如意的祝福。这就是第五章之后四章所写的。诗人"无中生有",忽然托出一个梦境,并由此梦境表达对生男生女、多子多福的祝祷。最后一章"载弄之瓦"云云,未免重男轻女,是一点今人看来的瑕疵,倒也不必苛责。值得重视的是诗篇对生活现象的观察与想象,以及流露出来的热爱生活的情趣。

诗篇值得拿出来单说的是第四章:"如跂斯翼,如矢斯棘,如鸟斯革,如翚斯飞。"博喻联翩,基本把后世中国古典建筑的审美理想表达出来了。"如跂斯翼",形容主要建筑的正面形状:如展开双翅的鸟儿,是从正面看建筑的观感。"如矢斯棘",是表现建筑边角齐整。接下来的后两句,则是表现建筑的飞动之势,极富神采。强调建筑结实耐用、遮风挡雨,是表其"风雨不动安如山"的一面,可以说所有人类建筑都有这样的追求。奇妙处在"如鸟斯革,如翚斯飞"(两翼张开)两句对建筑整体飞动之感的描绘。上一章强调结实厚重,是写实用,这一章则是状房屋的飞动升腾之感。中国古典建筑的审美理想,就在诗篇这种厚重与飞动的辩证表述中诞生了。安重与灵动相辅相成,不正是后来古典建筑着意追求的理想?这或许是诗人的观察,更可能是出于想象。因为据考古发现,西周时期高等级建筑屋顶部分"飞起来"的样态,并不是很明显。当然,这也可能是考古发掘有限。不过,再过一两百年,比如到战国时,一些器物图案显示的古代建筑,其飞檐斗拱的灵动形态已经是明显存在了。[①]这一越到后来实现得越充分的审美理念,在《斯干》这首较早的诗篇中,就已被道破了!既要结实厚重,又要飞起来,这正是古典建筑区别于其他民族建筑的特点。因此也未尝不可以说:诗篇为古典建筑立了法。

这就是《小雅·斯干》这首诗所呈现的周人充满审美情趣和生活气息的精神状态。鬼魅缠身的精神状态,是不会这样睁开审美之眼欣赏建筑远近优美环境

[①] 扬之水:《诗经名物新证》,北京:北京古籍出版社,2000年,第134—163页。

的，不会这样描绘建筑本身的姿态，不会这样表达对生活的祝福。诗篇还属于典礼的歌唱，所依附的礼仪，按《毛诗序》说法是："宣王考室也。"就是房屋宫室的落成典礼。若按照后世房屋建筑落成典礼习惯，诗篇的"考室"不是彻底竣工之际，而是为房屋建筑即将封顶之时，就是说诗篇可能是最早的"上梁文"之类的典礼乐章。不论如何，典礼用优美的诗篇，是心灵从巫觋状态解放后所达到的自由，显示的是西周礼乐文明所达到的高度。有人说今天《商颂》的五首诗篇为商代诗篇，那么，就看一下《商颂》中《殷武》篇的最后一章，也描述了宋国人的宫殿建筑："陟彼景山，松伯丸丸（树干挺直光滑貌）。是断是迁，方斫是虔（砍削）。松桷（方椽）有梴（修长貌），旅楹有闲（高大），寝成孔安。"这样的遣词造句、这样诗意、这样的歌声，不是更接近《斯干》吗？

不论如何，周人是用美丽的诗篇祝福建筑，与殷商人建筑宫殿用数百的人命做牺牲差距巨大。于是，需要追问的是，当时的历史发生了怎样的剧变，才有如此的文明跨越与提升？

四、历史瓶颈得以突破的精神成就

要弄清这个问题，需要把眼光放远一点。

《逸周书》和《史记》都记载了这样一件事：周武王克商，大家都在庆祝，可是周武王却忧心忡忡。原来，他登高一望，眼见众多的殷商遗民，心事重重。《逸周书》说他"具明不寝"，即彻夜未眠。第二天，周公旦来见武王，周武王就向周公提出了两点建议：一、在雒邑（今洛阳）建立周王朝的新都城；二、由周公来接自己的班。武王身体不好，而自己的太子，就是后来的周成王年纪太轻，所以他想在继位问题上，搞"兄死弟及"，殷商有这样的先例。第二点当时就被周公拒绝了，可是第一点，在三四年周武王去世后，得到落实。上面的第一点，即在洛阳建立王朝的新都城，看似简单，实际涉及一个很大的历史难题，那就是如何使新的周王朝为天下人所接受。这其中自然也包括众多的殷商遗民。

人们会说周武王想在雒邑建新王朝都城，是从军事控制的角度着眼，因为对周人而言，要控制东方，雒邑正处在十分有利的位置（后来在陕西一带建都的汉唐，洛阳的地利也是如此）。这样说当然不错，也许当年周武王登高一望而心事重重、彻夜难眠，考虑的就是如何有效控制人数众多、地处东方的殷商遗民。然而，不论周武王当时怎么想，当西周初期周人大张旗鼓地在雒邑而不是在镐京优先建立新的王朝都城时，①的确可以获得更多、更大的意义。稍后周人历史文献也正是从这"更多、更大"的意义方面，来诠释雒邑新都意义的。这就是"天下"，是"海隅苍生"的"天下"。"天下"实际是一个无限大的概念，其空间是当时人目力无所及的范围，同时作为一个生存空间的指称，又关涉所有的人群。同时，与无限大的"天下"相伴，天下"中心"的观念也随之形成。

这个"中心"就在今天的洛阳。早在新石器时代的晚期，洛阳一带就成为当时文明中心区域的一部分。大约从夏代开始，洛阳一带就被视为"天下中心"了。②而天下"中心"的一个重要含义，就是洛阳这里可以"依天室"（《逸周书·度邑解》），即最方便"绍上帝"（《尚书·召诰》）即敬奉上天。就是说，洛阳作为"天下中心"，也是距离天、上帝最近的地方。由此，周人"宅兹中国"（西周早期器何尊铭文）、在这里建新都，也是方便天下人的宗教生活。周人克商获得天下，并不是周人一家一姓的胜利，而是天下人的胜利。这便是建都雒邑的要义，参阅当时的文献，起码周人是这样宣示的。当周人这样解释他们新王朝都城建设时，背后蕴含着一种观念的更新，那就是周人要与天下人取得和解，以"天下"可以接受的方式治理"海隅苍生"。换言之，周人这样做，是想以不同于夏商的方式统治"天下"。

要理解这一点，还得从过去说。

考古发现表明，从大约距今七八千年开始，黄河流域、长江流域以及辽河地域，就分布着大量农耕文化人群。举其大端，在黄河流域，其上游有甘青彩陶文化；中游地区有仰韶文化，其发源时间最早，下游山东泰沂山地一带，则有大汶口文化、龙山文化的前后相继。在长江流域，其上游有大溪文化人群，中游的江汉平原有屈家岭文化，下游则有河姆渡文化、良渚文化等。在辽河流域平原山

---

① 西周克商之前不久的都城是丰、镐，见《诗经·大雅·文王有声》篇。克商之后，据《尚书》等记载，大规模的都城建设是东都雒邑。关于这个问题，可参看日本学者白川静《西周史略》（袁林译，三秦出版社，1992年，第47—53页）的相关论述。

② 李学勤：《失落的文明》（傅杰编），上海：上海文艺出版社，1997年，第114—115页。

地，也有红山文化。众多文化区域，其间有些也会有相互的交流影响，但基本上为多元发生，齐头并进。可是向后发展，历史开始进入"铜石并用时代"（大约公元前3500年），在华北平原和江汉平原，即在华夏文明的中心区域，又演变成"华夏、东夷和苗蛮"三大文化区域并立的状态。再后来文明的演进进入到夏、商时期，随着王朝建立，历史进入新阶段。从夏开始，王朝政治建立了，发展到商王朝，政治的版图空前广阔。然而，若是将夏、商理解为"天下一统"的王朝，就像后来的秦汉隋唐王朝那样，却是忽略了我们是"大地域建文明"的中华文明史基本特点，是很不切实际的。

实际上，当时在中原地区王朝政治是建立了，可是对于周围众多的其他人群，还很难说就做到政治文化上的统一。统一的努力是巨大的，然而在方法上，却颇为简单，基本就一个字：打。打，即战争征服。看《尚书》中记载夏朝初期历史的《甘誓》篇，当时一个称有扈的人群不服从王朝，王朝即兵戎相加，而且下达的命令是："剿绝其命。"强大的殷商王朝，照样没有改变夏代以来的统一策略。甲骨文显示，殷商王朝与十多个方国保持着战争状态。[①]而用于祭祀的大量"人牲"，据说主要来自征战的俘虏。

王国维《殷周制度论》说商代王朝与各地方国"君臣关系未定"，指的是这种征战关系。征战手段对形成王朝政治的"一统"不能说没有效果。文献记载，夏王朝初建，禹举行涂山大会，据说执玉帛来朝者有一万邦国。商汤建国，诸邦朝拜，就只有三千了。到周武王灭商时，《史记》说"诸侯不期而会者八百"。由此不难看出，族群林立的状态已经大为改观。人群互相征伐，"大不字（爱）小，小不事大"（《左传·哀公七年》），越打越少。然而，战争淘汰后的却是强硬者。"一统"的进程会因此而越发艰难，实际到殷商后期，这重重艰难，已经表现在殷商贵族的精神状态中，那就是上面所说的"鬼魅缠身"的表现，其实也是历史发展遭遇瓶颈时的精神表现。

《史记·周本纪》说周武王是联合了"八百"诸侯一起灭商的。当他登高一望，眼见众多的殷商遗民，难道他就不会想到：配合自己灭商的"八百"诸侯

[①] 王玉哲：《中华远古史》，上海：上海人民出版社，2000年，第374—390页。

（其实都是政治没有真正统一的方国），也有可能哪一天联合起来灭掉自己的王朝吗？无论如何，一位靠着战争战胜前朝的政治领袖，考虑在"天下中心"建立新都，在这里"定天宝，依天室"（《逸周书·度邑解》），即依靠着上天的神威安定天下，表明他已经开始试图谋求以某种精神力量，而不是以赤裸裸的武力经营天下的新途径了。这就是历史瓶颈得以突破的亮光。

随后，雒邑建成了。经由《诗经》的篇章解读，我们还会看到，正是在雒邑这个被视为天下"中心"的"新邑"，最早上演了向"天下"宣示和平，亦即文德政治的治国大策。大约与此相先后，大规模的封建实施了。周家及周家的同盟贵族被分封，大致西起陕甘，东到泰山南北，北自燕山、南达江汉地区。封邦建国，守住战略要地，从而从根本上消除各地人群造反的可能。然而，单靠这样的"体国经野"，并不能真正令辽阔地域上众多人群实现文化上的统一。一个统一的文化人群的缔造，必须在文化上、在生活的趣味上、在人生追求的最高精神的方向上，形成统一的价值系统，从而塑造一个文化人群共同的心理结构、情感样态。文化统一的具体表现就是精神凝聚。这倒不用担心，实际上，从西周开始，一种新文化伴随着封建制度的实施，逐渐创造了出来，那就是西周礼乐文明。

礼乐文明在当时是一种崭新的文化。而"礼乐"一词，最早见于《论语》。孔子说："礼云礼云！玉帛云乎哉？乐云乐云！钟鼓云乎哉？"这样说，很明显是反感那些视"礼乐"为"玉帛""钟鼓"等物质的见识。可是，礼乐在表现形式上的确有一套物质的形态，而且像孔子提到的"钟鼓"之"钟"，其制造在西周时期，还代表着物质生产的高科技，"玉帛"的价值也十分贵重。此外，"礼乐"还有在"钟鼓"伴奏下的动作仪态，亦即仪式等等。然而，回到孔子"礼云礼云"的本意，当然是强调"礼乐"中所含有的精神。要了解这"礼乐"的精神，可以研读记载当时各种礼仪的文献，如《仪礼》《礼记》等，还可以辅之以金文材料，然而这样的研求，只会得到"礼乐"的外部表现，难免孔子"礼云礼云"之讥。另一条可达礼乐精神内涵的则是研读《诗经》的篇章。道理很简单，因为当时《诗经》的许多篇章都是礼乐仪式上"歌以发德"的歌声，就是西周一些总要典礼的意义，是歌声来宣示的，这也就是"歌以发德"的意思。在这里，倒不妨把本书下面将要讲到的一些精神线索简单一提：

读《诗经》，可以了解我先民经由农耕实践在人与自然方面建立的稳定的观念认同；

读《诗经》，可以了解在最初的文明人群缔造时，胜利者、强者对失败者及众多弱小者的包容；

读《诗经》，可以了解家庭在人群联合中所起的作用及在社会中的地位；

读《诗经》，可以了解先民在处理自己与周边人群战争冲突时所取的意态；

读《诗经》，可以了解先民在平复"家"与"国"出现龃龉时所采用的方式；

读《诗经》，可以了解先民在协调社会上下关系问题上所具有的智思。

以上六个方面，其实就是一个民族文化精神传统的基干。它们经由《诗经》的传承，深远地影响着后来的人们。

此外，《诗经》还记录了那个创立了文化传统时代在结束时的混乱与痛苦，以及由此导致对社会公正光明的诉求与呼告。后来"百家争鸣"的思想运动实际上正从这些诉求与呼告开始。

同时，《诗经》提出的许多属于生活理想的东西，往往发乎贵族上层。那些普遍的基层民众生活，他们在王朝制度倾斜解体时的情感，也可从一些《诗经》的《风诗》篇章中，获得深刻的感受。

读《诗经》，可以领略其文学之美，另外还有很重要的一点：可以从根源上理解中华民族的文化。

五、怎样读《诗经》

读《诗经》，预先要有合理的态度。

现代称《诗经》的研究为"诗经学"。在古代，《诗经》则属于神圣的"五经"之一。"五经之学"，古称"经学"。"经学"地读《诗经》，基本是将其作为"先王"大训、圣贤大法来诠释传播的。被神圣了的《诗经》，在解释上自然会有些莫名其妙的东西附加其上，例如汉代以阴阳五行、天人感应来解释《诗经》篇章。这样的态度当然不能延续。可是，今天就有这样的人，拉一个"读者群"，七手八脚抄一些汉唐古书上"经学"解释，往人的头脑里灌输一些老朽怪论，实在是要不得的。笔者不是说汉唐旧说没有价值，不是！相反，是很有价值的。但是，读《诗经》了解古典文学与文化，抄汉唐旧说，时常是愚弄读者。

《诗经》是"经"，又不是"经"。说它是"经"，的确《诗经》是经典著作。说它不是"经"，它不是古人以"圣贤大法"的迷信态度对待的"经"。《诗经》作为经典，首先是一部文化的经典文献。《诗经》不同于唐诗宋词，就在于它是古代先民创生自己文化传统时的歌唱，换言之，西周时代的先民是唱着《诗经》创建自己的文化的。其次，《诗经》也是文学的，的确是它为后来的诗歌文学种下了文学遗传的基因，唐诗宋词的高妙，正以"诗三百"为基石。读《诗经》，只有理解《诗经》的文化内涵，才可以顺畅地理解它的文学内涵。例如，《诗经》中一些婚恋题材的诗篇，只有理解了古人在这方面的特定观念，对诗篇表现方式的理解才有了基本的前提。

今天读《诗经》要有一个时间观念，还要有一个地域意识。就《诗经》创作历程而言，《周颂》《大雅》《小雅》《商颂》作品绝大多数都为西周作品。"十五国风"中《周南》有些作品例如《关雎》等为西周作品，其余的与其他"国风"一样，都是东周作品。其中要特别说一说的是《周颂》和《大雅》的许多作品，绝不像古人所理解的，属于西周早期诗篇。早期诗篇在《周颂》中是有的，但其中许多诗篇的创作是在西周中期。《大雅》最早的诗篇也是西周中期篇章。《大雅》的创作时间要比《周颂》中的一些作品晚，而《小雅》中有为数不多的篇章也属于西周中期，其余大部分作品，为晚期篇章。不过，一些晚期的政治抒情诗，因其体式宏大、作者级别高，也被编入《大雅》，这应该是秦汉时期的儒生所为，与《孔子诗论》所记载的孔子对《大雅》《小雅》前后顺序的说法不同。

"十五国风"多为春秋时期作品，而且不少篇章是各地域文学的绽放。这就与《周颂》和《大雅》《小雅》皆为西周王朝直属区域的篇章不同了。"十五国风"地域十分辽阔，因而诗篇内容带有明显的地域色彩。例如《郑风》的篇章，孔子曾说"郑风淫（淫，过分）"，主要指的是郑地诗篇歌唱的乐调过于曲折委婉，不同于当时"古乐"的典重庄严。实际上这也可以理解郑地音乐发达，有新的气象。在《郑风》中可以看到这样奇异的爱情现象：在溱洧水畔，在春光明媚中，男女相悦，唱起"子惠思我，褰裳涉溱"恋歌，其风情与"礼乐"下表现婚姻关系缔结的诗差别明显。这样带有地域风情的诗篇，在卫地、在齐国，在《唐风》中，还有许多。

读《诗经》有的时候一首诗需要读作两首歌，例如前面讲到的《敬之》和《卷耳》，他们歌唱于当时典礼中某些重要环节。有时候，几首诗可能要作一首读，也就是将几首诗篇视为一个整体来理解。诗篇与典礼水乳交融的画面已经散乱了，这里要做的是尽力将这些诗篇置放到典礼的大景象中去。例如下面会讲到的《大武》乐章的三首诗——《武》《赉》《桓》，就必须放到用舞乐表达文治天下这样一个大的语境中来理解。这样的例子还有一些。也许最需要提醒读者的是，解读《诗经》篇章，时刻要有一根弦：诗篇是典礼的一部分，把诗篇与典礼结合起来看，才能读到其中的意味。

此书的诗篇原文以阮元《十三经注疏本》为据，个别地方参照了一些其他文字。另外，在注解上力求简明扼要，读者若有详细了解的需要，可参看笔者的《诗经析读》。

最后，敬请读者不吝赐教！

李　山

2023年3月

国风

"国风"本称"邦风",因避汉高祖刘邦名讳而改。实际上,不论是"十五国风"还是"十五邦风"都不是很准确。十五国风共有:周、召、邶、鄘、卫、王、郑、齐、魏、唐、秦、陈、桧、曹、豳。这其中有些地方是西周封"邦",有些像周南、召南和豳,既不是"国"也不是"邦"。有一些地名是重叠的,比如周南与王,召南与秦,以及邶、鄘与卫等,它们指的都是同一地区。尽管如此,十五国风的地域还是十分辽阔的,而这个辽阔区域,又是中国古代文明发祥的中心地带。风诗共一百六十首。

什么是"风"?所谓"风",古语有"乐操土风,不忘旧也"(《左传·成公九年》)的说法,"风"即"土风",也就是今所谓地方土调。中国古代地域辽阔,各地风土乐调种类也会多,犹如今天陕西有秦腔,河北有梆子,浙江有越剧等。但是,"风"还有一层神秘的含义:"风"传达的是上天的意旨。古代"风""凤"音近义通,甲骨文中有"凤(风)"为

"帝史"之说（见郭沫若《殷契粹编》），即传达上天命令者。上天有命令，是由"凤"也就是"风"来传达的。老百姓的民间歌唱也称作"风"，就是因为它可能传达的是某种天意。古本《尚书·泰誓》也有"天听自我民听"的说法。什么意思呢？天意和民意是一致的。换句话说，想听老天的意思，就应当听取百姓的歌吟。有了这一点，才有了"国风"。

古有"王官采诗"之说，谓王朝为了解政治得失，专门委派一些从民间选出的孤苦无依的人到各地去采集民间歌谣，然后交给乐官，协调乐律，演奏给王听，周王以此对自己的执政举措"自考正"。这些采集而来的各地民间歌谣，编纂后就收入了"国风"。过去人们对此说信疑参半。近年因战国竹简《孔子诗论》的出现，证明该说源自先秦儒家，比相关的传世文献要早。不过，由采集而成的篇章只是风诗中的一部分。还有一些篇章应该是诸侯国的乐歌，如《郑风》中的《缁衣》，就与郑武公、庄公两代君主有关；另外，像《豳风》中的作品，可能是王朝的制作，因某些特殊原因，才被处理成"豳风"。然而，不管是采集而成的篇章，还是诸侯的制作，"国风"一百多首诗在语言及体式上都表现出高度的一致，是可以肯定的。

◎ 国风

周　南

　　西周建国后，实行东西两都制，西都为宗周镐京（今陕西西安），东都为成周雒邑（今河南洛阳）。据载，周公旦曾居成周，管理东南诸侯；召公奭则主宗周，负责镐京及南至江汉一带的方国事务。《周南》《召南》的"周""召"即由此而来。又据《仪礼·燕礼》，饮酒典礼有一个环节是所谓"歌乡乐"，所歌诗篇出自《周南》《召南》。由此可推断两者都是王畿境内（周人之"乡"）的诗篇。东都、西都境内之诗所以称"南"，旧说周人王化"自北而南"，南即南土。照后来学者的理解，"南"是指南土乐调。两者说法，实有其关联。考古显示，商朝即开始向南扩张，至于周人，从古公亶父迁岐，到文王、武王广泛联络南方诸部族人群，进取的大方向都是"自北而南"，就是在西周建立后，昭、穆、恭、厉、宣几代，仍然持续对淮水、江汉一带南方族群加以征服，把当地人民变成王朝缴纳贡赋的"帛亩臣"。持续的"自北而南"，是军政的经略，也是文化的学习，其中就包括音乐的吸收，《小雅·鼓钟》篇"以雅以南，以籥不僭"句，"雅""南"对举，"南"为南方乐调无疑。《周南》诗篇所表现的地域，北起黄河，南到汝水、江汉，有几首诗与王朝的南征有关。《周南》之诗，多婚姻、妇德方面的内容。《孔丛子·记义》载孔子曰："吾于《周南》《召南》，见周道之所以盛也！"即指这些表现妇德礼法的诗篇而言。《周南》多西周作品，有些还是西周较早时篇章。

　　《周南》十一篇。

关　雎

关关雎鸠①，**在河之洲**②。**窈窕淑女**③，**君子好逑**④。

◎ **注释**　①〔关关雎鸠〕关关，鸟雌雄和鸣声，从叫声可知为扁嘴鸟。雎鸠，又名王雎，候鸟，喜食鱼，从其叫声及雌雄相伴等习性看，为绿头雁或与之相近的随季节迁移的水鸟。②〔洲〕河流中的小高地，又称沙洲。③〔窈窕淑女〕窈窕，联绵

3

词。女子内有气质，外有仪容，称窈窕，庄重高雅的意思。淑女，贤德女子。④〔君子好逑〕君子，指贵族男子。《诗经》中君子一词多次出现，多指有官位的人，有时也用于妇女称自己丈夫，此处君子的意思当为后者。逑，配偶。

◎ **章旨** 诗之首章。以河中沙洲鸟鸣起兴，祝福婚姻美满。方玉润《诗经原始》："此诗佳处，全在首四句，多少和平中正之音，细咏自见。"

参差①荇菜②，左右流③之。窈窕淑女，寤寐④求之。

◎ **注释** ①〔参差〕长短不齐貌。②〔荇菜〕水菜。《毛诗故训传》（以下简称《毛传》）称接余，今名杏菜，又名水荷、金莲儿；生水中，叶圆形，浮在水面，夏日开黄花，花朵数瓣组成伞形；茎白可食。古代作肉羹，用荇菜白茎作蔬菜加入其中，称羹芼。思淑女而以采荇菜为兴，或暗含主妇主持庖厨的意思，是文化积习下的自由联想。③〔流〕通"摎"，求取，捞取。④〔寤寐〕寤，醒着；寐，睡着。这里有不分睡着醒着的意思。一说，梦寐。寤寐求之即是"梦寐以求"的意思。

◎ **章旨** 诗之二章。前一章言"逑"，此章则"寤寐求之"，意思深一层。许谦《诗经名物钞》："以荇起兴，取其柔洁。"

求之不得，寤寐思服①。悠哉②悠哉，辗转③反侧④。

◎ **注释** ①〔思服〕思，语助词。服，想念，放在心上。②〔悠哉〕指夜漫长，也可指思绪悠长。悠，持久。③〔辗转〕翻来覆去。双声叠韵词。④〔反侧〕与辗转同义。

◎ **章旨** 诗之三章。求之不得故辗转反侧，求女之意更深。好婚姻难得，所以苦思。

参差荇菜，左右采之。窈窕淑女，琴瑟①友②之。

◎ **注释** ①〔琴瑟〕两种木质弦乐器。琴，传说为神农或伏羲发明，今见最早古琴器物遗留多为战国时期的，如曾侯乙墓出土的十弦琴，琴身用整木雕成，有音箱和尾板两部分。荆门郭店还出土过七弦琴。瑟，出现的时间与琴一样古老。今所能见战国遗物比琴多，其器身多刻文和彩绘，此乐器所以名"瑟"或因此。据出土实物，瑟一般为二十三或二十五弦。②〔友〕亲近，加深情感。金文字形为手挽手，本义指亲兄弟，后推而广之为志同道合者。以兄弟关系喻夫妻关系和谐，《诗经》中数见。

◎ **章旨** 诗之四章。以琴瑟喻君子、淑女的般配，预言婚后和谐。后世以"琴瑟"比夫妻，发源于此。文意至此，回归典礼主题。

参差荇菜，左右芼①之。窈窕淑女，钟②鼓③乐之④。

◎ **注释** ①〔芼〕择取。②〔钟〕青铜敲击乐器。我国古代青铜钟始见于商代，有发现于江西新干县大洋洲商代墓葬的"兽面牛首纹钟"，为纽钟（也有认为名此器为"镈"，而非钟），至西周又有长足发展，陕西长安普度村曾出土三件套的编钟，形制为甬钟。③〔鼓〕木质敲击乐器。鼓的发现比钟还早，在山东大汶口文化晚期墓葬曾发现鳄鱼皮蒙制的陶鼓，稍后还有山西陶寺遗址发现的土鼓和用鳄鱼皮蒙制的木鼓。商周时期鼓之形制更趋多样。④〔乐之〕令其愉悦。

◎ **章旨** 诗之五章。以钟鼓和鸣再申和谐之义。诗因琴瑟、钟鼓而具强烈"礼乐"气息。近人姚葵（tǎn）《二南解症》谓此诗有"七胜"：格局、运笔、文法、字法、造词、用韵、音节。又云："此诗擅上七胜，情文并茂，所以独有千古。"

◎ **解读** 《关雎》是西周贵族婚姻典礼上的乐歌。周代婚礼仪节众多，尤其重亲迎，《关雎》即这一礼节上的乐歌。据《仪礼》《左传》等文献所记，周人高级的贵族典礼，堂上有乐工以琴瑟伴奏唱歌，为"升歌"；堂下演奏钟鼓等音乐，为"金奏"。诗篇先言"琴瑟"又表"钟鼓"，正暗示诗篇为典礼场合的乐歌。诗篇先以河中沙洲上的鸟鸣起兴，继表夫妻深情，祝愿婚姻美满，又以琴瑟、钟鼓的齐鸣，显示典礼的隆重。全诗格调温润娴雅，特别是开头的起兴，为诗篇增添了许多意味。

葛　覃

葛之覃兮①，施于中谷②，维叶萋萋③。黄鸟于飞④，集于灌木⑤，其鸣喈喈⑥。

◎ **注释**　①〔葛之覃兮〕葛，蔓生植物，今名葛藤，藤条纤维可以纺织成布，作为衣服、鞋子布料，根块可以提炼葛粉，嫩叶可食。覃，蔓延。②〔施于中谷〕施，植物茎条袅娜曲折之貌。中谷，谷中，山谷之中。③〔维〕指代词，其。④〔黄鸟于飞〕黄鸟，即黄雀，栖于山地平原，冬天在山隅或林间避寒，以棵子植物种子为食，也食昆虫。《诗经》中"黄鸟"数见。于飞，于，介词，《诗经》中往往加在动词之前，"于飞"意思即飞。⑤〔集〕落。⑥〔喈喈〕状声词，形容鸟叫声。

◎ **章旨**　诗之首章。先以葛覃起兴，继表黄雀叫声。萋萋之叶的暮春光景与黄鸟有一声无一声的鸣叫，激起诗中人对未来新生活的憧憬，点染出一片惆怅的光景。一章全表物象，是写景阔绰的笔致，颇为特殊。牛运震《诗志》："飞、集、鸣三项略一点逗，物色节候，宛然如画。"

葛之覃兮，施于中谷，维叶莫莫①。是刈②是濩③，为绨④为绤⑤，服之无斁⑥。

◎ **注释**　①〔莫莫〕茂密的样子。②〔刈〕割。③〔濩〕煮。④〔绨〕细葛布。⑤〔绤〕粗葛布。⑥〔斁〕厌烦。字也作"射"。

◎ **章旨**　诗之二章。葛叶莫莫时，可以取葛为布。写女红，也是在表未来的妇德。牛运震《诗志》："正写治葛，只'是刈'二句。"又曰："末句朴厚恬雅，一语中多少意思。"三句为一意群，句法别致。

言告师氏①，言告言归②。薄污我私③，薄浣我衣④。害⑤浣害否，归宁⑥父母。

◎ **注释**　①〔言告师氏〕言，语词。师氏，教导妇道的保姆。②〔归〕女子出嫁称归。③〔薄污我私〕薄，与动词放在一起，有赶快做什么的意思。污，去污。私，私衣，贴身内衣。④〔薄浣我衣〕浣，洗涤。衣，外衣。⑤〔害〕何。"害""何"古读音相近。⑥〔归宁〕回家探望父母。礼法规定，父母在世，出嫁女子可以按时回家探望。或许此处"归宁"尚属于婚礼的延伸部分，表示婚姻缔结的成功。后世结婚习俗有"回门"一项，或即"归宁"之遗习。

◎ **章旨**　诗之三章。以归宁父母作结，表明婚后妇德无亏，父母放心。"浣衣"云云，是隐含之语。前二章，三句为节，此章变为两句，节奏加快。张次仲《待轩诗记》："即物赋景，即景赋事，即事赋情而作此诗。"

◎ **解读**　《葛覃》是表现贵家女子出嫁前接受妇德教育的篇章。诗篇首章专门营造了一个暮春时节、女儿思嫁的光景，传神地表达待嫁之人的惆怅之情。这在全诗为虚。次章则由虚变实，取葛为布，纺织衣服，是写女子的女红，也是在表妇德培育有素。最后一章写女子婚后探望父母，语句跳跃，充满喜悦之情。蓬勃的葛藤变成布料衣服，比喻女孩子一次人生重大转变，而"害浣害否"的分寸拿捏，又暗示女子顺利通过了重大转变的考验。虚实相生，妙于取譬，是诗篇的明显特点。

卷　耳

采采①卷耳②，不盈顷筐③。嗟④我怀人⑤，置⑥彼周行⑦。

◎ **注释**　①〔采采〕采了又采。《诗经》中"采"的动作，有些与怀人有关。一说，茂盛貌。②〔卷耳〕又名苓耳、枲耳、胡枲，叶青白色，开白花、细茎蔓生，可煮食，滑而少味。③〔顷筐〕斜口浅筐。顷，通"倾"，斜。④〔嗟〕感叹、伤叹。⑤〔怀人〕所怀念之人。⑥〔置〕弃置，言所怀之人长在路途，如同弃置在大路上。一说指筐，放在大路上。⑦〔周行〕大道。

◎ **章旨**　诗之首章。怀念远方的丈夫，做事心不在焉。《荀子·解蔽》曰："顷筐易满也，卷耳易得也。然而不可以贰（分心）周行。"

陟①彼崔嵬②，我马虺隤③。我姑④酌彼金罍⑤，维以不永怀⑥。

◎ **注释** ①〔陟〕登。②〔崔嵬〕山顶处有土者。③〔虺隤〕极度疲劳的样子。④〔姑〕姑且。⑤〔金罍〕青铜制成的酒器，圆形，鼓腹，刻有花纹，考古发现多为西周早期器物，如发现于燕国遗址的克罍等。⑥〔维以不永怀〕维，语助词。以，以使、以便。永，深长，深陷。

◎ **章旨** 诗之二章。征夫思家。崔嵬、虺隤，劳顿已甚。思乡之绪，非酒难消。

陟彼高冈，我马玄黄①。我姑酌彼兕觥②，维以不永伤③。

◎ **注释** ①〔玄黄〕玄，深青色，玄黄意思是马由玄变黄，马因极度劳累而毛色改变。②〔兕觥〕牛角状弯曲的酒器。兕，犀牛。此器当初或用犀牛角做成，或取其弯曲为名。觥，据《说文》，字本作"觵"。③〔伤〕伤怀。

◎ **章旨** 诗之三章。是二章之意的重述，含义同。

陟彼砠①矣，我马瘏②矣；我仆痡③矣，云何④吁⑤矣！

◎ **注释** ①〔砠〕指土山顶上有岩石。②〔瘏〕马因疾病不能前行。③〔痡〕人因疾病不能前行。④〔何〕多么。⑤〔吁〕忧叹。一作"盱"，张目远望。似更传神。

◎ **章旨** 诗之四章。马瘏、仆痡，劳顿已极，然思乡之情未有穷极。牛运震《诗志》："四'矣'字急调促节。"

◎ **解读** 《卷耳》是男女互表思念的篇章。诗篇实际是对舞台演出的男女对唱歌词的记录，这有战国竹简文献《孔子诗论》为据。《孔子诗论》说："《卷耳》不知人。""不知人"的语词结构与《论语·子路》"以不教民战，是为弃之"中的"不教民"相同，意思是"不相知的人"，"相知"即相互交流沟通。据此可知，竹简所记孔子的意思是说：《卷耳》这首诗是两位"不相知"即没有真正进行交流之人的歌唱。具体说，诗篇的第一章"嗟我"之"我"亦即采卷耳的"我",与其余三章"我马""我姑"之"我"并非一人,前者指代的思念丈夫的女子,后者则是被思念的远行在外的男子。诗篇原本是一对相思男女各表思念之情的唱词,后来被记录在一起,就成了"一首诗"。弄清这一点,有助于了解周代"礼乐"中的演唱。

樛　木

南[①]有樛木[②],葛藟[③]累之。乐只[④]君子[⑤],福履[⑥]绥[⑦]之。

◎ **注释**　①〔南〕南方。西周时期的"南",主要包括今南阳盆地、淮河中上游以及江汉地区。②〔樛木〕枝干弯曲下垂的树木。③〔葛藟〕又名藟、千岁藟、巨瓜、巨荒等,山地自生蔓性植物,六七月开黄绿色小花,结红黑色小浆果。④〔乐只〕快乐的。只,语气助词。⑤〔君子〕指贵族。君子在西周皆身份之称,一般指男性,到春秋时才开始指称有德之人。⑥〔福履〕福禄。"履""禄"音近义通。⑦〔绥〕安。动词。

◎ **章旨**　诗之首章。以葛藟为喻,赞美君子有福禄。王质《诗总闻》:"木曲,易引蔓;人卑,易引福。"

南有樛木,葛藟荒[①]之。乐只君子,福履将[②]之。

◎ **注释**　①〔荒〕掩盖。②〔将〕进,增益。一说,持。
◎ **章旨**　诗之二章。含义同诗之首章。

南有樛木,葛藟萦[①]之。乐只君子,福履成[②]之。

◎ **注释**　①〔萦〕缠绕。②〔成〕成就。
◎ **章旨**　诗之三章。含义同诗之首章。

◎ **解读**　《樛木》是祝愿贵族享有福禄的篇章。在诗中，接受祝福的贵族被称为"君子"，其实君子最开始的时候就是身份的称呼，到了孔子所在的那个时代，才渐渐开始有了第二层含义——品行端正、有道德的人。诗歌以樛木和葛藟作比，用树木弯曲下垂的枝干引来了葛藟攀附，比附谦恭的贵族引来福禄。又有说法认为，葛藟依附樛木，与妇人和丈夫的关系很像，此诗意在赞美后妃或者其他贵族妇女的福禄，也说得通。

与其他几首诗篇一样，诗流露的南方意识是值得注意的。葛藟、樛木等，在周人看来应该是新鲜事物，应该与周人经营南方的新发现有关。如此，诗篇有可能产生于西周中期。

螽　斯

螽斯①羽，诜诜②兮。宜③尔子孙，振振④兮。

◎ **注释**　①〔螽斯〕蝗，又名蚣蝑、斯螽、中华负蝗等，翅目蝗科，繁殖力很强。②〔诜诜〕众多貌。一说，象声词，形容螽斯羽翅振动的声音。③〔宜〕适宜，有益。动词。④〔振振〕盛壮貌。
◎ **章旨**　诗之首章。螽斯为喻，祝愿子孙众多。下二章义同。

螽斯羽，薨薨①兮。宜尔子孙，绳绳②兮。

◎ **注释**　①〔薨薨〕螽斯群飞所发出的声音。②〔绳绳〕绵绵不绝。一说，指戒慎。
◎ **章旨**　诗之二章。含义同诗之首章。

螽斯羽，揖揖①兮。宜尔子孙，蛰蛰②兮。

◎ **注释**　①〔揖揖〕会聚貌。②〔蛰蛰〕众多貌。

◎ **章旨** 诗之三章。含义同诗之首章。
◎ **解读** 《螽斯》是祝愿子孙众多的乐歌。螽斯繁殖力强，所以诗篇取以为喻，表达祝愿。诗篇是"多子多福"观念较早的记录。值得注意的是诗取法自然的意识，求生育，不是乞灵于神，而是期盼人如螽斯那样繁育，显示出古代先民对自然界生命现象的观察。

桃 夭

桃之夭夭①，灼灼②其华③。之子于归④，宜其室家⑤。

◎ **注释** ①〔夭夭〕盛壮貌。②〔灼灼〕闪耀的样子，在此为红花耀眼的意思。③〔华〕花。④〔之子于归〕之子，指出嫁的女子。之，此、这；子，《诗经》中常见的指代词，意为"这个人"，不分男女。于，虚词，《诗经》中常见，其义相当于"曰""聿"。归，出嫁。女子出嫁为归，先秦特定用法。⑤〔室家〕家庭、家族。所谓"男有室，女有家"，"室家"及下文"家室"意思一样。
◎ **章旨** 诗之首章。桃花起兴，既表嫁娶之时令，又表"之子"的韶华。钱锺书《管锥编》："'夭夭'总言一树桃花之风调，'灼灼'专咏枝上繁花之光色。"

桃之夭夭，有蕡①其实。之子于归，宜其家室②。

◎ **注释** ①〔蕡〕大，硕大。一说，蕡为"斑"的假借，即果实将熟，红白相间貌。②〔家室〕家庭，家族。
◎ **章旨** 诗之二章。花繁果就多，预祝新娘子生儿育女，为家庭带来兴旺。

桃之夭夭，其叶蓁蓁①。之子于归，宜其家人②。

◎ **注释** ①〔蓁蓁〕叶茂盛细密貌。②〔家人〕与"家室"义同。变换字眼以协韵。

◎ **章旨** 诗之三章。桃先开花,后长叶。预祝新娘婚后的顺遂,给家族带来福荫。

◎ **解读** 《桃夭》是预祝出嫁女子家庭生活美满的诗篇。灿灿桃花,以喻新娘的适龄风华;硕大果实、蓁蓁其叶,则进而预祝新人在未来的日子里为家庭带来丰饶,福禄成荫,子女满堂。诗人这种花盛子多的赞美和祝福,反映的不仅是当时的观念,亦可以说是一个民族无论多少年都能打动人心的婚姻理想。花,是生命力的象征,以桃花赞美女子,更是从天地生机方面赞美女子的可爱。

兔　罝

肃肃兔罝①,椓②之丁丁③。赳赳武夫④,公侯干城⑤。

◎ **注释** ①〔肃肃兔罝〕肃肃,网绳整饬细密的样子。兔,老虎。据闻一多《诗经新义》,兔当为"於菟"之"菟"。一说,兔指的是野兔。罝,网,兔罝即捕获猎物的网。②〔椓〕击打,指击打固定兔罝的木桩。③〔丁丁〕击打木桩声。④〔赳赳武夫〕赳赳,威武雄壮貌。武夫,武士。⑤〔干城〕干,盾。城,城墙。干城即护卫的意思。一说,干即"扞","公侯干城"意为捍卫公侯如城。

◎ **章旨** 诗之首章。言武夫为公侯干城。肃肃、丁丁,表气象峥嵘。

肃肃兔罝,施于中逵①。赳赳武夫,公侯好仇②。

◎ **注释** ①〔中逵〕逵中。"逵"字《韩诗》作"馗",四通八达的路口。②〔好仇〕好帮手,好伙伴。仇,匹偶。

◎ **章旨** 诗之二章。点明兔罝所施之处。

肃肃兔罝,施于中林①。赳赳武夫,公侯腹心。

◎ **注释** ①〔中林〕即林中。《尔雅·释地》:"野外谓之林。"

◎ **章旨** 诗之三章。姚际恒《诗经通论》:"干城,好仇,腹心,知一节深一节。"

◎ **解读** 《兔罝》是赞美那些来自诸侯国、为王朝效力武士的篇章。理解此诗,应对分封制有所了解。《左传》说西周封邦建国是"王臣公,公臣大夫",一级统治一级;对此,西周金文如《过伯簋铭》《班簋》《禹鼎》《不期簋》等有更具体的表现。这些铭文显示,王朝有征调诸侯军队为王朝征战的惯例,越到晚期,王朝对来自诸侯的军队就越是倚重。而且金文显示,征调诸侯将士,王只能对诸侯下令;奖赏这些将士,王也只能奖赏诸侯,然后再由诸侯奖励将士。本诗赞美诗中的"武夫"为"公侯"的"干城"、"公侯"的"好仇"等,原因就在于此,周王不能直接对诸侯的下属发号施令。诗篇的格调雄壮而奔放,肃肃、丁丁、赳赳等叠音词的使用,令诗篇更有气势。

芣 苢

采采①芣苢②,薄言采之。采采芣苢,薄言有之③。

◎ **注释** ①〔采采〕采摘,采了又采。一说采采为形容词,表色泽鲜明貌。②〔芣苢〕又作"芣苡",草本植物,一名马舄(xì),又名车前、车前草、蛤蟆衣、牛遗等;喜生路边,叶子肥大,叶身呈卵形,有柄,嫩时可食;古人相信此籽粒可助女子怀孕,或治难产。一说,芣苢即薏苡。③〔薄言有之〕薄言,固定语词,用于动词之前,《诗经》常见。有,藏。一说"有"是"若"字之误;若,择取。

◎ **章旨** 诗之首章。"有之"是笼统地写,下二章掇、捋、袺、襭,则为"有"字的具体表述。

采采芣苢,薄言掇①之。采采芣苢,薄言捋②之。

◎ **注释** ①〔掇〕拾取。②〔捋〕撸取籽粒。

◎ **章旨** 诗之二章。含义同诗之首章。

采采芣苢，薄言袺①之。采采芣苢，薄言襭②之。

◎ **注释** ①〔袺〕兜入衣襟。②〔襭〕兜入衣襟并将衣襟系在腰间带子上。
◎ **章旨** 诗之三章。袁枚《随园诗话》卷三："三百篇如'采采芣苢，薄言采之'之类，均非后人所当效法……今人附会圣经，极力赞叹，章艧斋戏仿云：'点点蜡烛，薄言点之。点点蜡烛，薄言剪之。'……闻者绝倒。"
◎ **解读** 《芣苢》是祈子仪式中的歌唱。诗篇是重章复沓的，重叠中的变化只是换用了几个动词，表现将芣苢尽数掇采、置入襟怀中的过程。其中尤当注意的是"袺之""襭之"两个动作含有的象征意义。将芣苢的籽粒兜入腹前衽中，并且敛衽紧系于衣带，诗篇精细地描写这两个动作，极可能是在暗示妇女的受孕与坐胎。诗篇所表现的不是采摘芣苢，而是以采摘芣苢的动作，表达祈求生育的愿望。

汉 广

南有乔木①，不可休思②。汉③有游女④，不可求⑤思。汉之广⑥矣，不可泳⑦思。江⑧之永⑨矣，不可方⑩思。

◎ **注释** ①〔乔木〕高大的树木。②〔思〕语气词，一作"息"。③〔汉〕汉水。源出陕西省宁强北，向东南流经湖北省境，至汉阳入长江。④〔游女〕野游的女子，含贬义。⑤〔求〕追求。⑥〔广〕江面广阔。⑦〔泳〕裸衣泅渡。⑧〔江〕长江水。⑨〔永〕深长。⑩〔方〕小木筏，在这里指用小木筏渡江。
◎ **章旨** 诗之首章。以江汉的不可泅渡，喻游女的不可追求。刘克《诗说》："一诗之句凡二十有四，言'不可'者八焉。"

翘翘错薪①，言刈其楚②。之子于归，言秣③其马。汉之广矣，不可泳思。江之永矣，不可方思。

◎ **注释** ①〔翘翘错薪〕翘翘，高而挺拔貌。错薪，杂乱的柴草。《诗经》中"翘薪刈楚"往往与婚姻之事有关。②〔言刈其楚〕言，语词。刈，割取。楚，荆棘，此处指错薪中之高大者。③〔秣〕用饲料喂马。

◎ **章旨** 诗之二章。翘薪刈楚，喻合礼法的婚姻。秣马，喻结婚应做的准备。

翘翘错薪，言刈其蒌①。之子于归，言秣其驹②。汉之广矣，不可泳思。江之永矣，不可方思。

◎ **注释** ①〔蒌〕高大的蒌蒿。②〔驹〕即马。驹本义为小马，但在《诗经》只一例指小马，其他均指成年马。

◎ **章旨** 诗之三章。汉广、江永句三章反复咏叹，韵味悠长；重复句置于篇后，为《诗》中别调。

◎ **解读** 《汉广》是劝告周人子弟不要追逐南方女子的训诫诗。旧说是一首表达思慕的爱情诗篇，然而《孔子诗论》称道此诗内容为"知极"（"极"或隶定为"恒"），并说"《汉广》之智"为"不求不可得"，可证旧说不可信。此外，结合篇中"游女"之称以及"错薪""刈楚"的语句，可以确信，诗篇真正的意思是：要娶妻就应该选择好的，要结婚就要遵循礼法，非分地追求江汉水边的游女，就像贸然泅渡或用小舟小筏渡江汉一样，会遭遇灭顶之灾。诗是有感而发，劝诫的是江汉一带驻扎的王朝军人。传世文献和出土金文都表明，从早期开始，西周王朝就用武力经营江汉一带，且有军士驻扎于此。诗篇的劝解应是针对军士追逐当地女子而发。首章正面劝告，之后的二章以翘薪刈楚喻合礼法的婚姻。三章之中，"汉之广矣"等四句重复咏叹，语殷意切。

汝 坟

遵彼汝坟①，伐其条枚②。未见君子③，惄④如调饥⑤。

◎ **注释** ①〔遵彼汝坟〕遵，沿着。汝，水名，发源于河南嵩县东南天息山，流经汝阳、临汝，又东南流经郏县、襄城与沙河（古澺水）合，之后入淮。诗言"汝坟"，暗示了所思之人的方位，在周南汝水沿岸。坟，河岸。字又作"濆"。②〔条枚〕树的细枝。③〔君子〕指所思的丈夫。④〔惄〕内心焦灼忧烦。⑤〔调饥〕早晨的饥饿感。调，"朝"之假借字。

◎ **章旨** 诗之首章。以饥饿喻忧愁，表现女子担忧远方的丈夫。《韩诗薛君章句》："朝饥最难忍。"蔡邕《青衣赋》："思尔念尔，惄焉且饥。"晋代郭遐周诗："言别在斯须，惄焉如朝饥。"皆取法于此。

遵彼汝坟，伐其条肄①。既见君子，不我遐弃②。

◎ **注释** ①〔肄〕树木枝条斩伐后再生的蘖枝。②〔遐弃〕远远抛弃。在此是"死亡"的隐晦说法。丈夫没有死在外面，就是没有抛弃自己。

◎ **章旨** 诗之二章。写君子归来之庆幸。与首章相对映。

鲂鱼①赪②尾，王室如毁③。虽则如毁，父母孔迩④。

◎ **注释** ①〔鲂鱼〕一名鳊，身宽阔，扁而薄，细鳞，肉肥嫩。②〔赪〕赤色。③〔毁〕烧毁。此句应指周王室的突发灾变。④〔迩〕近。

◎ **章旨** 诗之三章。跌宕顿挫。"王室如毁"是一篇关键。王质《诗总闻》载，"荆峡间人云：鱼血入尾者甘"。

◎ **解读** 《汝坟》是汝水一带女子系念身处南方丈夫的篇章。诗篇年代应在西周崩溃之际（清代崔述《读风偶识》已有此说），从西周早期开始，周王朝就曾不断向今天淮河、汉江一带拓展统治领域，因而在这里驻扎军队。王朝崩溃，还有许多将士留在南方，他们的命运会如何，是许多家庭最关切的事。然而诗意又不仅限于此，王室虽毁，父母犹在，家人犹在，人们仍当为之奋斗。诗的情感是沉郁的，情感的表达是顿挫的，精彩地表现了西周崩溃之际一些社会成员坚韧的心态，隐含着不因国破而消沉的意志，十分动人。

麟之趾

麟①之趾，振振②公子。于嗟③麟兮！

◎ **注释**　①〔麟〕即麒麟，是古人想象出的一种吉祥神兽。②〔振振〕勇武英发的样子。③〔于嗟〕感叹词。
◎ **章旨**　诗之首章。以麟趾赞美其出身。下二章仿此。

麟之定①，振振公姓②。于嗟麟兮！

◎ **注释**　①〔定〕额头。②〔公姓〕公族。
◎ **章旨**　诗之二章。含义同诗之首章。

麟之角，振振公族①。于嗟麟兮！

◎ **注释**　①〔公族〕同姓同祖贵族。
◎ **章旨**　诗之三章。含义同诗之首章。
◎ **解读**　《麟之趾》是周王检阅公族亲兵仪式时的军歌。按照周制，王或诸侯出征，亲族子弟组成亲兵护卫，诗中以"麟"比喻这些身世显贵的亲族。重章唱赞麟趾、麟定（额）、麟角和麟的"振振"，是对这些亲贵子弟的勇武精神和军容盛壮的褒奖。《麟之趾》应是配合军中典礼所制作的乐章，是中国最早的军歌。其创作应该在昭王、穆王经营南方之际。《周南》之诗，多婚礼乐歌，亦多经营南方之篇，后一点赖有金文为据而愈明。旧说是与文王、后妃相攀扯的陈词，可以"弃置勿复道"了。

召　南

召南之地北起今陕西关中，其最南端，可达武昌以西长江沿岸（据《江有汜》），较诸"周南"之地偏西，包括今河南与湖北交界地带。西南方向，据《尚书·牧誓》所言"庸、蜀、羌、髳、微、卢、彭、濮"八族，以及《逸周书·世俘解》"荒新命伐蜀"（"伐蜀""克蜀"字样亦见于周原出土甲骨文）以及铜器铭文《中方鼎》和《甗》关于伐"虎方"（巴人崇拜白虎）的记载，有可能到达今四川、重庆北部一带。其中汉水一线又是宗周之地通向江汉平原的要路。西周实行分封制，汉水沿岸分封了许多姬姓诸侯，即所谓"汉阳诸姬"。另一值得注意的是，"南山"一词在《召南》中反复出现，而在《大雅》《小雅》中，"南山"一般是解作"终南山"的。同时，"召伯"（周初太保指召伯）一语，也出现于《召南》之中。这都可以作为诗篇产生地域及时代的证据。

《召南》十四篇。

鹊　巢

维鹊①有巢，维鸠②居之。之子于归，百两御之③。

◎ **注释**　①〔维鹊〕维，语首助词，《诗经》中常见。鹊，即今天所说的喜鹊，善筑巢。②〔鸠〕古代又称鸤鸠、鸤鸠等，今名八哥。③〔百两御之〕两即辆，因车都有两个轮子，所以称"两"，后写作"辆"。百辆言其多。御，通"迓"，迎。

◎ **章旨**　诗之首章。鹊巢鸠占，比喻妇主男家。取兴于自然现象，反映了古人观察之深妙。

维鹊有巢，维鸠方①之。之子于归，百两将②之。

◎ **注释** ①〔方〕《毛传》："方，有之也。"即据而有之的意思。一说"方"当读为"放"，依、据的意思。②〔将〕送。

◎ **章旨** 诗之二章。首章言迎，此章表送。

维鹊有巢，维鸠盈①之。之子于归，百两成②之。

◎ **注释** ①〔盈〕满，使空巢有诸多新主人的意思。②〔成〕成礼。

◎ **章旨** 诗之三章。有迎有送，婚礼完成。

◎ **解读** 《鹊巢》是婚姻典礼中的乐歌。此诗与《周南·关雎》一样，体现了周人对缔结婚姻关系的重视。不同的是，《关雎》重在迎娶，《鹊巢》则表迎送。据出土文献及传世文献，周贵族嫁女，要陪送各种青铜器物，同时还有人数不少的陪嫁女，诗称迎送"百两"，正指此而言。诗是典型的重章叠调式，首章从迎亲方面写，次章则写送亲，两章一正一反，第三章的"成"字，将迎、送两面统一起来。用字、章法都是比较讲究的。

采 蘩

于以采蘩①？于沼②于沚③。于以用之？公侯之事④。

◎ **注释** ①〔于以采蘩〕于以，到何处，往哪里。疑问词。蘩，白蒿，又名蒌蒿、由胡、蒡蓊，生熟皆可食，也可做调味品。②〔沼〕水洼泽地。③〔沚〕水中小块陆地。④〔事〕宗庙祭祀之事。

◎ **章旨** 诗之首章。一问一答，以交代采蘩地点及用处，是歌谣本色。

于以采蘩？于涧①之中。于以用之？公侯之宫②。

◎ **注释** ①〔涧〕山夹水为涧。②〔宫〕宗庙。

◎ **章旨** 诗之二章。牛运震《诗志》："连用'于以',调法灵脱。"

被之僮僮①,夙夜在公②。被之祁祁③,薄言还归。

◎ **注释** ①〔被之僮僮〕被,贵族妇女用假发编成的头饰。僮僮,端直貌。出自戴震《诗经补注》。②〔夙夜在公〕夙夜,早晚,一天到晚。公,公所,指宗庙。在公即为祭祀之事忙碌。③〔祁祁〕整齐貌。这四句表现贵妇从庙堂回归寝处之所时的从容舒缓。

◎ **章旨** 诗之三章。"僮僮""祁祁",似是远景。姚际恒《诗经通论》："末章每以变调见长。"方玉润《诗经原始》："首二句事琐,偏重叠咏之;末章事烦,偏虚摹之。此文法虚实之妙,与《葛覃》可谓异曲同工。"

◎ **解读** 《采蘩》是表现贵妇人从事宗庙祭祀的乐歌。身份高贵的家庭主妇,遵循古老的习俗,分担着她们在家庭生活中特有的职责,诗篇的主旨就是强调这一点。诗前两章都取一问一答的方式,带歌谣本色,又不失古雅格调。最后一章写贵妇头饰,表现其雍容优雅的仪态。

草 虫

喓喓草虫①,趯趯阜螽②。未见君子,忧心忡忡③。亦既④见止,亦既覯⑤止,我心则降⑥。

◎ **注释** ①〔喓喓草虫〕喓喓,草虫的叫声。草虫,蟋蟀、蝈蝈一类会发出鸣叫的昆虫。②〔趯趯阜螽〕趯趯,跳跃貌。阜螽,蝗类昆虫,学名中华负蝗,俗名蚱蜢。③〔忡忡〕心神不安的样子。④〔亦既〕就要。⑤〔覯〕见面,会合。⑥〔降〕下,放心。

◎ **章旨** 诗之首章。言深秋时节,思念丈夫。虫喓、螽趯,秋景如画。牛运震《诗志》："连用'亦既',柔滑浓致。只是空摹虚拟,却自亹(wěi)亹有神。"

陟彼南山，言采其蕨①。未见君子，忧心惙惙②。亦既见止，亦既觏止，我心则说③。

◎ **注释** ①〔蕨〕一种野山菜，多年生草本，根茎匍匐地下，嫩时可食，味道滑美，至今仍为时鲜野蔬之一。②〔惙惙〕心忧状。③〔说〕通"悦"。先秦时尚无"悦"字。

◎ **章旨** 诗之二章。《诗经》中"采"字，多与怀人有关。

陟彼南山，言采其薇①。未见君子，我心伤悲。亦既见止，亦既觏止，我心则夷②。

◎ **注释** ①〔薇〕多年生草本，茎柔细，茎叶气味似豌豆，可食，籽粒可以炒食。又名野豌豆、小巢菜。②〔夷〕平静，高兴。

◎ **章旨** 诗之三章。含义同诗之首章。

◎ **解读** 《草虫》是思念行役在外丈夫的乐歌。秋风肃爽，虫声四起，预示着一年即将终结。天地有节律地复归，勾起闺中之女的怀人愁绪：一年都要结束了，在外的征人也该回来了。只有农耕时代的人，对时节物象的体察，才会如此细腻。热烈的思念与微凉的秋声秋景相映衬，使诗篇中人如图画般清晰。

采 蘋

于以采蘋①？南涧②之滨。于以采藻③？于彼行潦④。

◎ **注释** ①〔蘋〕又名田字草、破铜钱等；一种蕨类水生植物，生浅水中。②〔南涧〕南山之涧。涧，两山夹水为涧。③〔藻〕又名蕴藻、聚藻、水藻，多年水生草本，可以食用。④〔行潦〕雨后沟洫中的积水。

◎ **章旨** 诗之首章。陈震《读诗识小录》："凌空起峭，笔格具奇。"

于以盛之？维筐及筥①。于以湘②之？维锜及釜③。

◎ **注释** ①〔筥〕圆形的竹筐。②〔湘〕通"鬺"，烹煮。③〔锜、釜〕都是金属制的炊器，如今天的锅之类，有足为"锜"，无足为"釜"。

◎ **章旨** 诗之二章。含义同诗之首章。

于以奠①之？宗室牖下②。谁其尸③之？有齐④季女⑤。

◎ **注释** ①〔奠〕放置祭品为奠。②〔宗室牖下〕宗室，宗庙。牖下，室外窗户下。古代宫室，前堂后室，堂与室有墙隔绝，墙上开窗，称牖。③〔尸〕主，主祭。④〔齐〕通"斋"，庄重。⑤〔季女〕少女。此词又见《曹风·候人》与《小雅·车舝》，皆为婚前少女之称。

◎ **章旨** 诗之三章。孔颖达《毛诗正义》："三章势连，须通解之也。"

◎ **解读** 《采蘋》是周代贵族女子在婚前教育结束后，举行祭祀时的歌唱。按照《礼记·昏义》的说法，古代贵族女子出嫁之前，要举行婚前教育，教其未来作为家庭主妇的德行，以使之适应新的身份与生活。教育结束时，还要举行一场类似妇德考核的祭祀，诗篇即此时所歌。周人以为，有严谨的婚前教育，才有成为夫人、主妇后的"能循法度"。

《诗经》中表周家女子为主妇，或为主妇之前的教养，多与采水生蕰藻有关。《周南·关雎》言采荇菜，《召南·采蘩》言采蘩，《采蘋》又言采蘋藻，都与此有关。文明史的发展，先有采集，后有农耕，随着农耕发展，采集逐渐成为女性的职分，诗篇将读者带到了与水藻之物关系密切的古老时代，静静地散发着幽幽的古老色调，是那样引人遐想。这样的魅力，是后来诗篇所无的。

甘　棠

蔽芾①甘棠②，勿翦勿伐③，召伯④所茇⑤。

◎ **注释**　①〔蔽芾〕树叶密集细小貌。②〔甘棠〕又称杜梨,树干粗大,果实似梨,果实小而圆,青绿时味酸涩,熟后色红味甜酸,北方乡村常见。闻一多《诗经通义·召南》:"古者立社必依林木……盖断狱必折中于神明,社木为神明所依,故听狱必于社。"③〔勿翦勿伐〕勿,不要。翦,剪伐,去掉。伐,毁伤。④〔召伯〕周初大臣,又称"召公""召康公",名奭。周初《大保玉戈铭》记载其曾经营南方,《尚书》中多记载其言论。西周后期另有一召公,为奭的后人,名虎,称召穆公,为宣王朝大臣,曾受命帮助申侯建国(见《大雅·崧高》),又率军平定淮夷叛乱(见《大雅·江汉》)。此诗所指当系周初召公奭。⑤〔茇〕停歇、暂住。

◎ **章旨**　诗之首章。戴君恩《读风臆评》:"只说'召伯所茇',德泽已在言表,此外更设一语,佛头着粪矣。"

蔽芾甘棠,勿翦勿败①,召伯所憩②。

◎ **注释**　①〔败〕伤害,毁折。②〔憩〕休息。
◎ **章旨**　诗之二章。方玉润《诗经原始》:"他诗炼字,一层深一层,此诗一层轻一层,以轻而愈见珍重耳。"

蔽芾甘棠,勿翦勿拜①,召伯所说②。

◎ **注释**　①〔拜〕扒,攀爬毁坏。安徽大学所收战国竹简中有《诗经》风诗写本,共57首。此字简本(以下简称"安大简")写作"掇",有学者以为即"剟"字假借,砍削的意思。②〔说〕稍作停歇的意思。
◎ **章旨**　诗之三章。攀折不可。牛运震《诗志》:"三举召伯,郑重低徊,深情绝调。"
◎ **解读**　《甘棠》是表现民众思念召公的诗篇。表达缅怀之情,却专从当年召伯休息其下的棠树着笔,睹物思人,更能体现民众对召公的怀念。诗的表现手法很高妙，也很动人。这是凭空想象难以写出来的，也就是说，诗篇采自民间的可能性很大。

行 露

厌浥①行②露。岂不夙夜③？谓④行多露。

◎ **注释** ①〔厌浥〕露水湿濡貌。联绵词。②〔行〕道路。③〔夙夜〕早晚，在此有早出晚归的意思。④〔谓〕畏。马瑞辰《毛诗传笺通释》（以下简称《通释》）："'谓'疑'畏'之假借，凡诗上言'岂不''岂敢'者，下句多言'畏'。"

◎ **章旨** 诗之首章。表行为谨慎，言不敢早起行路，是怕露水沾湿。起笔简拗、劲峭，意味深长。王质《诗总闻》："此章犹婉，下章甚厉。"

谁谓雀无角①，何以穿我屋？谁谓女②无家③，何以速④我狱⑤？虽速我狱，室家⑥不足⑦！

◎ **注释** ①〔无角〕没有可穿透屋室的角。②〔女〕汝，古汉语中"女""汝"常通用。③〔无家〕即无钱财。④〔速〕邀，迫使。⑤〔狱〕诉讼，打官司。⑥〔室家〕与上文"无家"之"家"同义。⑦〔不足〕不足以打赢这场官司。揶揄的说法。

◎ **章旨** 诗之二章。言雀虽无角却可以穿屋，男子虽无财产却敢拉我打官司。钱锺书《管锥编》："明知事之不然，而反词质诘，以证其然，此正诗人妙用。"

谁谓鼠无牙①，何以穿我墉②？谁谓女无家，何以速我讼？虽速我讼，亦不女从！

◎ **注释**　①〔牙〕指可以啃咬墙壁的大牙。②〔墉〕高墙。
◎ **章旨**　诗之三章。言鼠无长牙却可咬穿高墙，男子无家产却能陷我于官司。牛运震《诗志》："雀鼠骂得痛快而风流。"
◎ **解读**　《行露》是女子拒绝并斥责骗婚男子的诗。首章以道途露水为喻，犹如一声咏叹，有统领全篇的作用。据汉代人的说法，一位鄀地女子，许嫁于申，后发现对方礼仪不备，毅然拒嫁。据此，诗篇所表，可能是民间先有其事，后被采集加工成诗，广为流传。篇中"雀无角""鼠无牙"数句或许记录的是女子当时拒斥的言辞，形象而且犀利，显示出诗中人的果决泼辣。

羔　羊

羔羊①之皮，素丝②五紽③。退食自公④，委蛇委蛇⑤。

◎ **注释**　①〔羔羊〕小羊为羔，羔羊皮指大夫上朝时穿的皮衣。②〔素丝〕洁白的丝。据《毛传》，古代用素丝装饰羔裘之服。③〔五紽〕交错成坨的意思。④〔退食自公〕周代公卿大夫在朝廷办公皆有公食，称"公膳"。退食，公膳之后退而还家。公，公门，即宫廷大门。⑤〔委蛇〕从容娴雅的样子。
◎ **章旨**　诗之首章。"委蛇"描画古代官员模样，十分传神。前二句，马瑞辰《通释》："上句言裘，下句言饰。"

羔羊之革①，素丝五緎②。委蛇委蛇，自公退食。

◎ **注释**　①〔革〕皮。②〔緎〕素丝组成的线坨，意思与"紽"字同，可能用在羔裘边缘为装饰。
◎ **章旨**　诗之二章。含义同诗之首章。

羔羊之缝①，素丝五总②。委蛇委蛇，退食自公。

◎ **注释** ①〔缝〕皮袄的缝子。②〔五总〕犹言五撮。或用在衣领处。

◎ **章旨** 诗之三章。"退食""委蛇"两句往复变化。每章后两句,或颠倒句子,或调换词语顺序以求协韵,颇见汉语语法、句法之灵活。

◎ **解读** 《羔羊》一诗表现大夫退朝还家时的从容样态,或为退朝时的乐歌。《孔丛子·记义》载孔子之言曰:"于《羔羊》见善政之有应也。"是说召南的大夫们行善政,所以百姓便歌唱他们。那么,"善政"又表现在何处呢?古人以为就在大夫的"羔裘""素丝"及"退食自公"上,前者表示官员衣服有常,后者表示的是退自公门,即返家门,是无私门结党的营求,当然就是政风端正的表现了。百姓因而歌唱之,这便是"有应"。其实这是过度阐释。诗篇表现的是大臣离朝时的情形,无甚紧要,只是太平时代的一个小光景而已。

殷其雷

殷其①雷,在南山②之阳③。何斯④违⑤斯,莫敢或⑥遑⑦。振振⑧君子⑨,归哉⑩归哉!

◎ **注释** ①〔殷其〕犹言殷殷,《诗经》特定句法。殷殷,形容远处雷声的沉重。②〔南山〕应指终南山。③〔阳〕山南称阳。④〔何斯〕犹说何其,多么的。此句两个"斯"字,都是语助词。⑤〔违〕离别。指下文的君子。⑥〔莫……或〕固定句式,表全称否定。或,间或。严粲《诗缉》:"不敢或遑,则无一时之暇也。"⑦〔遑〕闲暇。此处作动词,即停下来的意思。这句是说,没有任何人敢片刻闲下来。"安大简"此句作"莫或敢皇(遑)"。⑧〔振振〕英武有为貌。此词见前《周南·麟之趾》。⑨〔君子〕此处指外出的丈夫。⑩〔归哉〕归来吧。

◎ **章旨** 诗之首章。陈继揆《读风臆补》:"'违'字与'在'字相呼应,'归'字与'违'字相呼应,一步紧一步也。"

殷其雷,在南山之侧。何斯违斯,莫敢遑息①。振振君子,归哉归哉!

◎ **注释**　①〔息〕停歇。
◎ **章旨**　诗之二章。含义同诗之首章。

殷其雷，在南山之下。何斯违斯？莫或遑处①。振振君子，归哉归哉！

◎ **注释**　①〔处〕留处，安居。
◎ **章旨**　诗之三章。含义同诗之首章。
◎ **解读**　《殷其雷》是军士出征、家人惜别之歌。诗篇很会营造离别情绪。"南山"暗示丈夫即将远行的方位；南山以南雷声不断，又暗示着某种危难的情势。言雷声，远远近近的风云变幻即在其中了。动荡的情势下，是执手分别者的惜别。诗中的景象是宏阔的，格调是沉郁的。文献记载说《周南》《召南》的篇章是为西周王朝直属地区的"乡乐"，《殷其雷》这首诗篇，就抒发了王朝直属之"乡"百姓对战争的厌倦态度，值得注意。

摽有梅

摽①有梅②，其实③七④兮。求我庶士⑤，迨⑥其吉⑦兮。

◎ **注释**　①〔摽〕抛，投。②〔梅〕蔷薇科植物，果子味酸可食，亦可作调料，原产我国西南。③〔实〕梅子的果实。④〔七〕框里所剩下的梅子还有七成。⑤〔庶士〕犹言各位男子。庶，众。⑥〔迨〕差不多。⑦〔吉〕吉日。此句是说，有意求娶我的各位吉士，现在就是好日子。
◎ **章旨**　诗之首章。"求我庶士"两句，求爱何其质直！戴震《诗摽有梅解》："梅子落，盖喻女子有离父母之道，及时当嫁耳。"

摽有梅，其实三兮。求我庶士，迨其今①兮！

◎ **注释** ①〔今〕现在。

◎ **章旨** 诗之二章。数由"七"而"三",急迫;"今兮",慌不择日,情见乎词。

摽有梅,顷^①筐塈^②之。求我庶士,迨其谓^③之!

◎ **注释** ①〔顷〕同倾,倾其所有。②〔塈〕通"概",尽取。③〔谓〕告诉,意为告诉我一声就可以定下亲事。

◎ **章旨** 诗之三章。牛运震《诗志》:"三章一步紧一步。"

◎ **解读** 《摽有梅》是表南方女子急于求嫁的诗。闻一多《风诗类钞》说:"在某种节令的聚会里,女子用新熟的果子,掷向她所属意的男子,对方如果同意,并在一定期间送上礼物来,二人便可结为夫妇。"诗篇所表当与这一风俗有关。"梅"字从母,暗含生育之意;又写作"楳",与掌管婚姻之事的"媒氏"之"媒"音义相通。诗篇女主人公主动抛出梅子,是自主求取配偶的表现。

小 星

嘒^①彼小星,三五^②在东。肃肃宵征^③,夙夜在公^④:寔^⑤命不同!

◎ **注释** ①〔嘒〕通"暳",光亮微弱的样子。②〔三五〕三三五五,稀少寥落貌,是傍晚光景。③〔肃肃宵征〕肃肃,疾行貌。宵征,夜间行路。一说,宵征即小正,亦即小吏。出自于省吾《新证》。④〔在公〕办公事。⑤〔寔〕是。实字的异体,《韩诗》作"实"。此处作指代词用。

◎ **章旨** 诗之首章。牛运震《诗志》:"三五在东,写得历历如画。"

嘒彼小星,维参^①与昴^②。肃肃宵征,抱衾^③与裯^④:寔命不犹^⑤!

◎ **注释**　①〔参〕星宿名，又称三星，三颗星，属猎户星座，天明前出现在东方。②〔昴〕星宿名，由五颗星组成，距参星不远。古人以参昴二宿辨别方向。一说，上文"三五"即指此处参、昴。③〔衾〕被子。④〔裯〕贴身内衣。据马瑞辰《通释》，单帐。字应作"帱"。⑤〔不犹〕命不如人。犹，如。

◎ **章旨**　诗之二章。陈延桀《诗序解》："此诗写征行夜景，寥落可念，后代诗人莫不宗之矣。"

◎ **解读**　《小星》是使臣行役、风餐露宿而自叹劳碌命薄的篇章。"夙夜在公"句，表明诗中人是执行公务的人，宵夜疾行，则又是在说任务紧急，因此他们才拥衾抱裯，乘车置身于黑沉沉的旷野中。诗中主人公奔走于暗夜之中，举头望天，只有三三两两光亮微末的小星与己相伴，心中顿感凄凉。诗的用笔是经济的，只写星夜，只写宵征，而结尾处接以自叹之辞，其中许多意味都在不言中见出。

江有汜

江有汜①，之子归②，不我以③。不我以，其后也悔④。

◎ **注释**　①〔江有汜〕江，长江。汜，从江水主干分出去又合拢来的支流。江有汜、渚及沱，或为荆江一带，为"二南"所见最南之域。②〔归〕回归。③〔以〕带着。④〔其后也悔〕以后一定后悔。后，以后。

◎ **章旨**　诗之首章。言"之子"回归不带自己，必将后悔。陈继揆《读风臆补》："每章以跌笔作收笔，句法神品。"

江有渚①，之子归，不我与②。不我与，其后也处③。

◎ **注释**　①〔渚〕江心小洲为渚，此处也指支流，江流遇渚则分，过渚又合在一起。②〔与〕一起。动词。③〔处〕忧愁。"癙"字的假借。据朱骏声《说文定声通训》。

◎ **章旨** 诗之二章。含义同诗之首章。

江有沱①，之子归，不我过②。不我过，其啸③也歌。

◎ **注释** ①〔沱〕与"渚"同义。②〔过〕过访、过问，引申为告知，顾及。③〔啸〕长号。此"啸也歌"即长号歌，抒发后悔之音。指"之子"而言。

◎ **章旨** 诗之三章。"之子"将来终因抛弃"我"而后悔痛苦。牛运震《诗志》："啸歌二字拆用得妙。"

◎ **解读** 《江有汜》是表弃妇哀怨的篇章。此诗或可与《周南·汉广》合观。该诗提醒"游女"不可猎取，本诗反映的可能是北方南来的一些男人在婚姻上的薄幸。随着王朝势力的南扩，各种男士也随之到达这里。他们在南方娶妾，但北归的时候又始乱终弃。有人将此等现象采集加工成诗篇，或许有让当局"观得失，自考正"的用意。

野有死麕

野有死麕①，白茅②包之。有女怀春③，吉士④诱⑤之。

◎ **注释** ①〔麕〕又名獐，鹿的一种，无角。②〔白茅〕菅草，秋天花茎都变白色。白茅包肉，取其洁净。③〔怀春〕春心萌动。④〔吉士〕健美男子，好男子。⑤〔诱〕引诱，献殷勤。

◎ **章旨** 诗之首章。比兴之词，言麕肉可以用白茅包裹，女子怀春，是因为有美男吸引。戴震《杲溪诗经补注》："盖获麕于野，白茅可以包之；女子当春有怀，吉士宜若可诱之。设言之也。"

林有朴樕①，野有死鹿。白茅纯束②，有女如玉。

◎ **注释** ①〔樕〕丛生小树。②〔纯束〕捆束、包裹,在此"纯""束"同义。

◎ **章旨** 诗之二章。前言白茅包鹿,此以白茅喻女子如玉,变化莫测。牛运震《诗志》:"只'如玉'二字,便有十分珍惜。"

舒而脱脱①兮,无感②我帨③兮,无使尨④也吠。

◎ **注释** ①〔脱脱〕迟缓貌。②〔感〕通"撼",动,触碰。③〔帨〕古时的佩巾,古代已婚女子佩服带帨巾。④〔尨〕毛茸茸的狗。

◎ **章旨** 诗之三章。女子拒绝之词。半推半就、欲依又违之态宛然。王质《诗总闻》:"当是在野而又贫者……取狩于野,包物以茅,护门有犬,皆乡落气象也。"

◎ **解读** 《野有死麕》是表现男女约会的诗篇。诗篇表现了"怀春"之女与"吉士"恋情达到高潮时的一个片段。最后一章的三句之间,人物丰富而细腻的内心活动层次晰然。最有趣的是诗中尨的介入,使正在发生的故事,有暴露的危险,陡增几分紧张。

何彼襛矣

何①彼襛②矣?唐棣③之华④。曷⑤不肃雍⑥?王姬⑦之车。

◎ **注释** ①〔何〕如何,多么。②〔襛〕浓艳。③〔唐棣〕别名郁李、爵梅、奠李、棠棣,蔷薇科灌木,果实为核果,熟透时紫红色。唐棣花又见于《小雅·常棣》,比喻兄弟关系。此处赞其浓茂,含祝愿夫妻亲如手足的意思。④〔华〕花。⑤〔曷〕何不。⑥〔肃雍〕雍容华贵。⑦〔王姬〕周王的女儿。周王室姬姓,且周人女子称姓,故称"王姬"。

◎ **章旨** 诗之首章。赞美王姬下嫁之车。花之襛丽、车之肃雍,写尽王姬身份的华贵。

何彼襛矣？华如桃李①。平王②之孙③，齐侯④之子。

◎ **注释** ①〔桃李〕桃花、李花，比喻男女婚姻般配。②〔平王〕周平王，东周第一代王。③〔孙〕孙女。④〔齐侯〕齐国君主。
◎ **章旨** 诗之二章。言嫁娶双方身世。桃、李以喻王孙、齐子，贴切。

其钓①维何？维丝②伊③缗④。齐侯之子，平王之孙。

◎ **注释** ①〔钓〕钓鱼的丝线。②〔丝〕丝线。③〔伊〕同"维"，结构助词。④〔缗〕丝绳。
◎ **章旨** 诗之三章。言婚姻如捻丝为线。丝缗喻婚姻，古人常语。
◎ **解读** 《何彼襛矣》是歌唱东周王室与齐侯联姻的篇章。诗歌用桃李的比喻，歌唱嫁娶双方般配；用丝缗的比喻，歌唱男女双方的结合。关于嫁娶双方指的是谁，各家说法有不同，周平王之孙嫁齐侯之子的说法较为可取。此诗所歌咏的周王室东迁后与齐侯缔结婚姻关系之事是值得注意的。东迁以前，很难说周王不娶齐姜为妻，但现在却又不同。东迁之后，得特别倚仗像齐这样的东方大国，因而也就不能不特加重视。平王东迁后，旧有礼乐丧失严重，到周桓王时，天子威仪略有恢复，所以王姬下嫁诸侯，颇成个模样，一句"曷不肃雍"，正表现了当时人乍见王家车马的惊叹。此诗所用乐调，是东迁时携来的西周旧乐。

驺　虞

彼茁①者葭②，壹发③五豝④。于嗟乎⑤驺虞⑥！

◎ **注释** ①〔茁〕茁壮，茂盛。②〔葭〕初生芦苇。③〔壹发〕一射。古代一射要射四支箭，一支搭弓，其余三支插在腰间。④〔五豝〕五只母猪。语含赞叹之意。⑤〔于嗟乎〕感叹词。⑥〔驺虞〕驺御与虞人。驺御，负责训练马匹的官员；虞人，负责园林鸟兽管理的官员。君主及贵族狩猎时，驺御负责驾车，虞人负责驱赶猎物供狩猎者射击。

◎ **章旨** 诗之首章。言一射可得五只猎物。"于嗟"二字，正《毛诗序》所谓"言之不足故嗟叹之"。

彼茁者蓬①，**壹发五豵**②。**于嗟乎驺虞！**

◎ **注释** ①〔蓬〕蒿草，又名飞蓬、蓬草；菊科，多年生草本，茎高一公尺左右，叶似柳；秋天干枯，拔根，随风飞转。②〔豵〕一岁野猪。

◎ **章旨** 诗之二章。言射豵。

◎ **解读** 《驺虞》是赞叹驺、虞善射的短歌。古时四季农闲季节都有狩猎活动，一则获取肉食皮毛，再则借此演练军队，加强武备。本诗从"彼茁者葭（蓬）"的句子看，当是春天田猎仪式中赞美驺、虞的乐歌。古代狩猎，有许多礼法的讲究，驺为驯马之官，虞为园囿司兽官，都是跟随王、诸侯行狩的专职人员，他们的工作做得好，车驾得漂亮，每次射箭都能有超额收获，又合射箭的规矩。近年新出"安大简"此诗多出一章，即："彼茁者著，一发五麇。于嗟从乎！"其中"著"，《说文》解为"蒿属"，"麇"指鹿。"从乎"或为"驺虞"的假借。或"从"为"纵"之假借，指发矢，"乎"为语气词。

邶　风

西周灭商后，立商纣王之子武庚管理殷商遗民，同时把商王朝大片直属地一分为三，即邶（bèi）、鄘、卫三地。一开始，邶由武庚管，鄘、卫由管叔、蔡叔和霍叔"三监"管制。"三监叛乱"平定后，周公将康叔封于卫（见《汉书·地理志》），以后邶、鄘合并于卫。虽然如此，三地的乐调一直各自流传着，所以卫地风诗有三种。近代河北涞水县境出土过铸有"北伯"字样的青铜器，王国维《北伯鼎跋》据此推断，邶地应在今河北北部，即后来燕国之地，"邶即燕"（见《观堂集林》）。卫地三风的"邶风"乐调，很可能是来自这里。"鄘风"的乐调，王国维《北伯鼎跋》谓"鄘即鲁也"，"鄘与奄声相近"。又，日本学者樋口隆康《西周青铜器研究》认为，鄘地在今商丘。两家之说，虽有较大差异，但都认为鄘在更远的东部。"鄘风"的风调很可能来自奄或商丘，即殷商人群曾经生活过的地方。卫风的乐调，则可能直接源于本地，卫国之地长期为殷商中心地区。班固《汉书·地理志》说："邶、庸、卫三国之诗相与同风。"这主要是指卫地三风的内容，风调虽然分为三，诗歌表现的内容都是春秋时期卫国的社会生活。有一点颇为明显，就是卫地三风多家庭关系败坏的篇章，"桑中之喜""中冓之言"，都见于邶、鄘、卫三风。这也是有其文化渊源的。

《邶风》十九篇。

柏　舟

泛彼柏舟①，亦②泛其流。耿耿③不寐，如④有隐忧⑤。微⑥我无酒，以敖⑦以游。

◎ **注释**　①〔泛彼柏舟〕泛，漂荡。柏舟，柏木做的独木舟。②〔亦〕语首助词。③〔耿耿〕内心不安貌。④〔如〕而，以。⑤〔隐忧〕深忧。⑥〔微〕非。⑦〔敖〕古"遨"字，与"游"同义。

◎ **章旨** 诗之首章。总言忧愁。"柏舟""泛流"两句,喻心情沉重而恍惚;"无酒""敖游"两句喻忧愤难遣。牛运震《诗志》:"耿耿之义,如物不去,如火不熄,不寐人深知此苦。"

　　我心匪鉴①,不可以茹②。亦有兄弟③,不可以据④。薄言往愬⑤,逢彼之怒。

◎ **注释** ①〔匪鉴〕匪,非。鉴,铜鉴,形似圆鼎的容器,盛水后可以像镜子一样鉴照。此器后来为铜镜所取代。②〔茹〕吃,吞纳。③〔兄弟〕此处指丈夫。《诗经》中常以兄弟手足之情比喻夫妻关系的亲密。④〔据〕依靠。⑤〔愬〕诉说。

◎ **章旨** 诗之二章。痛言孤立无依之状。钱锺书《管锥编》:"我国古籍镜喻亦有两边。一者洞察:物无遁形,善辨美恶……二者涵容:物来斯受,不择美恶;如《柏舟》此句。前者重其明,后者重其虚,各执一边。"

　　我心匪石,不可转也。我心匪席,不可卷也。威仪棣棣①,不可选②也。

◎ **注释** ①〔棣棣〕仪态有度的样子。②〔选〕算,筹算,算计。引申为因计较得失而改变准则。

◎ **章旨** 诗之三章。继前章"匪鉴"后,又以"匪石""匪席"比心。明志节不移,博喻联翩。俞平伯《葺芷缭蘅室读诗札记》:"取喻起兴巧密工细,在朴素的《诗经》中……不宜多得。"

　　忧心悄悄①,愠②于群小③。觏④闵既多,受侮不少。静言⑤思之,寤辟有摽⑥。

◎ **注释** ①〔悄悄〕忧愁貌。②〔愠〕怨恨，恼怒。③〔群小〕成群的小人，指众妾。④〔觏〕遭受。⑤〔静言〕静静地。"静言"如言"静而"。⑥〔寤辟有摽〕寤，接续，连续。辟，拍打胸膛。摽，拍击胸膛发出的声音。

◎ **章旨** 诗之四章。写内心之痛。"寤辟"句与前"耿耿不寐"相应。牛运震《诗志》："寤辟有摽，写忧极惨切，妙在静言思之，以闲恬出之，意思便蕴藉。"

　　日居月诸①，胡迭②而微③？心之忧矣，如匪浣衣④。静言思之，不能奋飞⑤。

◎ **注释** ①〔日居月诸〕犹言日啊月啊。日、月，《诗经》常以日月比喻夫妻关系。居、诸，结构助词。②〔迭〕叠，日月交叠则有日蚀月蚀。③〔微〕日蚀、月蚀。《小雅·十月之交》"彼月而微，此日而微"，微即指日月之蚀。④〔如匪浣衣〕匪，非。匪浣衣，即不洗的衣服，比喻内心的烦恼。一说，匪，通"彼"，这指代词。于是此句就是以衣服洗涤时的揉搓比喻内心煎熬。⑤〔奋飞〕振翅高飞，有摆脱烦恼的意思。

◎ **章旨** 诗之五章。以"浣衣"喻内心挫伤，形象有力。俞平伯《葺芷缭蘅室读诗札记》："始以舟之泛泛动漂泊之怀，终以鸟之翻飞兴无可奈何之叹，其结构层次实至井然。"

◎ **解读** 《柏舟》是表现贵族家庭主妇遭众妾排挤而愤懑的诗。诗从隐忧言起，再以鉴镜之喻，表明自己不纳污浊的高傲人格，也表明诗中主人公所以有深痛隐恨的性格原因。当原本亲如"兄弟"的丈夫都不可依靠时，房塌架不倒，困顿的高尚只有靠高傲来捍卫。诗篇第三章中"匪石""匪席"的博喻，高扬的是煎熬中不破不碎的高傲人格，比喻恰切而出人意表，才情颇不一般。格调阴郁的诗篇之所以具有撼动人心的力量，也就是因为有这样的人格力量。

绿 衣

绿^①兮衣^②兮，绿衣^③黄里^④。心之忧^⑤矣，曷^⑥维其已！

◎ **注释** ①〔绿〕绿色。在古代，绿被视为间色，黄则被视为正色。所谓间色即杂而不纯的颜色。②〔衣〕上衣。古时上衣称衣，下裙称裳。③〔绿衣〕据《夏小正》等，为未嫁女子衣服之色。④〔黄里〕黄色的衬里。⑤〔忧〕思念。⑥〔曷〕何，什么时候。

◎ **章旨** 诗之首章。言绿色上衣以黄色为衬里，比喻反常状态，故引发心忧。

绿兮衣兮，绿衣黄裳^①。心之忧矣，曷维其亡^②！

◎ **注释** ①〔黄裳〕黄色的下裙。②〔亡〕无。
◎ **章旨** 诗之二章。言绿色上衣配黄裳。

绿兮丝兮，女^①所治^②兮。我思古人^③，俾无訧^④兮！

◎ **注释** ①〔女〕汝，你，指亡妻。②〔治〕制作。③〔古人〕作古之人，指亡妻。④〔訧〕过错。字音义与"尤"同。

◎ **章旨** 诗之三章。言从缫丝到织染成衣，皆所思之人一手制成。暗示了"古人"的妇德。

絺兮绤兮^①，凄其^②以风。我思古人，实获^③我心！

◎ **注释** ①〔絺、绤〕葛麻织成的布，精者为絺，粗者为绤。葛布一般为夏季衣料，诗篇至此，暗示伤感或由换季而起。②〔凄其〕凄然。③〔获〕内心充实。
◎ **章旨** 诗之四章。言秋日凄风来临，检点衣裳，思念故去之人，可使人减欲寡过。姚际恒《诗经通论》："先从绿衣言黄里，又从绿衣言丝，又从丝言缔绤，似乎无头无绪，却又若断若连，最足令人寻绎。"

◎ **解读** 《绿衣》是怀念亡妻之歌。《绿衣》的诗旨古时说法众多，近年出土的《孔子诗论》认为"《绿衣》之忧，思古（故）人也"，可证为男子思念亡妻之诗。男子在秋天换季的时候，检点衣物，发现亡妻留给他的"绿衣黄里"的衣服，物在人亡，不禁悲从中来，作有此诗。诗篇凄婉动人，前两章睹物思人，伤感突如其来，悲悼不已；后两章则由衣而见亡者之德，显示出诗篇之"我"的深情而义重。篇中"兮"字的连续使用，使诗篇抒情更加凄哀悱恻。

燕 燕

燕燕于飞①，差池②其羽。之子于归，远送于野③。瞻望弗及④，泣涕如雨。

◎ **注释** ①〔燕燕于飞〕燕，燕子，古称玄鸟、鳦（yǐ），即家燕，为候鸟，喜在房梁间筑巢，次年春北归后仍拾旧巢而居。诗称燕燕，重言而已。于飞，飞。②〔差池〕不齐的样子，燕子尾翼双歧，如剪刀形。③〔野〕郊外。古代地广人稀，西周封建，建立大大小小的城邑，城邑之外划出一片地区为"郊"，"郊"之外就是"野"。"野"中居住的人多为当地土著居民，与后来的周人不是一群。④〔弗及〕目力达不到。

◎ **章旨** 诗之首章。言送别送至野外，"野"字表明送得远。宋代许顗《彦周诗话》："'瞻望弗及，泣涕如雨'，此真可泣鬼神矣。"吴闿生《诗义会通》："起二句，便有依依不舍意。"

燕燕于飞，颉之颃之①。之子于归，远于②将③之。瞻望弗及，伫立④以泣。

38

◎ **注释** ①〔颉、颃〕上下飞舞。分别言之，鸟向上飞为颉，向下飞为颃。②〔远于〕远。于为语助词，无实义。③〔将〕送。亦见《召南·鹊巢》。④〔伫立〕长久地站立。

◎ **章旨** 诗之二章。言行人已在目力之外。"远于"二字，因上章"远送"而变，措辞活络。

燕燕于飞，下上①其音。之子于归，远送于南②。瞻望弗及，实劳③我心。

◎ **注释** ①〔下上〕即上下，犹言高一声、低一声。"上下"而言"下上"，此种语例见甲骨文，西周金文则不如此。可知"下上"保存的是殷商语言习惯。②〔南〕南郊。③〔劳〕忧愁。

◎ **章旨** 诗之三章。"远送于南"，进一步点明"野"的方位。

仲氏任只①，其心塞渊②。终温且惠③，淑慎④其身。先君⑤之思，以勖⑥寡人⑦。

◎ **注释** ①〔仲氏任只〕仲氏，排行第二。任，好、善。对人有恩义、讲信用。只，语气词。②〔塞渊〕性格深沉，诚实。见《说文》。③〔终温且惠〕既温和又贤惠。终……且……，结构词，《诗经》中始见《小雅·甫田》，至《国风》中常见，应为春秋时期流行句式。④〔淑慎〕善良谨慎，表仲氏修养之好。⑤〔先君〕故世的父辈君主。⑥〔勖〕勉励。⑦〔寡人〕寡德之人。古代君主自称之词。《郑笺》谓"庄姜自称"，陈奂《传疏》谓"庄姜嫡夫人，故得自称曰寡君"。然征诸先秦文献，君夫人无自称寡人之例。一说，此处"寡人"非君自称之词，而是"孤独人"的意思。

◎ **章旨** 诗之四章。言所送之人排行，又言其德行。别情之后，继之以思绪，余味无穷。《朱子语类》记朱熹言此章："不知古人文字之美，词气温和，义理精密如此！秦汉以后无此等语。某读《诗》，于此数句……深诵叹之。"

◎ **解读** 《燕燕》是首送别之诗。至于送别者为何人，因何送别，古来众说纷纭，莫衷一是。较为妥当的说法是，诗篇是年轻的卫国国君送妹妹出嫁时的歌唱。诗以"燕燕于飞"起兴，带有原始信仰的印记，是《诗经》的特点，也是其特有的价值。其"瞻望弗及，泣涕如雨"的句子，表现送别者的深情，有"惊天地泣鬼神"之誉，流传千古，影响很大。后代很多优美诗句脱胎于此，如"孤帆远影碧空尽，唯见长江天际流"等。深情的表现又不限于此，燕的颉颃飞舞、高低鸣叫，都是送别人心绪翻卷的表征。诗篇表情感又善于变化，前三章情绪激荡，最后一章则转为对所送之人品德的言说，使诗篇蕴含更为丰厚。

日　月

日居月诸①，照临下土。乃如②之人③兮，逝④不古处⑤。胡⑥能有定⑦，宁⑧不我顾？

◎ **注释**　①〔居、诸〕语气词。②〔乃如〕像这样。③〔之人〕此人。④〔逝〕语词。⑤〔古处〕古，故。故处即相处不如当初的意思。一说，以古道相处。⑥〔胡〕什么时候。⑦〔定〕终止。⑧〔宁〕难道。两句先发问，再言所发问的问题。下同。

◎ **章旨**　诗之首章。戴震《毛郑诗考正》："以日月之照临覆冒，喻君子之当我顾我报。"

日居月诸，下土是冒①。乃如之人兮，逝不相好。胡能有定，宁不我报②？

◎ **注释**　①〔冒〕覆盖。②〔报〕报答，善待。
◎ **章旨**　诗之二章。含义同诗之首章。

日居月诸，出自东方。乃如之人兮，德音①无良。胡能有定，俾②也可忘③？

◎ **注释** ①〔德音〕德行。②〔俾〕使。③〔忘〕通"望"，指望。
◎ **章旨** 诗之三章。既是"德音无良"，"俾也可忘"只可作绝望语读。

日居月诸，东方自出。父兮母兮，畜①我不卒。胡能有定，报我不述②？

◎ **注释** ①〔畜〕爱惜。②〔述〕终。
◎ **章旨** 诗之四章。牛运震《诗志》："埋怨父母极无理，却有至情。"方玉润《诗经原始》："一诉不已，乃再诉之；再诉不已，更三诉之；三诉不听，则惟有自呼父母而叹其生我之不辰。盖情极则呼天，疾痛则呼父母，如舜之号泣于旻天、于父母耳，此怨极也。"
◎ **解读** 《日月》是责丈夫不能以正道对待自己的怨妇之诗。诗用"乃如之人"称呼丈夫，其忿忿之情已表露无遗；而以日、月照临起兴，所涉人物当不会太低。如日行月处，夫妻各循其道，才能光明互见，下土才能得到照拂。然而现在却成睽离反目，男人不能以古道与己相好，一句"德音无良"，说尽了对"之人"的绝望。然而从"胡能有定"的疑问看，这糟心的关系还在维持，迫害也还在进行，女人只有怨天尤人、累及父母了。

终 风

终风且暴①，顾我则笑②。谑浪笑敖③，中心是悼④。

◎ **注释** ①〔终风且暴〕既刮大风又下大雨。终、且，《诗经》句子结构词，参

《邶风·燕燕》"终温且惠"句注。暴，暴雨。②〔顾我则笑〕平时总对我不理不睬，想到我时又一副嬉皮涎脸的样子。笑在此表示不庄重，与下文"谑浪笑敖"句同义。③〔谑浪笑敖〕谑，戏耍。浪，放荡。敖，傲慢，放荡。④〔中心是悼〕中心，心中。是，这，代词，指上文"谑浪笑敖"。悼，伤心。

◎ **章旨** 诗之首章。暴风、谑浪之语，写尽丈夫的轻薄狂态。戴君恩《读风臆评》："顾我则笑，顾亦犹之不顾耳。真令人辄唤奈何也！"

终风且霾①，惠②然肯来。莫往莫来，悠悠我思。③

◎ **注释** ①〔霾〕阴霾，因尘土飞扬而造成的昏暗天气。②〔惠〕好心。在此反语。③〔"莫往"两句〕意思是，很想与你断绝往来，又难下决心。

◎ **章旨** 诗之二章。想断掉阴霾如雾的夫妻生活，却终难决断。阴霾比喻夫妻关系，形象。

终风且曀①，不日②有③曀。寤言不寐④，愿言则嚏⑤。

◎ **注释** ①〔曀〕天阴而有风。②〔不日〕没有太阳，即不见天日的意思。③〔有〕只有。④〔寤言不寐〕睡也睡不着的意思。言，而。两言字同义。⑤〔愿言则嚏〕一想到此事就愤恨。愿，思虑。嚏，字同"懥（zhì）"，忿恨。

◎ **章旨** 诗之三章。"嚏"字前人多解释为"打喷嚏"之嚏，《郑笺》："俗人嚏，云'人道我'。"影响所及如康进之《李逵负荆》第三折："打嚏耳朵热，一定有人说！"虽不为正诂，却颇有趣味。

曀曀其阴，虺虺①其雷。寤言不寐，愿言则怀②。

◎ **注释** ①〔虺虺〕形容雷声滚滚。②〔怀〕心思萦绕。

◎ **章旨** 诗之四章。不幸的煎熬，难以摆脱。

◎ **解读**　《终风》是表现受无良丈夫虐待的女子内心苦闷的篇章。受难的女性不是被遗弃,而是遭虐待。诗人在展示这一畸形的家庭关系时,实际揭示出重礼法、重"合二姓之好"的婚姻关系在春秋时期给人造成的性格扭曲,及这类婚姻关系败坏时呈现出的"怪现状"。诗篇的风雨阴霾的比喻,也极具个性,既象征男子的变态性格,也传达了女子晦暗、郁闷而又无奈的心境。

击　鼓

击鼓其镗①,踊跃②用兵。土国城漕③,我独南行。

◎ **注释**　①〔其镗〕犹言镗镗,形容鼓声。古代敲鼓以召集民众。②〔踊跃〕跳跃,奋起,在此为喜好的意思,表现穷兵黩武的疯狂模样。③〔土国城漕〕此句是说,挖城外壕沟的土加固城墙。土,动词,筑城。国,城郭。城,动词,与"土"同义。漕,城墙外的护城河。

◎ **章旨**　诗之首章。土木与用兵同兴,一派兵荒马乱的景象。"我独"句,明士卒南行出于胁迫。陈继揆《读风臆补》:"陈仅曰:起语极豪。"

从孙子仲①,平陈与宋②。不我以归③,忧心有忡④。

◎ **注释**　①〔孙子仲〕公孙文仲,出征的主将。②〔平陈与宋〕平,调停,和解。陈,春秋诸侯国,帝舜之后,都城在今天河南淮阳。与,于。宋,春秋诸侯国,为殷商遗民国家,都城在今河南商丘。陈宋两国地域接近。③〔不我以归〕我再也回不来的意思。句含哀怨气。以,在此有让、使、允许的意思。④〔有忡〕犹言"忡忡"。

◎ **章旨**　诗之二章。点明主将、事因。平陈宋句,言为他国而战,不情愿之词。

爰居爰①处,爰丧其马②。于以求之③?于林之下④。

◎ **注释**　①〔爰〕在这里。②〔丧马〕丢失战马即意味着难以逃离战场，有丧命之虞。③〔之〕指诗中之"我"。④〔林之下〕山麓树林之下。又据《左传·宣公十二年》"邲之战"所载，古时有身份的人战死疆场有人收尸，所以存尸处以树木为标志。

◎ **章旨**　诗之三章。丧马之言为悬想之词。未战而先言丧，其情绝望。

死生契阔，与子成说。^①执子之手，与子偕老^②。

◎ **注释**　①〔"死生"两句〕生死离合，已经与你约定。契阔，阔别，长别。在此为偏义词，只用其中"阔"字义。契，合；阔，离。子，指妻子。成说，约定，发誓。②〔偕老〕一起到老。

◎ **章旨**　诗之四章。预感此战必死，念及当初与妻子成婚时生死之盟。钱锺书《管锥编》："'死生'此章溯成婚之时，同室同穴，盟言在耳。然而生离死别，道远年深，行者不保归其家，居者未必安于室，盟誓旦旦，或且如镂空画水。故末章曰：'于嗟阔兮，不我活兮！于嗟洵兮，不我信兮！'"

于嗟阔兮，不我活^①兮！于嗟洵^②兮，不我信^③兮！

◎ **注释**　①〔活〕通"佸"，相会的意思。②〔洵〕远，远离。③〔信〕信用，指自己有背当年盟约而言。

◎ **章旨**　诗之五章。泣不成声之辞。陈继揆《读风臆补》："玩两'于嗟'句，鼓声高亮，人生酸楚矣！"

◎ **解读**　《击鼓》是表达军士被迫参战而产生怨恨之情的诗篇。诗从体现战争气氛的鼓声写起，渲染出一幅兵荒马乱的情景。一个"独"字，写出了主人公怨怼而又无奈的心情。主人公厌恶国家强加于他的任务，是由于他忠诚于另一意义上的义务，这就是他作为一个男人、丈夫，对家庭、妻子的道义。家与国在利害上发生冲突时，人们义无反顾地倾向于个体的家庭。如不是国家政治已经腐败透顶，怎会有这样的情况呢？

凯 风

凯风^①自南,吹彼棘心^②。棘心夭夭^③,母氏劬劳^④!

◎ **注释** ①〔凯风〕南风,南风和煦。②〔棘心〕棘,丛生灌木,俗称酸枣棵子。春天返青晚于一般花木。棘心即棘木嫩芽,指代诗中七子。③〔夭夭〕摇摆的样子。一说,少壮貌。④〔母氏劬劳〕母氏,即母亲。劬劳,劳苦。劬,劳累。
◎ **章旨** 诗之首章。以南风吹拂棘心为喻,表现母亲育子劳累。"棘心"喻"七子",既含自愧不才之心,又表抚养艰难之意。意象鲜明。

凯风自南,吹彼棘薪^①。母氏圣善^②,我无令^③人!

◎ **注释** ①〔棘薪〕薪,柴,棘心长大成柴。②〔圣善〕高尚善良。③〔令〕好、善。
◎ **章旨** 诗之二章。钟惺《评点诗经》:"棘心、棘薪,易一字而意各入妙。"

爰有寒泉,在浚^①之下。有子七人,母氏劳苦!

◎ **注释** ①〔浚〕卫地名,在今河南省北部。
◎ **章旨** 诗之三章。"寒泉"喻母亲心境凄凉,春风难以吹暖。是孝子体恤之心。

睍睆^①黄鸟^②,载好其音。有子七人,莫慰母心!

◎ **注释** ①〔睍睆〕羽毛美好的样子,一说,鸟声清和婉转貌。②〔黄鸟〕黄鹂。
◎ **章旨** 诗之四章。自责人不如鸟。
◎ **解读** 《凯风》是感念母亲养育之恩的诗。母亲的"劬劳"在于独自抚养七子；对母恩的感念则在于儿子"我无令人"的自责。艰辛中的母爱，惭愧的自责，感人肺腑；而南来熏风吹拂棘心的意象，生动鲜明，诗篇因此越发感人。

雄　雉

雄雉①于飞，泄泄②其羽。我之怀矣，自诒伊阻③。

◎ **注释**　①〔雄雉〕雄性野鸡。头上有冠，尾很长，毛色美丽。②〔泄泄〕翅膀扇动貌。③〔自诒伊阻〕自诒，自找、自寻烦恼。诒，通"贻"，遗留。伊，结构助词。阻，艰难，引申为烦恼。

◎ **章旨**　诗之首章。以雉飞作喻，言丈夫的远去。

雄雉于飞，下上其音①。展矣君子，实劳我心。②

◎ **注释**　①〔下上其音〕言高一声、低一声。参《邶风·燕燕》同句注。②〔"展矣"两句〕此句意为：真的，君子，我实在劳心透了！展，诚，实在。君子，指丈夫。劳，伤神。

◎ **章旨**　诗之二章。言丈夫音讯渺茫。

瞻彼日月，悠悠我思。道之云①远，曷②云能来③？

◎ **注释**　①〔云〕助词。②〔曷〕何。③〔来〕回来，有止息的意思。

◎ **章旨**　诗之三章。牛运震《诗志》："'实劳我心''悠悠我思'从'自诒伊阻'生来。却为末章含蓄起势。此通篇结构贯串处。"

百尔①君子，不知德行。不忮②不求③，何用④不臧⑤！

◎ **注释** ①〔百尔〕凡是，任凡，所有。②〔忮〕贪心。③〔求〕过分追求名利。④〔何用〕怎么会。⑤〔臧〕好。
◎ **章旨** 诗之四章。言丈夫不知德行。功名之心，百患皆生。
◎ **解读** 《雄雉》是表达女子因思念而恼恨的诗篇。诗篇中的男人如同长满美丽羽毛的雄雉，为了功名，出去了就总不回家，苦了在家的闺中人。思念不已的她也终于想明白了，任何思念都是自寻烦恼。于是诗中人对着包括自己丈夫在内的所有男性们发出这样的劝告：但凡你们知道点什么叫德行，安分一点，不那么整天东追西求，那不就什么都好了吗？思念至极而有这样的怨艾，是有个性的，也的确不简单。《诗经》表现闺中思念，千姿百态，此篇即其中富于个性的一态。

匏有苦叶

匏有苦叶，济有深涉。①**深则厉**②**，浅则揭**③**。**

◎ **注释** ①〔"匏有"两句〕葫芦老时可用以渡水。匏，葫芦，秋天长成后，葫芦质地坚硬，可用以渡河，也可做成容器。苦，同"枯"。济，津渡。涉，渡水。②〔厉〕衣带飘浮。一说"厉"就是"砅"，石头，字亦作砅，句意为踩着石头渡水的意思。③〔揭〕撩起衣服。一说"揭"为"搭"，是说水浅时就把匏搭在身上。
◎ **章旨** 诗之首章。言渡过深水应该有所凭依，且应据水之深浅因时制宜。涉世当知深浅，是一篇大旨。格言色彩明显。

有弥①**济盈，有鷕**②**雉**③**鸣。济盈不濡**④**轨**⑤**，雉鸣求其牡**⑥**。**

◎ **注释** ①〔有弥〕犹言"弥弥"，水涨满的意思。②〔有鷕〕犹言"鷕鷕"，雉的叫声。③〔雉〕雉鸡，俗称野鸡。属于留鸟，广布于中国各地。据《夏小正》，正月雉鸡闻雷声而鸣叫，可据以判断时令。④〔濡〕湿。⑤〔轨〕车轴的轴头。⑥〔牡〕雄雉。从此鸟习性看，求偶时一般是雄性向雌性展现羽毛和声音，所以"雉鸣求其牝"或为反常现象。

◎ **章旨** 诗之二章。言河水涨满时，就不该以车渡河；雌雉鸣求其雄，更属反常。方玉润《诗经原始》："措词谲诡隐微。"象征性语言，妙在若规若讽。

雍雍①鸣雁②，旭日③始旦④。士⑤如归妻⑥，迨⑦冰未泮⑧。

◎ **注释** ①〔雍雍〕雁叫声。②〔雁〕候鸟，即天鹅，初春北来，秋天南下。古人结婚六礼纳彩、纳吉和请期等环节中以雁为贽（见面礼），不过因为雁（天鹅）难以生得，所以用家养之鹅替代。诗篇写鸣雁，或暗示了婚礼缔结时令到来。③〔旭日〕红日。④〔旦〕升起。古代婚礼，迎亲典礼在傍晚黄昏时分，其他各礼都在早晨日出之前，诗表旭日，或与此有关。⑤〔士〕男子。⑥〔归妻〕迎娶妻子。⑦〔迨〕趁着。⑧〔泮〕解冻。

◎ **章旨** 诗之三章。言初春为缔结婚姻关系的时令。旭日与鸣雁相对，一片好光景。戴君恩《读风臆评》："丽藻缤纷，云蒸霞蔚。"

招招舟子①，人涉卬②否。人涉卬否，卬须③我友。

◎ **注释** ①〔招招舟子〕招招，招手貌。舟子，驾船摆渡的人。②〔卬〕我，俺。③〔须〕等待。

◎ **章旨** 诗之四章。牛运震《诗志》："'招招'二字画景。'人涉卬否'叠一笔，跌逗风神。"

◎ **解读** 《匏有苦叶》是对结婚不合时令现象表示不满的篇章。诗在表现上采用了一些象征手法，含而不露。表达对时俗的不满，却只从时令说起，河水已经弥盈了，雉也鷕鷕然鸣叫了，言外之意是结婚的时间已经过了。同时，诗还处处从济水的这一边着笔，叙济盈、表鸣雉、说旭日、讲招招舟子，喻示众人对礼法规矩的有意蔑视。最后以"卬须我友"表达自己的不从流俗。全诗以渡水为喻，抒发对现实的不满。这样的手法在《国风》中也颇为独特。

谷 风

习习谷风①，以阴以雨②。黾勉③同心，不宜有怒。采葑采菲，无以下体？④德音莫违⑤，及尔同死。

◎ **注释** ①〔习习谷风〕习习，连续不断的样子。谷风，东风，大风。②〔以阴以雨〕东风带阴雨天的意思。现在北方一带的农民仍有东风多雨说法。③〔黾勉〕犹言"勉勉"，勤奋努力的样子。④〔"采葑"两句〕采食葑菲主要不是取其根块吗？可现在却不看根块好坏，只看菜叶如何。隐含指责对方贪恋姿色之意。葑、菲，又称芜菁、蔓菁。下体，根块。⑤〔德音莫违〕德音，道义和恩情。莫违，不背离。

◎ **章旨** 诗之首章。言只要男子不变心，自己也一辈子相伴。陈子展《诗经直解》："妇言室家之道当和，己德之有可取。"最后两句，道出女子依赖性格。

行道迟迟，中心有违①。不远伊迩②，薄送我畿③。谁谓荼苦，其甘如荠。④宴⑤尔新昏，如兄如弟⑥。

◎ **注释** ①〔违〕离开，离别。②〔伊迩〕伊，维，语气词。迩，近。③〔畿〕垫在门柱下的石头。此处指门槛，门口。④〔"谁谓"两句〕都说荼菜苦，与我心情之苦比起来，荼菜那点苦反而像荠菜那样甜。荼，苦菜。荠，甜菜。⑤〔宴〕乐，喜欢。⑥〔兄弟〕代指夫妻。

◎ **章旨** 诗之二章。言不幸而遭离弃，内心苦楚。杨慎《升庵经说》言"行道"两句："思致微婉。《紫玉歌》所谓'身远心迩'，《洛神赋》所谓'足留神往'，皆祖其句。"

泾以渭浊，湜湜其沚。①宴尔新昏，不我屑以②。毋逝③我梁④，毋发⑤我笱⑥。我躬⑦不阅⑧，遑恤我后⑨！

◎ **注释** ①〔"泾以"两句〕泾水原本很清,因为渭水才变得浑浊;变浑浊的水静下来,还是清澈的。诗中人以"泾水"自比,喻言自己的婚姻生活失败是因遭到别人破坏。并言日久好坏自见,自己的好早晚会显出来。泾,水名,发源于甘肃,南流至长武入陕西,至高陵入渭水。以,由于。渭,水名,发源于甘肃渭源县,至陇东入陕西,再东流入黄河。渭水河床多为沙底,所以浑浊。泾水则为石子底,故一年中除春夏河水暴涨,其他时都较清。两水合流后,清浊对比分明。湜湜,清澈貌。沚,水中的小块陆地,即水流停下来之处。②〔不我屑以〕"以我不屑"的倒装句。屑,洁净,以我为不洁,即看不上我的意思。③〔逝〕往。④〔梁〕鱼梁。古人为捕鱼在水中筑石堰,中间留有缺口,安放竹篓之物拦鱼,称为梁。"毋逝"等四句,又见于《小雅·小弁》,是《风》诗袭用前人成语之例。⑤〔发〕打开。⑥〔笱〕竹制的捕鱼器物。⑦〔躬〕身体。⑧〔阅〕容留。⑨〔遑恤我后〕遑,何暇,哪里有暇。恤,顾及。后,后事。

◎ **章旨** 诗之三章。表明婚姻破败乃因男子喜新厌旧。"泾渭"两句,隽永、哀绝、凄绝。

就其深矣,方①之舟②之。就其浅矣,泳之游之。何有何亡,黾勉求之。凡民③有丧④,匍匐⑤救之。

◎ **注释** ①〔方〕用木筏渡水。②〔舟〕以舟渡水。③〔民〕指他人。④〔丧〕灾难。⑤〔匍匐〕手足爬行,有急迫、竭尽全力的意思。

◎ **章旨** 诗之四章。自述妇德,说得伟岸雄直。陈震《读诗识小录》:"'就其深矣'一章用直笔,然亦承上作转,而跌起下章。"

不我能慉①,反以我为雠②。既阻③我德,贾用不售④。昔育恐育鞫,及尔颠覆。⑤既生既育⑥,比予于毒⑦。

◎ **注释** ①〔慉〕相好。②〔雠〕仇人,对头。③〔阻〕拒绝。④〔贾用不售〕此句以商贾比喻自己的美德不被看重。贾,出卖。用,因而。不售,卖不出去。

⑤〔"昔育"两句〕当年艰难的时候，两人心怀恐惧，怕一同陷入困境。育，两"育"字都是结构助词。恐，恐惧。鞫，穷困、促迫。颠覆，潦倒困苦。⑥〔生、育〕养儿育女，指生活好起来。⑦〔毒〕毒物。

◎ **章旨**　诗之五章。声讨之辞。牛运震《诗志》："怨怼之切，在连用'我'字及'尔'字、'予'字。"

我有旨蓄，亦以御冬。宴尔新昏，以我御穷。①有洸有溃②，既诒③我肄④。不念昔者，伊余来塈！⑤

◎ **注释**　①〔"我有"四句〕女子原来以为自己的努力是为抵御共同的艰难，现在发现，男人一直把自己当作御穷的手段来利用。旨蓄，美好的积蓄。御冬，比喻的说法，抵御艰难的意思。御穷，抵御贫穷。②〔有洸有溃〕原意为水势凶猛，在此形容态度粗暴、凶恶。③〔诒〕通"贻"，给予。④〔肄〕忧愁，苦痛。⑤〔"不念"两句〕谓丈夫不念过去而对自己暴怒。塈，通"忾"，怒。

◎ **章旨**　诗之六章。以弃妇冤痛之辞作结。顾镇《虞东学诗》："此诗反复低回，叨叨细细，极凄切又极缠绵，觉《庐江小吏妻》（即《孔雀东南飞》）诗殊浅俗也。"

◎ **解读**　《谷风》是表达弃妇哀怨之情的诗。诗篇以阴雨起兴，将全篇笼罩在一片阴郁之中。从女主人公的自述看，这场婚变起因于男子的喜新厌旧。女子已经被赶出家门，仍然在陈述着自己的美德。这无益的行为，实际上反映出社会赋予女子的婚姻理想是有问题的。因为诗中人自信无亏的种种德行，实际表现的是依附的婚姻观念。这里的家庭两性关系，只有妇道，而没有女性的主体存在。"贾用不售"的话，是不幸而言中了。靠隐忍负重来获得男人的爱惜和夫妻关系的稳固，这事本身就多少有些像是在做买卖，而"以我御穷"也就是男权社会里，一切婚姻关系的好坏依仗于"买主"们的"德性"。诗毕竟触及了这一层，虽说并不怎么自觉，但也使得诗篇在感人的伤悼之外，体现了某种思想价值。

式 微

式①微②式微，胡不归③？微④君之故⑤，胡为乎⑥中露⑦？

◎ **注释** ①〔式〕语助词，《诗经》中多见，常与动词组成带有可能意味的语词。②〔微〕微末，轻贱。③〔归〕归返自己的国家。④〔微〕若非，若不是。⑤〔故〕缘故。⑥〔乎〕于，在。⑦〔中露〕露中，经历风霜磨难的意思。

◎ **章旨** 诗之首章。"微君"一词，语含责备。句句用韵，两句一换。

式微式微，胡不归？微君之躬①，胡为乎泥中②？

◎ **注释** ①〔躬〕身。一说通"穷"，困穷。②〔泥中〕泥途，陷于艰难。

◎ **章旨** 诗之二章。牛运震《诗志》："两折长短句，重叠调，写出满腔愤懑。"

◎ **解读** 《式微》是一首劝归之歌。刘向《列女传·贞顺》记载：卫侯之女嫁给黎侯庄公，称黎庄夫人，婚后关系不好，她从娘家带来的傅母劝她回娘家，作了诗的前两句："式微式微，胡不归？"黎庄夫人以诗作答，以表贞一之志，就有了每章后两句。据近代以来发现的一些西周青铜器铭，黎国君主为周初大臣毕公之后，铭文中又称之为楷侯，其地就在今山西黎城县附近，境内有壶关之险，与卫国地域相邻近。若以上所说可信，此诗就还有一个亮点：它既是一种对唱体式，也是最早的联句体。

旄 丘

旄丘①之葛兮，何诞②之节兮。叔兮伯兮③，何多日也！

◎ **注释** ①〔旄丘〕前高后低的土丘。②〔诞〕阔，伸长。③〔叔、伯〕周代贵族同姓之间，年长者称伯，年幼者称叔；异姓则称伯舅、叔舅。

◎ **章旨**　诗之首章。以葛的生节，嗔怪叔、伯的迟延。

何其处^①也？必有与^②也。何其久也，必有以^③也。

◎ **注释**　①〔处〕停滞，拖沓。②〔与〕以，缘由。古"以""与"可通用。③〔以〕原因。

◎ **章旨**　诗之二章。言对方迟缓，必有原因，盼望之情，却出之以体谅口吻，委婉。姚际恒《诗经通论》："自问自答，望人情景如画。"

狐裘蒙戎^①，匪车不东^②。叔兮伯兮，靡^③所与同^④。

◎ **注释**　①〔狐裘蒙戎〕狐裘，狐皮做的大衣，贵族服装。蒙戎，蓬松。②〔匪车不东〕没有车来接就不能东行。匪，非，没有。③〔靡〕没有。④〔同〕同心，即一条心、肯帮忙的意思。

◎ **章旨**　诗之三章。言对方到底还是没有来，自己终于滞留；失望之情宛然。

琐兮尾兮^①，流离^②之子。叔兮伯兮，褎^③如充耳^④。

◎ **注释**　①〔琐、尾〕卑微貌。一说，琐为细小貌，尾，即娓，美貌。②〔流离〕流离失所，漂散。一说"流离"为"鹠鹠"，此鸟小时好看，长大后难看。③〔褎〕笑嘻嘻的样子，一说褎然盛服貌。④〔充耳〕塞住耳朵，即"充耳不闻"之省。

◎ **章旨**　诗之四章。责叔伯装聋作哑，是失望之余的愤懑。陈震《读诗识小录》："前半哀音曼响，后半变徵流商。"

◎ **解读**　《旄丘》是一首期望落空的哀歌。西周崩溃之际，遭西戎异族侵害的某些小国贵族为向东逃逸，曾向卫国同姓祈求帮助，却遭置之不理，因而心生哀怨，唱出此诗。诗篇先以藤葛伸长开篇，点明了时节，正与下文"狐裘蒙戎"有关。盛春时节东逃的贵族人物，还穿着毛茸茸的皮衣，其狼狈不堪、需要接济，已在不言之中了。其第二章，表现对卫国君臣不理不睬的猜测之词，委婉含蓄，很像是情人之语，乃至引得不少现代解释者以为此篇为男女情感之作。最后一章的一句"褎如充耳"，又生动地表出了同姓贵族的不关痛痒，流离之人曾反复哀求过这些懿亲人物们的事实，也就暗含在诗句当中了。诗篇哀告中有乞求，乞求中有怨恼，"兮"字的反复使用，更加强了哀怨的意味。

简 兮

简①兮简兮，方将万舞②。日之方中③，在前④上处⑤。

◎ **注释** ①〔简〕象声词。②〔方将万舞〕方将，正要。万舞，大型舞乐之称。包括武舞、文舞两部分，武舞主要道具为干戈，用于演习武事；文舞有用羽毛装饰的道具，还有可以吹奏的笛子。③〔方中〕正午时刻。④〔前〕庭前。⑤〔上处〕在舞列的队前，指下文硕人为舞乐的领头人。

◎ **章旨** 诗之首章。写将舞时情景。"在前上处"一句，锁定诗的关注点。

硕人俣俣①，公庭万舞。有力如虎，执辔②如组③。

◎ **注释** ①〔硕人俣俣〕硕人，高大的人。俣俣，魁梧健美貌。《韩诗》作"扈扈"。②〔辔〕缰绳。③〔组〕本义是丝线织成的绳带，很柔软。这里是说硕人执辔的舞蹈动作驾轻就熟，像舞动丝带一样优雅。

◎ **章旨** 诗之二章。写武舞情状，特表硕人之孔武有力。

左手执籥①，右手秉翟②。赫③如渥赭④，公⑤言锡⑥爵⑦。

◎ **注释** ①〔籥〕六孔的长笛，古代八音中属竹。②〔翟〕雉的翎子。雉，长尾山鸡。此两句写"文舞"。③〔赫〕赤色。④〔渥赭〕面色红润。渥，润泽。赭，赤色。⑤〔公〕卫君。⑥〔锡〕赏赐。⑦〔爵〕酒爵。古代典礼结束，主人要向低下的执事人员赐酒。强悍的硕人竟有如此待遇，引发诗人的感慨。

◎ **章旨**　诗之三章。写硕人亦善文舞。

山有榛①，隰②有苓③。云谁之思，西方④美人⑤。彼美人兮，西方之人兮！

◎ **注释**　①〔榛〕榛子，榛树。落叶乔木，结球形果实，果仁可食，也可榨油。②〔隰〕下湿之地。③〔苓〕又名虎杖、大苦等，多年生草本，根茎可入药，有通经、利尿之效。④〔西方〕指西周。此句表明"美人"来自西周。⑤〔美人〕高大壮美之人，与上文"硕人"同义。

◎ **章旨**　诗之四章。慨叹硕人身世之辞。陈继揆《读风臆补》："后一章两'兮'字忽作变调，亦与首章首句神韵相应。"

◎ **解读**　《简兮》是慨叹舞师身世的诗篇。诗从舞乐之前的鼓声写起，顺次先武后文，视力的亮点始终追随着一个人，即"硕人"，亦即"美人"。而舞蹈结束时面色红润的舞师，与地位低下的办事人员一起，手捧卫公一声高喝赏赐下来的酒爵，禁不住悲从中来。当然，他的悲伤是诗人替他表达的，而且明言，他是从西方来的，作为技艺精湛的舞蹈家，曾是为王家服务的，现在却要跑到卫国公庭前混碗饭吃了。诗前三章写人写舞，文字简劲有力，特别值得注意的是最后一章，以"山有榛，隰有苓"的比兴之词另起，忽然改变了歌唱的调子，而内容也变得柔婉缠绵。清晰地显示了当时歌唱方式的丰富，也显示出诗人驾驭语言的才能。

泉　水

毖①彼泉水，亦②流于淇③。有怀于卫，靡日不思。娈④彼诸姬⑤，聊⑥与之谋⑦。

◎ **注释** ①〔毖〕水从泉眼流出貌。②〔亦〕尚且。③〔淇〕水名，发源于今山西太行山侧，流经卫国（今属河南）境内入黄河。④〔娈〕美好貌。⑤〔诸姬〕各位姬姓女子。⑥〔聊〕姑且。语含无奈之意。⑦〔谋〕谋划回娘家事。

◎ **章旨** 诗之首章。戴君恩《读诗臆评》："'有怀于卫，靡日不思'，诗题也。以下俱籍之以描写'有怀'之极思耳。"

出宿①于泲②，饮饯③于祢④。女子有行⑤，远父母兄弟。问我诸姑⑥，遂及伯姊⑦。

◎ **注释** ①〔宿〕歇宿。周贵族女子远嫁他国，往往路途遥远，中间必须歇息。②〔泲〕河流名。据《水经注》，发源于今河南荥阳，向东北流，分为南北两支，合流后流入钜野泽。③〔饮饯〕宴饮告别。古代出行有所名轪的仪式，祭祀路神，仪式中有饯别酒宴。这一句还是说中间歇息的事。④〔祢〕水名，又名冤水、大祢沟，在今山东菏泽西南。⑤〔行〕出嫁、嫁人。⑥〔诸姑〕诸位姑母。⑦〔伯姊〕姐妹辈中的年长者。

◎ **章旨** 诗之二章。前四句是说出嫁时的路途。末二句接上章"聊与之谋"。

出宿于干①，饮饯于言②。载③脂④载舝⑤，还车言迈⑥。遄⑦臻⑧于卫，不瑕⑨有害？

◎ **注释** ①〔干〕卫地名，在今河南清丰县南。②〔言〕地名，卫地。有学者认为"言"即"聂"，其地在今山东聊城附近。也有学者认为"言"即"嵒"，在今河南杞县附近。③〔载〕结构词，连接动词。④〔脂〕为车轴加油。本义为油脂，在此作动词用。⑤〔舝〕两端固定车轮的插销，字亦作辖。⑥〔迈〕前行。⑦〔遄〕迅速。⑧〔臻〕到达。⑨〔不瑕〕疑问词。瑕，通"胡""何"，不瑕为双重否定。此句大意是该没有害处的吧。

◎ **章旨** 诗之三章。最后一句表明，所有归程路径，皆是心中设想之词。

我思肥泉^①，兹^②之永叹^③。思须^④与漕^⑤，我心悠悠。驾^⑥言^⑦出游，以写^⑧我忧！

◎ **注释**　①〔肥泉〕泉水同出而异流，为肥泉。据郦道元《水经注·淇水》，流入淇水的肥泉有两支泉源，一出朝歌西北，东南流；一出朝歌西北大岭下，东流至马沟水，两水合流，再东南流，入淇水。据此，"肥泉"与第一章的"泉水"是写的同一条水。诗言肥泉，慨叹自己不能像泉水入淇那样回返卫国。②〔兹〕滋，更加。③〔永叹〕长叹。④〔须〕地名。《管子·大匡》："狄人伐卫，卫君出致于虚。""虚"或即诗中之"须"。又《水经注》："濮渠又东经须城北。"学者以为即《泉水》之"须"。其地在今河南濮阳西。出自戴震《诗经考》卷三。一说，须即"沫"之假借，沫即朝歌之地，曾是卫国都城。⑤〔漕〕即曹。卫国在遭受北狄严重打击后，将都城迁移至当时位于黄河东南岸之曹邑，其地在今河南滑县东，与须地距离不远。⑥〔驾〕驾车。⑦〔言〕而。⑧〔写〕排遣、抒发。

◎ **章旨**　诗之四章。陈继揆《读风臆补》："全诗皆虚景也。因想成幻，构出许多问答，许多路途。又想到出游写忧，其实未出中门半步也。"牛运震《诗志》："'永叹'作结，缱绻含蓄，淡婉入神。"

◎ **解读**　《泉水》是表达出嫁卫女思念母邦的诗。从"思须与漕"句可知，本诗与卫国遭狄侵害、国都迁移，即《左传·闵公二年》所谓"戴公……庐于曹"的重大变故有关。母邦遭遇灾难，初出嫁的女儿因而思念故国，并在心中设想回国所经路途，并为此询问同样身处异国深宫的姑母姐妹。其实，诗中只有思归，没有真正上路，因为诗篇所言的路线并非一条，甚至方位、方向也不同。就是说，诗篇不是真实表现某位或某几位远嫁女子的故国之情，而是这一类人的乡愁。而且，诗篇表现远嫁女儿的乡情，又与卫国遭遇重大变故同时。这可能与许穆夫人的遭遇有关（参《鄘风·载驰》篇），就是说，许穆夫人的爱母邦之情，引发了当时对远嫁女故国情感的关注，因而有《泉水》之作。重大历史变故，引发了一种特定的人道关怀，正是这首诗篇值得注意的地方。

北 门

出自北门①，忧心殷殷②。终窭③且贫，莫知我艰④。已焉哉⑤！天实为之⑥，谓之何⑦哉！

◎ **注释** ①〔北门〕都城北门。②〔殷殷〕心情沉重的样子。③〔窭〕贫困。④〔艰〕艰难。⑤〔已焉哉〕算了吧。⑥〔为之〕有意如此。⑦〔谓之何〕奈之何。
◎ **章旨** 诗之首章。终窭且贫，一副潦倒样子。

王事①适②我，政事一③埤益④我。我入自外，室人⑤交遍⑥谪⑦我。已焉哉！天实为之，谓之何哉！

◎ **注释** ①〔王事〕犹言国事、公事。②〔适〕抛掷。适我，犹言"扔给我"。③〔一〕都，一齐。④〔埤益〕堆累、增加。⑤〔室人〕家人。⑥〔交遍〕轮番地。⑦〔谪〕指责。
◎ **章旨** 诗之二章。政事一埤益我，回到家，也不让人省心：家人交遍谪我，倒霉透顶！

王事敦①我，政事一埤遗②我。我入自外，室人交遍摧③我。已焉哉！天实为之，谓之何哉！

◎ **注释** ①〔敦〕投掷。②〔埤遗〕同"埤益"，留给。③〔摧〕诋毁，折磨。
◎ **章旨** 诗之三章。牛运震《诗志》："连用数'我'字，气馁而声蹙。"
◎ **解读** 《北门》是表现官场小人物牢骚满腹却又无可奈何的诗篇。小人物所以有牢骚，一是他穷困，二是他事多。事多而薪水少，说明他官卑职小；什么事都由他去干，又说明他在官场中受气。官场黑暗不好混，家庭也不叫人舒心。"交遍"一词用得好，不分老少谁都可以蔑视他。照理说这日子没法过了，但诗中人却不见有什么让人提气的想法，一句"天实为之"，就算得精神胜利了。小人物毕竟是小人物。这倒不是说职位和地位的小，而是精神上的小。《诗经》真不愧是一个时代人生世态的万花筒，在一个小贵族自叹自怜的磨磨叨叨中，显示了社会生活的一副"体段"，一股"没出息"的情绪。

北　风

北风①其凉，雨雪②其雱③。惠④而好我，携手同行⑤。其虚其邪⑥，既⑦亟⑧只且⑨！

◎ **注释**　①〔北风〕冬天的风。②〔雨雪〕下雪。雨在此作动词。③〔其雱〕犹言"雱雱"，雪盛貌。④〔惠〕恩好。⑤〔同行〕同道。⑥〔虚、邪〕虚伪、邪恶。⑦〔既〕过去、曾经。⑧〔亟〕敬，恩爱。⑨〔只且〕语尾词。

◎ **章旨**　诗之首章。风凉雪雱，喻婚变境况，景中含情。

北风其喈①，雨雪其霏②。惠而好我，携手同归。其虚其邪，既亟只且！

◎ **注释**　①〔喈〕形容风速快。②〔其霏〕犹言"霏霏"，大雪飘落貌。
◎ **章旨**　诗之二章。陈震《读诗识小录》："'喈'字有声，'霏'字有势，换一字分出深浅，炼意之妙。"

莫赤匪狐①，莫黑匪乌②。惠而好我，携手同车。其虚其邪，既亟只且！

◎ **注释**　①〔莫赤匪狐〕只要是狐狸就一定是赤色的。②〔莫黑匪乌〕只要是乌鸦就一定是黑色的。

◎ **章旨**　诗之三章。方玉润《诗经原始》："妖孽频兴，造语奇辟，似古童谣。"

◎ **解读**　《北风》是表现妇女遭受丈夫虐待或抛弃的哀怨之诗。"北风其凉，雨雪其雱"犹如前面《终风》中的"曀曀其阴，虺虺其雷"，都是处境艰难的比喻。"惠而好我"两句则是讲当初你对我表现了恩好，所以才坐上你迎亲的车子，跟你一起回家。说过去，当然是对丈夫现在的表现大不满，也表示了上当受骗之感。"莫赤"两句最见分量，说天下的男子一定得变心，骂得广，是因为恨得深，而且比喻精当，是《诗经》中的名句。诗篇的特色在其简洁明快，"北风""雨雪"的比兴词，道出了诗中人物不尽的心寒与凄凉。

静　女

静女①其姝②，俟③我于城隅④。爱⑤而不见，搔首踟蹰⑥。

◎ **注释**　①〔静女〕淑女、善女。静，通"靖"。②〔姝〕美貌、可爱。③〔俟〕等待。④〔城隅〕城墙拐角处，古代筑城，在拐角处起台建屋，即后世所谓角楼。⑤〔爱〕通"薆"，隐蔽的意思。爱而，即薆然。⑥〔踟蹰〕徘徊、焦急的样子。

◎ **章旨**　诗之首章。陈继揆《读风臆补》："其传神处，尤在'搔首踟蹰'四字耳。"

静女其娈，贻我彤管①。彤管有炜②，说怿③女④美。

◎ **注释**　①〔彤管〕古代官中有记录后妃群妾行为的女史，彤管即女史用的赤色笔管。一说，古代针有管，乐器也有管。②〔炜〕光泽。③〔说怿〕喜欢，双声词。④〔女〕汝，指彤管。

◎ **章旨**　诗之二章。展玩手中信物，情意荡漾。

自牧①归②荑③，洵④美且异。匪⑤女之为美，美人⑥之贻！

◎ **注释**　①〔牧〕郊外为牧。②〔归〕馈赠。③〔荑〕细嫩的白茅草根。④〔洵〕实在。⑤〔匪〕非。⑥〔美人〕指诗中的男子,《诗经》中美人一词常用以形容男子高大壮美。

◎ **章旨**　诗之三章。爱屋及乌,物以人重。许谦《诗集传名物钞》:"首言城隅,末言自牧,盖不特俟于城隅,抑且相逐于野矣。"

◎ **解读**　《静女》是描述情人约会的诗篇。"爱而不见"两句,在全诗中最有画面效果。小伙子见到姑娘了没有?结果不需言表,说了反而没意思。诗表现的心理也是细腻精微的。在姑娘、小伙子各自把玩手里的信物时,诗都用了第二人称的"女"(汝)字。物而人称,是因为物以人贵,即所谓的"爱屋及乌";以"汝"呼物,与物对谈(参钱锺书《管锥编》),是何等一往情深!诗简洁得像剪影,但轮廓分明之中,却容纳了如此的曲折和情致。明快而不失蕴藉,十分可爱。

新　台

新台①有泚②,河水③弥弥④。燕婉⑤之求,籧篨⑥不鲜⑦。

◎ **注释**　①〔新台〕台名。据《水经注》,故址在今山东鄄城东北黄河故道旁。②〔有泚〕犹言"泚泚",华美貌。指新台。③〔河水〕古称黄河为河水。④〔弥弥〕盈满貌。⑤〔燕婉〕和婉、美妙。⑥〔籧篨〕不能俯身。⑦〔不鲜〕不死。鲜,不以寿终为鲜。"不鲜"在此为"老不死"的意思。

◎ **章旨**　诗之首章。前两句言新台地点,后两句揣想女子失落之情。格调诙谐。苏辙《诗集传》:"国人疾之而难言之,故识其台之所在而已。"

新台有洒①,河水浼浼②。燕婉之求,籧篨不殄③。

◎ **注释**　①〔洒〕高峻貌。《韩诗》"洒"字作"漼"。②〔浼浼〕河水涨满时平旷的样子。③〔殄〕尽、绝。"不殄"与"不鲜"义同,都是骂人语。

◎ **章旨**　诗之二章。含义同诗之首章。

鱼网之设，鸿①则离之。燕婉之求，得此戚施②。

◎ **注释**　①〔鸿〕大雁。鸿本为飞天上飞鸟，落在渔网，比喻诧异、失望。②〔戚施〕不能仰身。此处是夸张地说宣公年老躯干弯曲。

◎ **章旨**　诗之三章。陈震《读诗识小录》："'得此戚施'承上文两'不'字转落，令读者绝倒。"

◎ **解读**　《新台》是痛斥卫宣公秽行的诗篇。据《左传》及《史记》载，卫宣公为自己的儿子伋从齐国娶来新妇，因见其美貌便据为己有，并在卫、齐两国交界处筑了新台，以取悦新人。卫人赋此诗加以讽刺。一、二两章开头从新台写起，新台的高俊华丽，是写实，也是与下面的"籧篨不鲜"作映衬。"籧篨"是骂卫宣公相貌寒碜、老不死，同时也表达了替女子惋惜之情。"籧篨""戚施"是比兴之辞，卫宣公不见得有那样的残疾，也不一定老得不能低头、不能仰身。诗人这样写，不过是夸张手法，是以戏谑表达鞭挞之情，语言辛辣。

二子乘舟

二子①乘舟，泛泛②其景③。愿言④思子，中心养养⑤。

◎ **注释**　①〔二子〕卫宣公之子伋与寿。伋为世子，系宣公前妻所生。寿为宣姜所生。②〔泛泛〕水流的样子。③〔景〕通"憬"，远去。一说，影。④〔愿言〕禁不住地起念头的意思。愿，念。言，语助词。⑤〔养养〕思绪摇摆不定。

◎ **章旨**　诗之首章。见二子乘舟而内心忧伤。妙在一个"景"字。

二子乘舟，泛泛其逝①。愿言思子，不瑕有害②？

◎ **注释** ①〔逝〕漂游。②〔不瑕有害〕不会有什么伤害吧。

◎ **章旨** 诗之二章。见舟中二子离去而祈愿。"逝"字奇特。

◎ **解读** 《二子乘舟》是一首关怀、担忧离人之作,或与卫国公子寿救世子伋的故事有关。据刘向《新序》,公子伋为宣公前妻所生,为卫世子。宣公妻宣姜,生公子寿和公子朔。宣姜为夺嫡,设计制造沉船事故,害死公子伋。公子寿得知此事,与公子伋一起乘舟,以阻止母亲的诡计。诗篇所写,则是二子水上乘舟,留在岸上的人为之担忧。意象清晰、生动,也很深情。不过,诗篇是否与两位公子的事有关,历来有不同看法。

鄘　风

《鄘风》的诗篇所表现的内容应属卫地。关于鄘，有学者以为即鲁国旧地，也有人认为在今商丘一带（见《邶风》说明）。金文中出现过鄘，见于《邢侯簋》。此簋铭文记王朝把原封于今河南温县的邢侯，迁移到今河北邢台一带，建立新的邢侯之邦。铭文有"王令……（句）邢侯服，易（赐）臣三品：州人、重人、鄘人"之语。学者相信，铭文中的"鄘"就是"鄘风"的鄘。前面说过，鄘风乐调，可能来自东方，因为不论是商丘还是奄，殷商人群都曾在那里生活过。金文显示，西周早期有"鄘"之地，那么是否与前说相矛盾呢？不是。地名是可随人群的移动而迁移的，商人在东部居住时的名称，也可以随着他们迁居黄河以北地区时带过来。鄘，可能就属于这样的情况。所以，延续到周代，还能在金文中看到它，古老的东方风调在鄘地还在延续。而且，从《邢侯簋》的铭文还可以看出，早在西周前期鄘就是一个人口稠密的地区，否则就不会从这里划拨人口给邢侯了。古代人口多即意味着富庶，由此，鄘地文化发达也是可以想见的。

《鄘风》十篇。

柏　舟

泛彼柏舟，在彼中河①。髧②彼两髦③，实维我仪④，之死矢靡它⑤。母也天只⑥，不谅⑦人只！

◎ **注释**　①〔中河〕河中。②〔髧〕头发下垂貌。③〔髦〕头发两分下垂至眉，是父母健在时男子的发式。④〔仪〕配偶。⑤〔之死矢靡它〕至死不移的意思。之，到；矢，誓；靡，无；它，他心。⑥〔母也天只〕呼母叫天，是痛苦至极的表现。一说，"天"指代的是父亲，犹言母也父也。⑦〔谅〕体谅，理解。

◎ **章旨**　诗之首章。言那位两髦之人是自己心仪的对象，至死不变。

泛彼柏舟，在彼河侧。髧彼两髦，实维我特①，之死矢靡慝②。母也天只，不谅人只！

◎ **注释** ①〔特〕夫婿，指男子。②〔慝〕通"忒"，改变想法。

◎ **章旨** 诗之二章。陈震《读诗识小录》："含涕茹悲，芊眠婉转，读其词者，如闻其声，且如见其人，所谓下笔有神者耶！"

◎ **解读** 《柏舟》是表达贞女自誓的诗篇。诗篇表现了一个家庭遇变故的女子的遭际，用女子的拒绝改嫁表达了忠贞不渝的爱情态度。孀居守节的生活，将是艰难的，父母令其改嫁的初衷，或本于此。但女子有自己的生活抉择，而且在这抉择经受压力时，能坚守自己的意志。诗篇突出的正是这种意志，这也是诗篇最感人的地方。《诗经》中表现女性精神世界的篇什不在少数，但如此刚烈的性格，却不多见。

墙有茨

墙有茨①，不可扫也。中冓②之言，不可道也。所可③道也，言之丑也。

◎ **注释** ①〔茨〕蒺藜。②〔中冓〕传统说法"中冓"即"内室"。冓为木材交接状，所以指代房室。近出"安大简"此篇，"中冓"之"冓"作"𡪂"，为"中夜"亦即"半夜"之义，而"夜半"之言，指男女之事。"𡪂"字观商代甲骨文，"冓"应为"𡪂"之假借。③〔所可〕能说的。"所可"两句，交代中冓之言不可说的缘由。

◎ **章旨** 诗之首章。以墙有茨而不可扫，喻中冓之言不可道，形象生动。陈子展《诗经直解》："诗之为刺，较之蒺藜尤为尖锐。"

墙有茨，不可襄①也。中冓之言，不可详②也。所可详也，言之长③也。

◎ **注释** ①〔冓〕同"攘"，除去。②〔详〕声扬，声张。《韩诗》本此字作"扬"，"安大简"作"锡"，喧嚣。"详""扬"皆为"锡"的假借字。③〔长〕丑事远扬的意思。

◎ **章旨** 诗之二章。言中冓之言不可详说。牛运震《诗志》："正申明不可道之义，却用转语，意味便自悠长。"

墙有茨，不可束①也。中冓之言，不可读②也。所可读也，言之辱也。

◎ **注释** ①〔束〕捆扎。②〔读〕细说。读的本义是抽取，细细地从文献中抽绎出主要意思就是读。在这里是活用，数说的意思。

◎ **章旨** 诗之三章。言不可细说。三章中"也"字十二次出现。

◎ **解读** 《墙有茨》是一首告诫人们不要传扬男女私密之事的诗。诗人这样告诫，是先已认定上流社会的"中冓"之事是十分丑恶的，连议论它都是不体面的。诗篇善恶分明，针砭的锋芒选择颇有特点，"也"字的连续使用是其显著特点。"也"在古汉语中往往用在那些肯定句尾，在此也确实起到了强化劝诫意味的作用。

君子偕老

君子偕①老，副②笄③六珈④。委委佗佗⑤，如山如河⑥，象服⑦是宜。子之不淑⑧，云如之何！

◎ **注释** ①〔偕〕一同。此句字面意是与丈夫一同终老，暗含女子守寡之义。②〔副〕用头发编成的发套，古代贵族所戴假发。③〔笄〕束发用的钗簪。④〔珈〕笄上装饰的玉，是身份华贵的象征。有六种，所以言六珈。⑤〔委委佗佗〕举止舒缓雍容的样子。此句正常语序应作"委佗委佗"。古代书写，每于句中重复字作"两个短横"即"二"加以表示，后人不明就里，误写成"委委佗佗"。"委佗"

即"逶迤"。⑥〔如山如河〕形容人物气象安稳大方。⑦〔象服〕象即豫，盛装。⑧〔不淑〕不幸。王国维《与友人论诗书中成语》："'不淑'一语……古多用为遭际不善之专名。"

◎ **章旨** 诗之首章。先言君夫人之首饰、服装之盛，继而叹其不幸。文势诡谲。

玼①兮玼兮，其之翟②也。鬒发③如云，不屑髢④也。玉之瑱⑤也，象之揥⑥也，扬⑦且⑧之皙⑨也。胡然而天也？胡然而帝也⑩？

◎ **注释** ①〔玼〕鲜明华丽貌。②〔翟〕绘有雉鸡图案的礼服。古代王后、君夫人的六种礼服中，有揄翟、阙翟二服，此处所言翟，马瑞辰《通释》以为即阙翟。③〔鬒发〕美发，黑漆漆的头发。④〔髢〕假发。两句夸赞女子头发浓密美好，不屑于戴假发。⑤〔瑱〕发笄两端垂下的玉石，又叫充耳、塞耳，装饰用。⑥〔象揥〕象牙制的装饰，可以搔头、挽发。揥，簪。⑦〔扬〕指眉宇宽阔明亮。⑧〔且〕语词。⑨〔皙〕白。⑩〔天、帝〕犹言天仙、帝女。

◎ **章旨** 诗之二章。言其衣服之华丽、发之浓密以及头面饰物之精美。"胡然"两句，承前章"不淑"，看似惊叹女子天神地仙之美，实则感慨天生丽质带给她的命运不济。牛运震《诗志》："连用'也'字，调逸气欲飞，不嫌排叠。"

瑳①兮瑳兮，其之展②也。蒙彼绉絺③，是绁袢④也。子之清扬⑤，扬且之颜也。展⑥如之人⑦兮，邦之媛⑧也！

◎ **注释** ①〔瑳〕鲜盛貌。②〔展〕展衣，后妃六衣之一。③〔绉絺〕葛麻制成的带绉的细纱。④〔绁袢〕内衣，犹今之汗衫。诗中展衣是外衣，绉絺是中衣，绁袢为内衣。⑤〔清扬〕眼睛清亮。⑥〔展〕确实。⑦〔之人〕这人。⑧〔媛〕美人，邦媛犹言国色。

◎ **章旨** 诗之三章。吕祖谦《吕氏家塾读诗记》（简称《读诗记》）："一章……责也。二章……问之也。三章之末，云'展如之人兮，邦之媛也'，惜之也。辞益婉而意益深矣。"

◎ **解读** 《君子偕老》是叹惜美貌失偶的君夫人不幸的篇章。从诗所言人物的装扮，可知其为一位诸侯夫人，美貌年轻却守寡，令人叹息，结合历史记载，这样的叹息还有言外之意。《左传·闵公二年》记载，美丽的宣姜先是被迫嫁给卫宣公，宣公死，宣姜仍然年轻貌美，又被权臣昭伯盯上，"齐人使昭伯烝于宣姜，不可，强之"。"不可，强之"几个字，是理解此篇基调的关键。叹惜宣姜命运的"不淑"，正暗含着对强权好色人物的不满，诗人对宣姜是同情和理解的。这又影响到诗篇表现手法：极力夸赞君夫人之美，意在反衬其鲜花飘落污浊的无奈和不幸。也因此，诗篇在艺术上就表现为显明与含蓄的对峙，是出色的皮里阳秋笔法。古人称此为"风人"体式，也称之为"温柔敦厚"。

桑 中

爰①采唐②矣？沬③之乡矣。云④谁之思？美孟姜⑤矣。期⑥我乎⑦桑中⑧，要⑨我乎上宫⑩，送我乎淇⑪之上矣。

◎ **注释** ①〔爰〕"于焉"的合音，在哪里。②〔唐〕菟丝子，又名唐蒙、兔芦，攀附在其他植物上的寄生植物。③〔沬〕卫国中心地带，殷商旧都故地，在今河南淇县境内。④〔云〕语词。⑤〔孟姜〕姜姓大姑娘。古人用孟、仲、叔、季排行，孟为老大。姜，姓。⑥〔期〕约定。⑦〔乎〕于。⑧〔桑中〕桑林。古代桑林之中往往有高禖之社，又叫桑社，高禖神管生育，所以这里是男女相会的场所。⑨〔要〕邀。⑩〔上宫〕高禖庙，古代男女相会之所。一说为高楼。⑪〔淇〕水名，在今河南境内，流入卫河。

◎ **章旨** 诗之首章。前二句起兴，中间两句言所思之女，最后三句言与孟姜的会见与分别。后二章义同。

爰采麦矣？沬之北矣。云谁之思？美孟弋①矣。期我乎桑中，要我乎上宫，送我乎淇之上矣。

◎ **注释**　①〔弋〕古代贵族姓。

◎ **章旨**　诗之二章。言所思为孟弋。

爱采葑①矣？沬之东矣。云谁之思？美孟庸②矣。期我乎桑中，要我乎上宫，送我乎淇之上矣。

◎ **注释**　①〔葑〕蔓菁。②〔庸〕古代贵族姓。

◎ **章旨**　诗之三章。言所思为孟庸。钱锺书《管锥编》："貌若现身说法，实是化身宾白，篇中之'我'，非必诗人自道。"又说："桑中、上宫，幽会之所也；孟姜、孟弋、孟庸，幽期之人也；'期''要''送'，幽欢之颠末也。直记其事，不著议论意见，视为外遇之薄录也可，视为丑行之招供又无不可。"

◎ **解读**　《桑中》是表现卫地男女桑中私会的篇章。诗中之"我"，不见得是诗人之"我"，孟姜、孟弋、孟庸，也未必实有其人，诗的格调也在讽刺与诙谐之间。桑中男女相会，其古老的渊源应与古人生殖崇拜有关。这种古老的习俗到春秋时期仍在中原地区延续，于是就有了"桑中之喜"之类的俗语，暗示不合周人礼法的男女私情。其实也可以理解为古老风俗对时代较晚的周贵族婚姻礼法的冲击。耐人寻味的是，《诗经》中大量与此类风俗相关的诗篇，其区域多在殷商文化的中心区域，这正是此诗"可以观"的价值。诗的时代，应为东周时期；所表现的内容，或许就意味着这样的事实：周礼废弛与各地地域习俗的再兴，是相伴而生的现象。

鹑之奔奔

鹑①之奔奔②，鹊③之彊彊④。人之无良⑤，我以为兄。

◎ **注释**　①〔鹑〕鹌鹑，鸡形目，雉科。雄者好斗，雌能产卵。②〔奔奔〕鹑鸟雌雄飞而相随的样子。③〔鹊〕俗称喜鹊，喜于干燥之处居住，性好斗。④〔彊彊〕义同"奔奔"。⑤〔无良〕不良。

◎ **章旨** 诗之首章。言"无良"之人为己之兄。鹑、鹊起兴，人不如鸟。

鹊之彊彊，鹑之奔奔。人之无良，我以为君。

◎ **章旨** 诗之二章。言"无良"之人为己之君主。牛运震《诗志》："一团忸怩，恻然见羞恶之心。"

◎ **解读** 《鹑之奔奔》是对生活糜烂的在上位者表厌恶的歌。春秋时期流行赋诗言志，此诗也曾见赋。《左传·襄公二十七年》载郑国诸大臣接待晋国执政赵武，赋诗言志，郑国的伯有赋《鹑之奔奔》。赵武说："床第之言不逾阈，况在野乎？"意思是说这首诗涉及男女床上的隐私之事，是不应在公开场合念给人听的。赵武还对晋国的叔向说：伯有在公开场合赋这样的诗，是很危险的，因为他这样赋诗是有意讽刺郑国君主，是"志诬其上"，所以没有好结果。以《左传》所载推断，此诗肯定是讽刺卫国君主一流人物的，而且该君主还与诗中之"我"有兄弟关系。具体所指为卫国哪位君主，诗篇不曾言明，也就只好付诸阙如了。

定之方中

定①之方中②，作于③楚宫④。揆⑤之以日⑥，作于楚室⑦。树之榛⑧栗⑨，椅桐梓漆⑩，爰⑪伐琴瑟⑫。

◎ **注释** ①〔定〕星宿名，又名营室。②〔方中〕黄昏时定星正处于南天的当中，在每年农历十月十五日至十一月初。③〔作于〕开始营建。④〔楚宫〕在楚丘上营建宗庙宫室。公元前660年，卫国遭受戎狄大举入侵，损失惨重，暂居漕邑，形势稍安后，又移至楚丘，并在这里由齐国等诸侯帮助建立新都。⑤〔揆〕度量、衡度。⑥〔日〕日影，古代建宫室，用木制标杆（名为臬）测量日影，以定南北方向。⑦〔楚室〕楚丘上的宫室。⑧〔榛〕榛树。参《邶风·简兮》"山有榛"句注。⑨〔栗〕又名山栗、板栗，果实可食用。⑩〔椅桐梓漆〕此句与上句"榛栗"相连，意为种上各种木材。椅、梓为楸类，木质坚硬；桐为梧桐；漆即漆树，汁液是制作漆器的绝佳涂料。⑪〔爰〕于此。⑫〔琴瑟〕制作琴瑟的木材。

◎ **章旨** 诗之首章。言建室种树。王柏《诗疑》:"作室而先种树,为琴瑟之需,可见其规模深远。"方玉润《诗经原始》:"一章总言建国大规。"

升彼虚①矣,以望楚②矣。望楚与堂③,景山④与京⑤,降⑥观于桑⑦。卜云其吉⑧,终然⑨允⑩臧⑪。

◎ **注释** ①〔虚〕高土丘。②〔楚〕指楚丘。③〔堂〕邑名,与楚丘相邻。④〔景山〕大山。⑤〔京〕高土堆。⑥〔降〕从高处下来。⑦〔桑〕桑田。即考察新都城周围可种植桑树的土野。⑧〔卜云其吉〕古代建城邑前,考察过地势后要进行占卜,由神来决断选址与否。此句是说占卜以后,呈现吉兆。⑨〔终然〕终究,最终选择。⑩〔允〕确实。⑪〔臧〕好,吉利。

◎ **章旨** 诗之二章。言确定基址。方玉润《诗经原始》:"追叙卜筑之始。"《郑笺》:"观其旁邑及其丘山,审其高下所依倚,乃后建国焉,慎之至也。"

灵雨①既零②,命彼倌人③。星④言⑤夙驾⑥,说⑦于桑田。匪⑧直也人,秉心⑨塞渊⑩,骙牡⑪三千⑫!

◎ **注释** ①〔灵雨〕犹言好雨。②〔零〕降落。③〔倌人〕驾车人。④〔星〕晴。一说,即顶着星星的意思。⑤〔言〕而。⑥〔夙驾〕早早驾车出行。夙,早。⑦〔说〕通"税",路途中间的短暂休息。⑧〔匪〕彼。⑨〔秉心〕持心,用心。⑩〔塞渊〕心思诚实而深远。⑪〔骙牡〕骙,大马。牡,母马。⑫〔三千〕泛言其多。言卫文公晚年国力恢复。

◎ **章旨** 诗之三章。言勤于农桑。方玉润《诗经原始》:"三章终言勤劳以致富庶。'秉心'句是全诗主脑。"牛运震《诗志》:"'灵雨'字幻妙。杜诗'好雨知时节'乃'灵雨'字注脚也。一'既'字多少庆幸,后世喜雨诗不如此一字得神。"

◎ **解读** 《定之方中》是歌颂卫文公在楚丘兴建宫室、振兴邦家的诗篇。诗篇系颂歌，却不空洞，原因在于诗人有国家兴亡的真情实感，颂扬卫公实际也是在赞美卫国的复兴。诗首章以相当多笔墨言植树，表明着眼于未来的礼乐建设。次章回溯营造之初的考察度量等活动。最后一章则专颂卫公，一位勤政国君的形象跃然纸上。诗写出了大难之后邦国的清新气象，格调也清新流畅。

蝃 蝀

蝃蝀①在东②，莫之敢指③。女子有行，远父母兄弟。④

◎ **注释** ①〔蝃蝀〕彩虹。甲骨文显示，殷商时人以虹出为有祸。《逸周书·时训》："虹不藏，妇不专一。"将虹视为淫乱之征。②〔东〕虹出现在东方。古谚语有所谓"东虹晴，西虹雨"之说，虹在东，含不能长久的意思。③〔莫之敢指〕彩虹出现时，没有谁敢用手去指。④〔"女子"两句〕女子出嫁是远离父母兄弟的人生大事（一定要合乎礼法）。行，出嫁。

◎ **章旨** 诗之首章。言女子嫁人是大事，自有其规矩。虹之不可指与婚姻律条不可犯相同，言下有女子不守德行因而婚媾亦不能持久之意。

朝隮①于西，崇朝②其雨③。女子有行，远兄弟父母。

◎ **注释** ①〔隮〕同"跻"，升的意思。此处指早晨云气。②〔崇朝〕即"终朝"，一个早晨。③〔其雨〕下雨，在此有暗示男女性关系的意思。

◎ **章旨** 诗之二章。以早霞朝雨暗示女子不守规矩，也暗示如此婚媾不会长久。

乃如之人①也，怀②昏姻也；大无信也，不知命③也。

◎ **注释** ①〔乃如之人〕这样的人。语含蔑视。②〔怀〕贪恋。③〔命〕本分。

◎ **章旨**　诗之三章。戴君恩《读风臆评》："一二为三章立案也，何等步骤！'乃如'四句，语意森凛。"

◎ **解读**　《蝃𬟽》是斥责女子私奔的篇章。此诗与前面的《桑中》的意趣恰好相反，诗篇从父母兄弟对婚姻有决定权的角度，痛斥那些"怀婚姻"的人，很明显诗人是维护礼制的。诗篇的特点在于前两章与最后一章语气语调的忽然变化：前两章含蓄，后一章则肆口直斥；两者对比分明。而在前两章中，前两句采用象征手法，暗示不合礼法的婚媾行径，继而后两句直陈婚姻之事的重大，语气郑重；这似乎都是在为最后一章的表达蓄势，最后一章四个"也"字的连续使用，更加强了此章表达的分量。

相　鼠

相①鼠有皮，人而无仪②。人而无仪，不死何为！

◎ **注释**　①〔相〕看，视。一说"相鼠"为一词，相州的老鼠，传说它可以像人一样站立，前两足打拱，如同人双手作揖。②〔仪〕威仪。

◎ **章旨**　诗之首章。牛运震《诗志》："痛诃之词，几于裂眦。"下二章同。

相鼠有齿，人而无止①。人而无止，不死何俟②！

◎ **注释**　①〔止〕容止，言行举止。②〔俟〕等待。

◎ **章旨**　诗之二章。含义同诗之首章。

相鼠有体，人而无礼。人而无礼，胡不遄①死！

◎ **注释**　①〔遄〕速，快快地。

◎ **章旨**　诗之三章。含义同诗之首章。

◎ **解读**　《相鼠》是憎恶无礼之人的诗。诗篇讽刺的是谁，古来说法众多。有一种说法认为是夷姜责骂卫宣公的。宣公先与庶母夷姜乱伦生伋子，若干年后伋子娶妻他又据为己有，于是夷姜自缢身亡。此诗为夷姜所作。卫宣公"躬鸟兽之行"，德行上可谓一塌糊涂。再从诗篇显示的强烈情绪看，此说虽无典籍上的明证，倒也颇能顺理成章。孔子说"诗可以怨"（《论语·阳货》），此篇表达怨怒之情而不假掩饰，在三百篇中是罕有的几例之一。

干　旄

孑孑①干旄②，在浚③之郊。素丝④纰⑤之，良马四之⑥。彼姝⑦者子，何以畀⑧之？

◎ **注释**　①〔孑孑〕高高的样子。②〔干旄〕军旅中指挥士卒用的旗帜。干，旗杆。杆的顶端饰旄牛尾，再以长线系羽毛为旗幅，即干旄。③〔浚〕卫邑名，距卫国新都城楚丘不远。④〔素丝〕锦缎之类的丝织品。⑤〔纰〕连属，缝合。⑥〔四之〕四匹良马为一组，下文"五之""六之"，意思一样。⑦〔姝〕美好。⑧〔畀〕赠送。

◎ **章旨**　诗之首章。"孑孑"两句，写出友军军容。陈震《读诗识小录》："乍见惊喜，转念珍重，情神毕出。"

孑孑干旟①，在浚之都②。素丝组③之，良马五之④。彼姝者子，何以予之？

◎ **注释**　①〔干旟〕旗杆顶部作"山"字形，中间以鸟头为装饰。②〔都〕城邑。③〔组〕连属，拴系。④〔五之〕五匹良马为一组。

◎ **章旨**　诗之二章。含义同诗之首章。

孑孑干旌①，在浚之城。素丝祝②之，良马六之。彼姝者子，何以告③之？

◎ **注释**　①〔旌〕旗帜的正幅，用羽毛编制而成。②〔祝〕束。③〔告〕好言答谢。
◎ **章旨**　诗之三章。姚际恒《诗经通论》："郊、都、城，由远而近也；四、五、六，由少而多也。诗人章法自是如此。"
◎ **解读**　《干旄》是卫人感激齐、宋等诸侯援军的乐歌。北狄入侵之后，宋桓公迎击北狄，立戴公于漕邑，戴公旋即死去，文公继立。齐桓公使公子无亏率军队戍守漕邑，卫国局势得以稳定。料想此后相当长一段时间，齐、宋等诸侯援军都会驻扎卫地，《干旄》之作当即此时。诗中干旄表诸侯军车马旗帜，"彼姝者子"是赞美援军士卒个个精神，都是激情中语。素丝、良马，则指诸侯对卫国的馈赠。大难之后的卫国人对此心存感激是自然的，所以才有诗篇"何以予之""畀之"等深情之语。

载　驰

载驰载驱，归唁①卫侯。驱马悠悠②，言至于漕。大夫③跋涉④，我⑤心则忧。

◎ **注释**　①〔唁〕吊唁、慰问。②〔悠悠〕路途遥远貌。③〔大夫〕来向许国通报情况的卫大夫。一说是指追赶上来阻止许穆夫人回母邦的许国臣子。④〔跋涉〕艰难行进。⑤〔我〕指许穆夫人。据《左传》，她是卫宣公遗孺宣姜被强迫改嫁昭伯（即公子顽）所生的女儿，同出的还有宋桓夫人、戴公、文公等。
◎ **章旨**　诗之首章。前四句是设想驱车奔赴母邦，后二句则交代前因。

既不我嘉①，不能旋反②。视③尔④不臧⑤，我思不远⑥？既不我嘉，不能旋济⑦。视尔不臧，我思不閟⑧？

◎ **注释** ①〔我嘉〕即"嘉我",嘉许我、赞成我。②〔旋反〕回转。反,同"返"。旋、反同义。③〔视〕此处有"相较"的意思,"视尔不臧"即"相较于你们的不善而言"之意。④〔尔〕指许国人。⑤〔不臧〕不善,无良策的意思。⑥〔远〕有远见。⑦〔济〕渡河。⑧〔閟〕密,周密。

◎ **章旨** 诗之二章。言许国人不许夫人回卫。叙述与反问相间,一片愤懑之情。词锋犀利,显示的是性格的坚毅。

陟彼阿丘①,言采其蝱②。女子善怀③,亦各有行④。许人尤⑤之⑥,众⑦穉⑧且狂。

◎ **注释** ①〔阿丘〕偏高的丘陵。②〔蝱〕字当作"莔",贝母,百合科草本植物,据说可以治疗郁积病症。③〔善怀〕多怀,多愁善感。善怀,或为许人的指责之辞。④〔行〕道路,条理。⑤〔尤〕责备。⑥〔之〕指许穆夫人。⑦〔众〕终。与且字构成"终……且……"结构,句型与"终风且暴"相同。⑧〔穉〕骄,与后文"狂"字意思相近。一说,幼稚。

◎ **章旨** 诗之三章。直言许人的愚狂。阿丘采蝱,虚写。方玉润《诗经原始》:"缠绵缭绕,含下无限思意。"

我行其野,芃芃①其麦。控②于大邦,谁因③谁极④?大夫君子,无我有尤。百尔所思⑤,不如我所之⑥!

◎ **注释** ①〔芃芃〕蓬勃。②〔控〕控告。③〔因〕依靠。④〔极〕本义是屋顶的大梁,在此为依仗的意思。据《列女传》,当初许穆夫人曾想嫁到强大的齐国去,且有"若今之世,强者为雄,如使边境有寇戎之事……赴告大国,妾在不犹愈乎"之语。⑤〔百尔所思〕你们再多的思虑。百,百次、百种。尔,你们。⑥〔所之〕所想到的。

◎ **章旨**　诗之四章。言夫人对摆脱危局的看法。"我行"句，是虚笔。"控于大邦"，见识英迈。牛运震《诗志》："控于大邦，以报亡国之仇，此一篇本意。妙在于卒章说出，而前则吞吐摇曳，后则低回缭绕。笔底言下，真有千百折也。"

◎ **解读**　《载驰》是卫国遭遇北狄入侵，许穆夫人想归唁母邦而不得的忧愤之作。北狄侵邢犯卫，齐桓公率诸侯相救，是春秋时期的一件大事。诗篇"控于大邦"的句子，正是"华夏亲昵"意识的体现。许、卫既是婚姻之国，就有同恶相恤的义务，这是周礼的规定，也是华夏诸侯应当奉行的大义。然而许国人既不许夫人回母邦，也没有任何"同恶相恤"的举措，这就是他们"众穉且狂"的地方了。于是，许穆夫人与许国当权男性之间，既有礼法与人情的冲突，也有礼法陈规与邦国大义的纠结。较量与抉择中，有高明与鄙陋、远见与短浅之间的不同。特别值得一提的是诗篇结尾处"百尔所思，不如我所之"的句子，更表现出许穆夫人胜过许国男性的气概，实在难能可贵。诗篇见于《鄘风》，当是用卫地风调演唱的，其最初的流传也应在卫国。

卫 风

周初于殷商故地设三监，后三监联合殷商遗民叛乱。周公在平定叛乱之后，命其弟康叔镇守于此，是为卫国之封。不过，原来卫之地，是商畿内朝歌以东的诸侯之地，《逸周书·世俘解》记载在克商之后第二十一天的甲申，"百弇以虎贲誓，命伐卫"。而且，封康叔时，还把康叔之子中旄父封到朝歌以东之卫（即百弇所伐之地）。后来，康叔后代才把殷商故地合并为一，并称卫。邶、鄘、卫的并立随之结束。康叔为周公之弟，属"文王十子"之一。卫在周初封国中很重要，是头等大邦。《尚书·康诰》显示，康叔受封之际，周公曾经就如何宽和对待殷遗民，有过谆谆教诲。西周后期，卫有著名的卫武公；至懿公时，遭赤狄入侵，几乎灭国。之后在齐、宋等诸侯帮助下，迁于黄河以南，都楚丘。再后，又迁移都城至帝丘。此后一直延续到战国。

《卫风》诗篇多春秋前期作品，共十篇。

淇 奥

瞻①彼淇奥②，绿竹③猗猗④。有匪⑤君子，如切如磋⑥，如琢如磨⑦。瑟⑧兮僩⑨兮，赫⑩兮咺⑪兮。有匪君子，终不可谖⑫兮！

◎ **注释**　①〔瞻〕看。②〔奥〕河水弯曲处。字亦作"隩""澳"。③〔绿竹〕绿色的竹子。④〔猗猗〕茂密的样子。⑤〔匪〕斐，文采显明貌。⑥〔切、磋〕削齐为切，打磨为磋。⑦〔琢、磨〕雕刻、磨平。《毛传》："玉曰琢，石曰磨。"据《毛传》，切、磋、琢、磨分别指骨、牙、玉、石四种原料，以此形容君子修身养性如同治理牙骨玉石一样精慎细致。⑧〔瑟〕牙骨玉石经切磋雕琢后花纹细密貌，引申为仪态矜庄。⑨〔僩〕美貌。牙骨玉石经切磋琢磨后花纹历历然有文采的样子。引申为威严貌。⑩〔赫〕显明。⑪〔咺〕显著貌。字亦作"喧""烜"。⑫〔谖〕忘记，句意为过目难忘。

◎ **章旨**　诗之首章。以绿竹起兴，言君子仪态美好，令人难忘。牛运震《诗志》："'切磋'二语，刻划尽致。""写德性有景有情，是写生手。"

　　瞻彼淇奥，绿竹青青①。有匪君子，充耳②琇莹③，会弁④如星⑤。瑟兮僩兮，赫兮咺兮。有匪君子，终不可谖兮！

◎ **注释**　①〔青青〕即菁菁，茂盛的样子。②〔充耳〕又名"瑱"，塞耳的玉石，用丝线悬挂在冠冕的两侧。③〔琇莹〕似玉的美石。④〔会弁〕缝合处缀有玉石的鹿皮帽。会，字又作"璯"，冠缝缀玉称为璯。弁即鹿皮帽。⑤〔如星〕皮帽缝合处所缀的玉石，如成排之星闪耀。

◎ **章旨**　诗之二章。言君子玉饰。刘禹昌《说卫风淇奥》："中情修好，文章外观，斐斐散彩。"

　　瞻彼淇奥，绿竹如箦①。有匪君子，如金如锡②，如圭如璧③。宽④兮绰⑤兮，猗⑥重⑦较⑧兮。善戏谑⑨兮，不为虐⑩兮！

◎ **注释**　①〔箦〕绿竹密集貌。②〔金、锡〕两种贵金属，言德行如金锡一样精纯。③〔圭、璧〕言气质如圭璧一样莹润。④〔宽〕胸怀宽大。⑤〔绰〕舒缓。⑥〔猗〕即"倚"，依靠。⑦〔重〕双，左右对称的。⑧〔较〕车舆上为便于站立而安装的扶手。此句形容君子乘高级车马出行时的风采。⑨〔戏谑〕开玩笑。⑩〔虐〕过分的玩笑，流于恣肆、刻薄。

◎ **章旨**　诗之三章。牛运震《诗志》："'善戏谑兮'二语写雅人深致，何等风流。""连用'兮'字，顿挫咏叹，节奏悠然。"

◎ **解读**　《淇奥》是歌颂卫武公之德的诗篇。文献记载，卫武公辅佐王朝平戎有功，"王命之为公"。诗篇或作于此时，即西周、东周之交，是卫风中较早的篇章。诗篇所述不外两个字——"威仪"，即西周以来贵族人物特别讲究的仪态，《左传》在讲到君子威仪时也强调两方面：一是要施舍可爱，二是威严可畏，就是既要"审美"的吸引力，又要有权威的胁迫力；两者结合即恩威并施的影响力。诗有趣的地方在表现尊贵君主的不刻板，这就是"善戏谑兮，不为兮"两句的意思。从艺术上说，这两句也确实给诗所塑造的武卫公这尊偶像注入不少生气。另外，诗篇开始对绿竹的描写，以及"如切如磋""瑟兮僩兮"形容，也都为诗篇增添了色彩。其"如切如磋"等句，还为儒家重要文献《论语》《大学》所引用，因而流传很广。

考　槃

考槃①在涧，硕人②之宽③。独寐寤言④，永矢⑤弗谖⑥。

◎ **注释**　①〔考槃〕成乐。考，成。槃，同"般"，欢乐。一说，考槃为扣盘而歌。②〔硕人〕美人，《诗》中"硕人"一词通称男女。③〔宽〕屋宇宽广。④〔独寐寤言〕《郑笺》："在涧独寐，觉而独言。"⑤〔永矢〕永远。矢的本义为直，在此与永同义。⑥〔谖〕同"喧"，吵闹的意思。

◎ **章旨**　诗之首章。戴君恩《读风臆评》："每章精神都在第二句，下两句都从个里拈出。细读过，居然觉山月窥人，涧芳袭袂，那得不作人外想？"

考槃在阿①，硕人之薖②。独寐寤歌，永矢弗过③。

◎ **注释**　①〔阿〕山阿、山坡。②〔薖〕同"窠"，房屋宽大貌。③〔过〕过错。
◎ **章旨**　诗之二章。含义同诗之首章。

考槃在陆，硕人之轴①。独寐寤宿，永矢弗告②。

◎ **注释**　①〔轴〕盘桓。②〔告〕告人。
◎ **章旨**　诗之三章。含义同诗之首章。
◎ **解读**　《考槃》是穷处自乐的隐士之歌。《孔丛子·记义》记孔子曰："于

《考槃》见遁世之士而不闷也。"《论语》记孔子南游卫、楚，曾遇隐者晨门、荷蒉等，看来卫国早有隐士一流人物。诗篇为中国最早的隐士文学，明朝朱谋㙔《诗故》论曰："古言考槃，犹今言寻乐耳。或涧或阿或陆，无往而不适；或寤而言，或寤而歌，或寤而宿，无适而不独，自以明遁世之志专一也。"颇为可取。

硕　人

　　硕人①其颀②，衣锦③褧④衣。齐侯⑤之子⑥，卫侯⑦之妻，东宫⑧之妹，邢⑨侯之姨⑩，谭⑪公维⑫私⑬。

◎ **注释**　①〔硕人〕丰满高大的人。②〔其颀〕身材修长。③〔锦〕有图案色彩鲜艳的丝织品。④〔褧〕绢丝制成的罩衣。⑤〔齐侯〕齐庄公，东周早期诸侯，在位（前794—前731）长达64年。⑥〔子〕女儿。⑦〔卫侯〕卫庄公，卫武公之子，春秋早期诸侯，在位（前757—前735）23年。⑧〔东宫〕太子居住的宫室。齐庄公太子名得臣，诗中女子（庄姜）为得臣之妹。⑨〔邢〕诸侯国名，其地在今河北邢台一带。⑩〔姨〕妻子的妹妹。⑪〔谭〕春秋时诸侯国，故地在今山东济南历城区。⑫〔维〕是。⑬〔私〕姊妹的丈夫称私。

◎ **章旨**　诗之首章。牛运震《诗志》："首二句一幅小像，后五句一篇小传。"细表社会关系，突出新妇身世华贵，庆幸君主婚配得宜。

　　手如柔荑①，肤如凝脂②，领③如蝤蛴④，齿如瓠犀⑤，螓⑥首蛾眉⑦。巧笑⑧倩⑨兮，美目盼⑩兮！

◎ **注释**　①〔柔荑〕柔嫩的白荑。荑，白茅的根芽，白皙柔嫩。②〔凝脂〕凝结的动物油脂，形容皮肤细腻，白中透青，是养尊处优才有的肤色。③〔领〕颈，脖子。④〔蝤蛴〕天牛的幼虫，长而白。⑤〔瓠犀〕葫芦籽，形容牙齿形状细长整齐。⑥〔螓〕俗名伏天，似蝉而小，头广而方正，形容女子的额头宽阔。⑦〔蛾眉〕蚕蛾触须细长而弯曲。蛾眉即细长弯曲的眉毛。⑧〔巧笑〕即俏笑，甜甜的笑。⑨〔倩〕笑时两颊间动人的模样。⑩〔盼〕眼睛黑白分明。黑白分明，方可顾盼生姿。

◎ **章旨**　诗之二章。前五句工笔细描，后二句点染出神；既写其美，又表其媚。姚际恒《诗经通论》："千古颂美人者，无出其右，是为绝唱。"

硕人敖敖①，说②于农郊。四牡③有骄④，朱帻⑤镳镳⑥，翟茀⑦以朝⑧。大夫夙退⑨，无使君⑩劳。

◎ **注释**　①〔敖敖〕犹言"昂昂"，身材高大貌。②〔说〕通"税"，路途中间暂时歇脚。按当时习惯，嫁女来夫家之国的农郊，就算到达夫家之国。这时要停留一下，换下从娘家穿来的衣服，穿上君夫人的服装。③〔四牡〕驾车的四匹公马。④〔有骄〕雄壮貌。犹言"骄骄"。⑤〔朱帻〕系在马嚼子上的红色饰物，并用以扇汗。⑥〔镳镳〕盛貌。⑦〔翟茀〕翟是小鸡的羽毛，茀是遮蔽车篷的帘子，翟茀即装饰有翟羽或画有雉鸡图案的车帘。⑧〔朝〕拜见君主，即见新婚丈夫。⑨〔夙退〕早退。⑩〔君〕君主。一说指新娘，诸侯夫人国人也称君。

◎ **章旨**　诗之三章。送亲、迎亲场景，笔触热闹。"大夫"二句，语含戏谑。

河水洋洋，北流活活①。施罛②濊濊③，鳣鲔④发发⑤，葭⑥菼⑦揭揭⑧。庶姜⑨孽孽⑩，庶士⑪有朅⑫。

◎ **注释**　①〔活活〕水流声。②〔罛〕鱼网。③〔濊濊〕网入水的声音。④〔鳣鲔〕鳣，鲤鱼。鲔，似鲤而大。⑤〔发发〕鱼出水时击尾声。⑥〔葭〕芦苇。⑦〔菼〕荻子，似苇而矮，秸秆实心。⑧〔揭揭〕秀挺貌。⑨〔庶姜〕陪嫁的姜姓女子。齐国姓姜，所以称"庶姜"。⑩〔孽孽〕众多貌。⑪〔庶士〕护嫁而来的齐国武士。⑫〔朅〕壮武。

◎ **章旨**　诗之四章。仍从上一章"农郊"二字着眼，拓展开去，赞美卫邦水土物产，连续的叠字，渲染出邦家吉庆！

◎ **解读**　《硕人》是赞叹美人庄姜嫁入卫国的诗篇。据《史记·卫世家》记载，卫庄公五年（前753）娶齐女为夫人，所以《硕人》是《国风》中较早的诗篇之一。第一章表此次婚姻的政治意义；第二章述庄姜之美，是近笔，"手如"等几个比喻句，仿佛是工笔描，"美目"两句则似"颊上三毫"的传神，既画美人之美，又显丽质之媚，细致刻画与神采点染并用，突出了庄姜"美而媚"特点，是古代文学最早精心描写美人的文字；第三章表庄姜从卫郊进入都城，由齐国公主变为卫国君妇，为远笔，且与第二章为倒叙的关系；最后一章描绘卫国的富饶和乐，衬托婚礼的喜庆。善打比喻，是诗篇的特点。

氓

氓①之蚩蚩②，抱布贸丝③。匪④来贸丝，来即我谋⑤。送子涉淇⑥，至于顿丘⑦。匪我愆期⑧，子无良媒。将⑨子无怒，秋以为期。

◎ **注释**　①〔氓〕民、人，犹言"那个人"，不确定称呼，含蔑视之意。②〔蚩蚩〕敦厚的样子。③〔抱布贸丝〕布，布帛。贸，交换。丝，丝麻之物。由贸丝句，可知诗中女子以蚕桑为业。④〔匪〕非。⑤〔谋〕图谋婚姻之事。⑥〔送子涉淇〕子，指男子。涉，渡。淇，淇水，在今河南淇县。⑦〔顿丘〕卫地名，在淇水之南。一说，泛指土丘。⑧〔愆期〕错过佳期。⑨〔将〕请。

◎ **章旨**　诗之首章。由相恋到定婚。先私定终身，再提媒。"匪来贸丝"写氓当初之态，传神。"怒"，中山狼品性初现。

乘彼垝垣①，以望复关②。不见复关，泣涕涟涟。既见复关，载笑载言。尔卜③尔筮④，体⑤无咎言⑥。以尔车来，以我贿⑦迁。

◎ **注释**　①〔垝垣〕高墙。②〔复关〕回来的车，关为车箱板。③〔尔卜〕为你而卜。卜，占卜。④〔筮〕用蓍草算卦。⑤〔体〕占卜所得卦体，亦即吉凶之象。

⑥〔咎言〕不吉利的预告。⑦〔贿〕财物，这里指嫁妆。
◎ **章旨**　诗之二章。写女子翘盼之情。末句似道出氓追求蚕女之动机。"不见""既见"数句，表女子痴迷、沉陷之态，极善形容。

桑之未落，其叶沃若①。于嗟②鸠③兮，无食桑葚④。于嗟女兮，无与士⑤耽⑥！士之耽兮，犹可说⑦也。女之耽兮，不可说也！

◎ **注释**　①〔沃若〕润泽肥美的样子。②〔于嗟〕感叹词。③〔鸠〕鸟名，一名斑鸠，鸠性情温和而有固定的配偶，所以《诗》常用以比喻女性。④〔桑葚〕桑树的果实。据说鸠吃多了桑葚会醉，比喻女子不可过分沉溺于爱情。⑤〔士〕男子的通称。⑥〔耽〕沉溺。⑦〔说〕通"脱"，摆脱。
◎ **章旨**　诗之三章。此章为全篇转折点。言情感不专是"士"的普遍品性。对天下痴情女作枯鱼河泣之警示。桑叶、鸠鸟云云，见蚕女本色。

桑之落矣，其黄而陨①。自我徂②尔，三岁③食贫④。淇水汤汤⑤，渐⑥车帷裳⑦。女也不爽⑧，士贰⑨其行⑩。士也罔极⑪，二三其德⑫。

◎ **注释**　①〔陨〕飘落。②〔徂〕往。③〔三岁〕多年。"三"字表多而已，不必坐实理解。④〔食贫〕吃苦，过苦日子的意思。⑤〔汤汤〕水盛貌。⑥〔渐〕打湿，沾湿。⑦〔帷裳〕围车的幕布。⑧〔爽〕差错、过失，爽即忒。⑨〔贰〕改变。⑩〔行〕行事。⑪〔罔极〕没定准、不忠贞。⑫〔二三其德〕指男子道德行为不专一，有变化。
◎ **章旨**　诗之四章。交代婚姻失败的情形。"淇水"二句，似是返家时情景，实是以帷裳打湿，喻自己婚姻的终归失败。孙矿《批评诗经》："'矣'字黯然销魂，若作'既落'，便呆。"

三岁①为妇，靡室劳矣②。夙兴夜寐③，靡有朝矣④。言⑤既遂⑥矣，至于暴⑦矣。兄弟不知⑧，咥⑨其笑矣。静言⑩思之，躬⑪自悼⑫矣。

◎ **注释**　①〔三岁〕指多年。②〔靡室劳矣〕家中的事情没有不是我操劳的。③〔夙兴夜寐〕早起晚睡的意思。④〔靡有朝矣〕不是一天两天的意思。⑤〔言〕语词。⑥〔遂〕顺心，指氓的心意达成了。⑦〔暴〕暴虐。⑧〔兄弟不知〕原本像兄弟一样亲密的夫妻关系，现在却变得互不理解了。古代重视血亲，以兄弟比喻亲密的夫妻。过去理解为女子回家后兄弟的态度，不确。⑨〔咥〕大笑，是男子暴虐的表现。⑩〔静言〕静而，静静地。⑪〔躬〕自己。⑫〔自悼〕自己伤悼自己。

◎ **章旨**　诗之五章。述自己之辛勤，表氓的中山狼本性。

及尔偕老①，老②使我怨。淇则有岸，隰③则有泮。总角④之宴⑤，言笑晏晏⑥。信誓⑦旦旦⑧，不思⑨其反⑩。反是不思⑪，亦已焉哉⑫！

◎ **注释**　①〔偕老〕相伴到老，是当初男子发过的誓言。②〔老〕重复前一句的简略语，是责备口吻。③〔隰〕下湿之地。两句是说什么事情都要有个边际，这样不幸的关系也该结束了。④〔总角〕结发，女子结婚后侍奉公婆的发式。⑤〔宴〕欢乐，指男女初结合时的欢爱。⑥〔晏晏〕安乐貌。⑦〔信誓〕互相亲信的誓言。⑧〔旦旦〕诚恳的样子。⑨〔不思〕不料想。⑩〔反〕违反。⑪〔反是不思〕是"不思其反"的颠倒说法。⑫〔亦已焉哉〕也就罢了的意思，表女子决绝之情。

◎ **章旨**　诗之六章。痛定思痛，作决断之语。牛运震《诗志》："称之曰氓，鄙之也；曰子曰尔，亲之也……曰士，欲深斥之而谬为贵之也。称谓变换，俱有用意处。"

◎ **解读**　《氓》是表现痴情女子负心汉的古老诗篇。诗篇是叙事又是抒情，叙事简括而抒情浓郁，也可以说是把叙事笼罩在抒情之下，在三百篇中别具一格。诗篇不仅指责了男子的负心，而且指出"二三其德"是男人固有的品性，显示出诗中人对生活的观察与思考，也显示出诗中人的性格特点。

竹　竿

籊籊①竹竿，以钓于淇。岂不尔思②？远莫致③之。

◎ **注释**　①〔籊籊〕修长尖细貌。②〔尔思〕思尔。尔，指女子娘家。③〔致〕到达。

◎ **章旨**　诗之首章。想象在家时投竿垂钓的光景。

泉源①在左，淇水在右。女子有行，远兄弟父母。②

◎ **注释**　①〔泉源〕淇水的源头。此处喻女子的娘家。②〔"女子"两句〕《诗经》中数见，为当时俗语，意思是女子总得出嫁，远离父母兄弟。

◎ **章旨**　诗之二章。以源、流方位不一，喻女子出嫁远离。语含无奈之义。

淇水在右，泉源在左。巧笑①之瑳②，佩玉之傩③。

◎ **注释**　①〔巧笑〕俏丽的笑。②〔瑳〕巧笑时露出的洁白牙齿。瑳的本义为玉的颜色。③〔傩〕婀娜，腰间佩玉的美好样。以上两句是回忆未嫁时嬉戏于淇水之畔的情景。

◎ **章旨**　诗之三章。牛运震《诗志》："只二语写出少女在家嬉游自得态韵。"

淇水滺滺①，桧楫松舟。驾言出游，以写②我忧。

◎ **注释**　①〔滺滺〕流淌貌。滺，亦作"攸"。②〔写〕排遣，抒发。

◎ **章旨**　诗之四章。表现出游排解忧愁，想象之词。陈震《读诗识小录》："语语出神，作者甚苦，读者甚快。"

◎ **解读**　《竹竿》是表达卫女思乡的诗篇。此诗应该与《载驰》《泉水》的题旨相类。许穆夫人归唁母邦的事，引起诗人对出嫁女子思乡之情的关注。此诗即其一。诗中"泉源在左，淇水在右"，以及在淇水驾舟遣怀的场景描绘，都是向往之词。又"泉源""淇水"的左、右举，是女子出嫁远离母邦，远离挚爱的无奈。诗篇关注于此，是人道精神的表现。

芄　兰

芄兰①之支②，童子③佩觿④。虽则佩觿，能⑤不我知。容兮遂兮⑥，垂带悸⑦兮。

◎ **注释**　①〔芄兰〕又称萝藦、雀瓢，一种多年生的蔓草，叶子嫩时可食，果实状如羊角，与解结锥相似。②〔支〕同"枝"。③〔童子〕小孩子。④〔觿〕用象骨制成的小锥，用来解衣带的结，俗称解结锥。支、觿都是暗示小男孩的阳具。⑤〔能〕而。⑥〔容兮遂兮〕犹言容容遂遂，即空洞洞、软塌塌的样子，形容男孩尚幼，未发育。⑦〔悸〕衣带下垂的样子。

◎ **章旨**　诗之首章。讥童子有男人之样，无男人之实。"虽则"二字，夹叙夹论，恣态横生。

芄兰之叶，童子佩韘①。虽则佩韘，能不我甲②。容兮遂兮，垂带悸兮。

◎ **注释**　①〔韘〕象骨制成的套，穿在大拇指上，射箭时用以钩弦，俗称扳指。②〔甲〕同"狎"，亲昵。此句是表小孩子发育未全，对有些事懵懂无知。

◎ **章旨**　诗之二章。"能不我甲"之"甲"较"能不我知"之"知"更深一层，影带出童子的呆头呆脑。

◎ **解读**　《芄兰》是对"小女婿"现象不满的歌唱。诗旨古今众家各有说法，在诸多今人之说中，高亨《诗经今注》的说法，即这是一首与"周代统治阶级……早婚"有关的诗篇，所表为一位"成年的女子嫁给一个约十二三岁的儿童，因作此诗表示不满"，应是最可信从的说法。不过诗篇是否就是嫁给小女婿的女子所作，有待商榷。更为可能的是采诗官对一种社会现象发出的抨击。而诗篇的特点之一，是暗语的使用，芄兰之"支"，所佩之"觿"，都是小男人性别有待发育的曲折说法，是从"人道"的角度对"小女婿"现象违背人性、人情的不满。同时这也是诗篇的另一个特点：欲倾述嫁小女婿者痛楚，却取"芄兰"亦即有壮阳作用的萝藦来表达，增添了诗的诙谐色彩。由诗篇看，早婚现象起源甚早，而对它的谴责也同样是如影随形，正显示了《国风》的人性之光。

河 广

谁谓河①广？一苇②杭③之。谁谓宋远？跂④予望之。

◎ **注释** ①〔河〕黄河。②〔苇〕苇叶形小船。③〔杭〕以小舟渡河。字亦作"航"。一说，苇即苇叶；杭字通"亢"，遮蔽。句谓一片苇叶即可遮蔽（俞樾《群经平议》卷八）。亦通。④〔跂〕踮起脚跟。

◎ **章旨** 诗之首章。极言渡河便利，善夸张。方玉润《诗经原始》："飘忽而来，起最得势，语亦奇秀可歌。"

谁谓河广？曾不容刀①。谁谓宋远？曾不崇朝②。

◎ **注释** ①〔曾不容刀〕曾，用在否定词"不"之前，表否定程度。刀，小刀。一说即"舠"，刀形小船。连小船也容不下。②〔崇朝〕终朝，一个早晨。

◎ **章旨** 诗之二章。极言行程之近。陈继揆《读风臆补》卷五："四'谁谓'字，何等情绪！"

◎ **解读** 《河广》是思念宋国的篇章。因为诗篇语言单纯，透露的本事方面的信息实在太少，一味求其本事就是徒劳。可以确定的是诗篇有如下三大特点：一是单纯而语义丰富的语言，这是诗篇特有的隽永；二是快人快语的调子，明爽可人；三是夸张中豪迈的气概。三点也就是诗的妙处：反诘常人之见，格调爽朗；

虚语夸诞，情趣豪迈；奇语秀句，简洁活泼。

伯 兮

伯①兮揭②兮，邦③之桀④兮。伯也执殳⑤，为王⑥前驱。

◎ **注释** ①〔伯〕女子对丈夫的称呼。②〔揭〕勇武。③〔邦〕邦国。④〔桀〕杰，杰出。⑤〔殳〕古代兵器。⑥〔王〕诸侯在自己的地盘内也可以称王。
◎ **章旨** 诗之首章。言夫婿为王前驱，语含自豪之情。

自伯之东①，首如飞蓬②。岂无膏沐③，谁适④为容⑤？

◎ **注释** ①〔之东〕去往东方。②〔飞蓬〕头发散乱貌。③〔膏沐〕洗头润发的油脂。④〔谁适〕对谁、为谁。适，当。⑤〔容〕容貌。
◎ **章旨** 诗之二章。不梳妆打扮，只为夫婿守志。牛运震《诗志》："女为悦己者容，翻得新妙。"

其雨其雨，杲杲出日。①愿言②思伯，甘心首疾③。

◎ **注释** ①〔"其雨"两句〕盼望着下雨，但太阳却升起来了，喻盼夫不归的失望心情。其雨，祈使句，盼望下雨的意思。杲杲，日出貌。出日，日出。②〔愿言〕念念于怀。参《邶风·二子乘舟》"愿言思子"句注。③〔首疾〕头痛。
◎ **章旨** 诗之三章。言思念之苦。"首疾"也"甘心"，何等痴情。"其雨"之求，心神颠倒错乱。

焉得谖草①，言树之背②。愿言思伯，使我心痗③。

◎ **注释** ①〔谖草〕一种据说可以令人忘忧的草。②〔背〕北堂。背，即"北"。③〔痗〕心病。

◎ **章旨** 诗之四章。以忘忧草解思念之苦，思念之苦实在无药可治。

◎ **解读** 《伯兮》是表达思妇因丈夫离别而备受煎熬的诗。丈夫"为王前驱"，做妻子的对此先是有一股自豪情绪。这是诗篇先表现的情感。这也为下文的苦楚思念做了铺垫。人前的荣耀马上就被长时间夫妻分离的苦楚所替代，而苦楚是要由她自己一个人独自消受的。难耐的苦楚之下，想以忘忧草来止痛，女主人的性格宛然。诗表现闺中思妇的心理，很有层次。

有 狐

有狐绥绥①，在彼淇梁②。心之忧矣，之子无裳。

◎ **注释** ①〔绥绥〕毛茸茸的样子。一说，独行貌。②〔梁〕用石头垒的挡水坝，即拦河坝。

◎ **章旨** 诗之首章。见河梁之狐而起忧心，忧虑丈夫有无衣之患。后二章义同。

有狐绥绥，在彼淇厉①。心之忧矣，之子无带②。

◎ **注释** ①〔厉〕可以踩着过河流的石头。古代在河水中放置石头以便渡过。字亦作"砺"。②〔带〕指衣带。

◎ **章旨** 诗之二章。言狐狸在踩着石头渡淇水。

有狐绥绥，在彼淇侧。心之忧矣，之子无服。

◎ **章旨** 诗之三章。言狐狸在淇水之畔。

◎ **解读** 《有狐》是一首感时变而思丈夫的诗。狐在《诗经》中，每每比兴男性。诗篇为女子口吻,言其见淇水岸边的狐狸已经换毛,变得毛茸茸的,便想起自己出门在外的丈夫,他穿的衣服也该换季了。可是他有没有衣裳呢?诗中人忧心不止(清代崔述《读风偶识》如此说)。诗篇反复言及淇水,当系卫国南迁,建都楚丘以前的作品。

木 瓜

投我以木瓜,报之以琼琚①。匪②报也,永以为好③也。

◎ **注释** ①〔琼琚〕佩玉,美玉为琼。②〔匪〕非。③〔以为好〕因为琼琚是玉石,要比木瓜贵重很多,所以诗说回报琼琚不是为交换,而是为真情交好。
◎ **章旨** 诗之首章。陈继揆《读风臆补》:"千古交情,尽此数语。"

投我以木桃①,报之以琼瑶②。匪报也,永以为好也。

◎ **注释** ①〔木桃〕与木瓜树科属相同,为可观赏植物,枝有刺,果实较木瓜小。②〔琼瑶〕美玉名。
◎ **章旨** 诗之二章。含义同诗之首章。

投我以木李①,报之以琼玖②。匪报也,永以为好也。

◎ **注释** ①〔木李〕今名榅桲(wēn po),落叶灌木,枝小纤弱,果实味酸,气味香,形状与木瓜相似却无鼻端突起。②〔琼玖〕美玉名。
◎ **章旨** 诗之三章。含义同诗之首章。
◎ **解读** 《木瓜》是一首歌唱报施情谊的篇章。《孔子诗论》对《木瓜》有如下评论:"〔吾以《木瓜》得〕币帛之不可去也。民性固然,其隐志必有以俞

（喻，即令人知晓）也。其言有所载而后纳，或前之而后交，人不可干（干，违背）也。"（第20简）孔子说，我从《木瓜》这首诗中得到币帛之礼不可去除的道理。人们的性情就是如此，内心的愿望必须有表达的方式。这揭示了诗篇对人的启迪：单是用言语是不足以表达真情的。这倒不是说人只注重利益，而是说真情表达需要某种实在的手段。常情不是一个人对另一个人越是尊重爱惜，就越是什么都舍得吗？竹简中的孔子一说，其实就是读《诗经》令其联想起人之常情。《诗经》不是也说"民之失德，乾糇以愆"，即"一口干粮也可以让人失和"吗？这就是一点"人性"。诗篇语言简短，不能限定读者一定去做什么样的理解。比如，将诗篇解释为你若对我表示了一点人情，我就加倍回报你，这不也是很常见的情态、语态吗？诗所表现的不是一人一事的情理，而是社会人生中所显现出的一般之理，是有普遍意义的世俗人情，其价值在洞达了人性的一个侧面。

王 风

　　王风流行之地在今河南洛阳地区，此地西周称雒邑，西周崩溃，周平王率众东迁于此。《王风》篇章即来源于东周王室直属地区，被称为"风"，是因周天子权威下降，与诸侯无异。西周青铜器铭文《作册矢令方尊、方彝》记载，被周王委以"尹三事四方"之任的明保，到东都后曾"用牲于王"一项，"王"是地名，东周王的"风"被称呼"王"，或许与此"王"有关。有学者指出，此"王"就是王城，当时与成周并存，而"王城"居住者主要是殷商遗民，所以称为"王"或"王城"，是因为这里的殷遗多为"商王士"，即与殷商王室有血缘关系的人，为殷遗民上层（彭裕商《新邑考》，见《西周青铜器年代综合研究》一书）。如此，东周王都的诗篇所以称为"王"或"王风"，可能是因为这个殷遗民居住的"王"。就是说，随着大量殷商遗民西迁雒邑，在王城这个殷遗民聚集的城邑出现了一种新曲调，这就是"王风"的乐调，带有鲜明的殷商元素，所以要单独分出来为一"风"。

　　《王风》十篇。

黍 离

　　彼黍①离离②，彼稷③之苗。行迈④靡靡⑤，中心摇摇⑥。知我者，谓我心忧。不知我者，谓我何求。悠悠苍天，此何人哉！⑦

◎ **注释**　①〔黍〕一种谷物，今称黄米、黏米。②〔离离〕稀疏成行的样子。③〔稷〕高粱。④〔行迈〕行进，前行。一说即行道。⑤〔靡靡〕迟缓貌。⑥〔摇摇〕忧心无主貌。⑦〔"悠悠"两句〕呼唤苍天睁开眼看看人间，语含控诉之意。

◎ **章旨**　诗之首章。言路途所见激起的内心之痛。吴闿生《诗义会通》："起二句满目凄凉。结句含蓄无穷，欷歔欲绝。"

彼黍离离，彼稷之穗。行迈靡靡，中心如醉。知我者，谓我心忧，不知我者，谓我何求。悠悠苍天，此何人哉！

◎ **章旨** 诗之二章。陈继揆《读风臆补》："开口着一彼字，见他凄凉满目。结尾着一此字，见他怨恨满怀。"

彼黍离离，彼稷之实。行迈靡靡，中心如噎①。知我者，谓我心忧。不知我者，谓我何求。悠悠苍天，此何人哉！

◎ **注释** ①〔噎〕气逆为噎，形容心情郁结不通。
◎ **章旨** 诗之三章。写时序："苗""穗""实"；写心情："摇""醉""噎"。时序节节渐晚，心情则一层深过一层。牛运震《诗志》："悲凉之调，沉郁顿挫。"
◎ **解读** 《黍离》是抒发内心忧伤的诗篇。诗篇的忧伤之情，究竟缘何而发，自古以来说法不一。这里是只据《毛诗序》的说法。周朝东迁后，宗周故地为戎狄所据，二十余年后，秦国收复此地并献之于周，后终为秦国所有。《毛诗序》说东周的大夫到西周故地行役而作此诗。若《毛诗序》说法可信，则诗篇当作于王朝复有其地之时，此时距西周灭亡起码三十年以上的光景（在周幽王死、平王东迁之前，据研究，中间还有十几年"二王并立"的间隔期，参晁福林《论平王东迁》一文）。诗人没有细说所见荒残，只是用"谓我何求"来强调内心孤独和无以言传的苍凉。荒圮的景象，旷远的天地，孤独的个体，浓烈的伤悼，构成诗篇沉郁而悠远的特征。

君子于役

君子①于役②，不知其期，曷至哉③？鸡栖于埘④，日之夕矣，羊牛下来⑤。君子于役，如之何勿思？

◎ **注释** ①〔君子〕即丈夫。②〔于役〕服徭役。③〔曷至哉〕到哪儿了呢？或者，什么时间才回来呢？④〔埘〕在墙壁上挖洞修成的鸡窝。⑤〔下来〕归圈。

◎ **章旨** 诗之首章。言君子未有归期。"如之何"三字曲折有力。姚际恒《诗经通论》："日落怀人，真情实况。"

　　君子于役，不日不月①，曷其有佸②？鸡栖于桀③，日之夕矣，羊牛下括④。君子于役，苟⑤无饥渴！

◎ **注释** ①〔不日不月〕没有定期、时间漫长的意思。②〔佸〕聚会，见面。③〔桀〕木橛，搭有横木，鸡可以栖居。④〔括〕通"佸"，会集。⑤〔苟〕但愿。

◎ **章旨** 诗之二章。祝君子无饥渴，是无奈下的祈望。

◎ **解读** 《君子于役》是挂念服役不归丈夫的诗篇。"暝色起愁" 即借助落日晚景来抒情，是表现手法上的一大特点（参钱锺书《管锥编》）。诗的主题是表达对徭役沉重的不满，但对此并不直说，而是表现女子对在外丈夫的无限牵挂，以此显示徭役对民众的伤害。诗的格调是平静的，人物内心活动却是千回百转的。"鸡栖""羊牛"的描述，使诗篇极富生活气息。其格调用"怨而不怒，哀而不伤"来概括是十分合适的。

君子阳阳

　　君子阳阳①，左执簧②，右招我由房③。其乐只且④！

◎ **注释** ①〔阳阳〕同"扬扬"，快乐得意的样子。②〔簧〕吹奏乐器，又称笙，战国曾侯乙墓曾出土六件笙，有十二管、十四管和十八管之别。③〔由房〕游放，即逍遥快乐的意思。据马瑞辰《通释》。④〔只且〕语尾词。

◎ **章旨** 诗之首章。言君子招我演奏房中乐。

君子陶陶①，左执翿②，右招我由敖③。其乐只且！

◎ **注释**　①〔陶陶〕快乐貌。②〔翿〕舞蹈道具，用鹭羽制成，类似旗帜，舞者所持。③〔敖〕逍遥，快乐。

◎ **章旨**　诗之二章。言君子之乐在舞蹈。

◎ **解读**　《君子阳阳》是表达以舞乐相召的诗。诗旨古今说法众多。从字面看，诗篇告诉读者，"君子"召唤诗中之"我"一起执簧、执翿为逍遥快乐。至于言外的意思是什么，则只好阙如了。

扬之水

扬①之水，不流②束薪③。彼其④之子，不与我戍申⑤。怀哉怀哉⑥，曷⑦月予还归哉？

◎ **注释**　①〔扬〕浅濑激扬。以"扬之水"为首句的诗，又见于《郑风》《唐风》。一说，字当作"杨"，地名，西周有杨国，在今山西洪洞县。②〔流〕漂浮。③〔束薪〕捆成束的薪。④〔彼其〕那个、那些。指其他那些有戍守责任之侯国人，可能是指与申、许同姓的姜姓国人。⑤〔申〕姜姓诸侯国，本诗之申，其地在今河南南阳北部。此诗当作于申灭之前。⑥〔怀哉〕思恋。⑦〔曷〕何。

◎ **章旨**　诗之首章。言戍申。结尾二句，苦不堪言。

扬之水，不流束楚①。彼其之子，不与我戍甫②。怀哉怀哉，曷月予还归哉？

◎ **注释**　①〔楚〕荆条。②〔甫〕姜姓侯国，又名吕。

◎ **章旨**　诗之二章。言戍甫。

扬之水，不流束蒲①。彼其之子，不与我戍许②。怀哉怀哉，曷月予还归哉？

◎ **注释** ①〔蒲〕蒲柳，又名水杨，生长于水边，长不高，丛生，质性柔弱且树叶早落。②〔许〕姜姓侯国，其地在今河南许昌附近，与申、甫相距不远。

◎ **章旨** 诗之三章。言戍许。

◎ **解读** 《扬之水》是戍守南方的士卒埋怨周平王政令不均的诗篇。西周东周之际，伴随周王朝衰落的是南方楚国迅速崛起并大举北进，申、吕等西周封邦被楚国吞并。诗篇创作的年代当在申、吕等国被吞并之前。诗篇的哀怨，不是不愿戍守南方的情绪，而是对"为什么只有我们戍守"的不满。因此篇中"彼其"所指，很可能指的是姜姓诸侯之国。

中谷有蓷

中谷有蓷①，暵②其干矣。有女仳③离，嘅④其叹矣。嘅其叹矣，遇人之艰⑤难矣。

◎ **注释** ①〔蓷〕今称益母草，二年生草本，全株有药效，可治疗妇女病，可以美容、常葆青春。②〔暵〕干燥。③〔仳〕别离、遭遗弃。④〔嘅〕慨叹。⑤〔艰〕难。

◎ **章旨** 诗之首章。叹惜女子遭弃的不幸。苏辙《诗集传》："叹之者，知其不得已也。"

中谷有蓷，暵其脩①矣。有女仳离，条②其啸矣。条其啸矣，遇人之不淑③矣。

◎ **注释** ①〔脩〕干枯。②〔条〕长，形容啸声。③〔不淑〕不善。

◎ **章旨**　诗之二章。苏辙《诗集传》："啸者，怨之深也。"

中谷有蓷，暵其湿①矣。有女仳离，啜②其泣矣。啜其泣矣，何嗟及矣③。

◎ **注释**　①〔湿〕干燥。②〔啜〕啜泣。③〔何嗟及矣〕嗟叹也来不及的意思。

◎ **章旨**　诗之三章。苏辙《诗集传》："泣者穷之甚也。"牛运震《诗志》："叠句促节，得欷歔之神。"

◎ **解读**　《中谷有蓷》是慨叹妇女择婿不慎、惨遭遗弃的篇章。诗义本明，但古今说诗者或将其视为"闵周"之作，或将诗中比兴之辞解为天旱饥荒，以致夫妻相弃之作，都是无根之谈。诗篇以中谷之蓷的干枯，比喻女子被弃，进而指出是因其遇到的人不善，并寄予了深切的同情，是很成功的艺术作品。另，王地之诗，大体亦产生于周南之地，将《王风》风衰俗怨的作品（如本诗）与《周南》各诗相比，其差异一眼可见。这应该也是《王风》单独为篇的一个原因。

兔　爰

有兔爰爰①，雉离②于罗③。我生之初，尚无为④。我生之后，逢此百罹⑤。尚⑥寐无吪⑦！

◎ **注释**　①〔爰爰〕同"缓缓"，自由自在的样子。②〔离〕遭到。③〔罗〕网。④〔为〕各种作为，造作。⑤〔罹〕忧患。⑥〔尚〕庶几，表希冀之词。⑦〔吪〕动。这句是说希望永远沉睡不动，以避免忧愁。

◎ **章旨**　诗之首章。"我生之初"与"之后"相对较，慨叹自己生不逢辰，沉痛而消极。后二章义同。

有兔爰爰，雉离于罦①。我生之初，尚无造②。我生之后，逢此百忧。尚寐无觉！

◎ **注释**　①〔罦〕一种装有机关的网，可自动掩捕鸟兽，又称覆车网。②〔造〕同上文之"为"。
◎ **章旨**　诗之二章。含义同诗之首章。

有兔爰爰，雉离于罿①。我生之初，尚无庸②。我生之后，逢此百凶。尚寐无聪③！

◎ **注释**　①〔罿〕罗网的一种。②〔庸〕用。③〔聪〕闻，听。
◎ **章旨**　诗之三章。含义同诗之首章。
◎ **解读**　《兔爰》是对生不逢时的哀叹。《孔子诗论》第25简"《有兔》不逢时"，是说此诗是遭逢特殊世道所作。朱熹《诗集传》说："为此诗者，盖犹及见西周之盛。"此诗大概为宣王、幽王至平王期间作品，与《王风·扬之水》大体相近。诗表达的是悲观厌世心理。世道变迁带给诗中人的是处境的没落，诗中人除了抱怨之外，就是采取"尚寐无吪""无觉"和"无聪"的鸵鸟政策，很没出息。而诗中人又自比为雉，说一切苦难应由被他称为"兔"的人们承担，就不仅没出息，而且是面目可憎了。诗篇可视作西周、东周之交贵族没落情绪的表现。

葛　藟

绵绵葛藟①，在河之浒②。终③远兄弟，谓他人父。谓他人父，亦莫我顾④。

◎ **注释**　①〔葛藟〕蔓生植物。②〔浒〕水边。③〔终〕竟，不得不。④〔顾〕

顾恤，怜悯。

◎ **章旨**　诗之首章。言呼他人为父，却得不到照顾。俗语："出门三辈小。""谓他人"句，是流落在外者口吻。牛运震："谓他人父，直言不讳，哀甚。"

绵绵葛藟，在河之涘①。终远兄弟，谓他人母。谓他人母，亦莫我有②。

◎ **注释**　①〔涘〕水涯。②〔有〕友，友善。
◎ **章旨**　诗之二章。言呼他人作母。

绵绵葛藟，在河之漘①。终远兄弟，谓他人昆②。谓他人昆，亦莫我闻③。

◎ **注释**　①〔漘〕水岸。②〔昆〕兄，古称兄弟为昆仲。③〔闻〕问，恤问。
◎ **章旨**　诗之三章。言呼他人为兄。高朝璎《诗经体注图考大全》："每章以物有所托，兴人失所依。三'终'字隐痛，三'亦'字微讽。流离之状，恍然在目。"
◎ **解读**　《葛藟》是表达离散流浪者告哀的诗。西周崩溃、东周始迁之际，社会大动，在贵族东逃时，势必也有大量民众沿着黄河一线向东流亡，并很长时间得不到安置，成为社会的大问题。此诗当是这样一种背景下的产物。"终远兄弟"表明，这是一群脱离宗法群体的人。本来周人安土重迁，在离开故土的同时，也失去了宗族兄弟的依靠，因而蔓生的葛藟之物，最能引起他们人不如草木的悲哀。更令他们难堪的是为了生存，他们不得不见人即称父母兄长，可得到的回应却只有冷漠。读此诗还有一点应注意，颠连无告者的苦苦哀嚎，能被诸管弦，形诸诗篇，显示了风诗特有的同情弱者的现实精神。

采 葛

彼①采②葛兮！一日不见，如三月兮！

◎ **注释**　①〔彼〕那，发语词。②〔采〕采集。一说茂盛。
◎ **章旨**　诗之首章。一日不见如三月，夸张之语。下三章仿此。

彼采萧①兮！一日不见，如三秋兮！

◎ **注释**　①〔萧〕香蒿，又叫牛尾蒿。枝干晒干后燃烧，有香气。古代祭祀时常用牛尾蒿和动物油脂放在一起献给神灵。
◎ **章旨**　诗之二章。含义同诗之首章。

彼采艾①兮！一日不见，如三岁兮！

◎ **注释**　①〔艾〕一种可用以治病的草。《孟子·离娄上》："七年之病，求三年之艾。"艾草存放三年，药效才好。
◎ **章旨**　诗之三章。方玉润《诗经原始》："千古怀友佳章。"
◎ **解读**　《采葛》是极言思情迫切的诗篇。诗篇的第一句以茂盛的葛、萧及艾起兴，以葛萧之物的茂盛引发私情的迫切。至于思情为何，视为"大臣一日不见君主则惶惶如也"的"忧谗畏讥"可以，视之为朋友分别的思念也可以，视之为男女情人苦苦相思亦无不可。诗的妙处不在谁是诗中人、诗中所想为谁，而在诗人所表达出的思念的真切感受。当然，若理解为忧谗畏讥，又是"一日不见"下心生的对实际害处的巨大恐惧。"一日不见"是实情，"如三岁兮"却是"一日"之别所产生的心理上的感受。以夸张之词表现思情的深切，且简洁明快、善表心理，使人过目难忘。

大 车

大车槛槛①，毳衣②如菼③。岂不尔思，畏子④不敢⑤。

◎ **注释** ①〔槛槛〕车行走声。②〔毳衣〕细毛制成的衣服。③〔菼〕初生的芦苇，此处形容毳衣的嫩绿色。④〔子〕你。与上一句"尔"所指为同一人。⑤〔不敢〕不敢奔。与下文"不奔"为互文。

◎ **章旨** 诗之首章。

大车啍啍①，毳衣如璊②。岂不尔思，畏子不奔③。

◎ **注释** ①〔啍啍〕大车行走的沉重响声。②〔璊〕赤色的玉。一说，璊，繁体为"璊"，应为"穈"字的误写，谷子的一种，幼苗为暗红色。此处指暗红色。③〔奔〕私奔。

◎ **章旨** 诗之二章。含义同诗之首章。

穀①则异室，死则同穴。谓予不信，有如②皦③日。

◎ **注释** ①〔穀〕活着。②〔如〕那。③〔皦〕白。

◎ **章旨** 诗之三章。言同生共死。

◎ **解读** 《大车》是女子向心爱者表誓言的诗。此诗的情感是生死恋情，"谓予不信"四字表白可证。诗篇头两句，可以照旧说理解为写出巡大夫，而他的出巡，对诗中的男女私情是不利的，或许大夫出巡就是为压制一些地方上残留的男女自由相会的风俗。如此，诗篇可能表现的是这样的历史图景：随着东周时代的到来，一些东方地域的原始婚姻风俗，或许遭到王朝有意的禁绝。

丘中有麻

丘中有麻，彼留①子嗟②。彼留子嗟，将③其来施施④。

◎ **注释** ①〔留〕姓氏，同"刘"。②〔子嗟〕人名。③〔将〕语助词，在此有表达愿望的意味。④〔施施〕缓步而行的样子。
◎ **章旨** 诗之首章。言留子嗟来。"施施"二字传神。

丘中有麦，彼留子国①。彼留子国，将其来食②。

◎ **注释** ①〔子国〕人名。②〔食〕就食。
◎ **章旨** 诗之二章。言留子国前来就食。

丘中有李，彼留之子①。彼留之子，贻我佩玖②。

◎ **注释** ①〔留之子〕即留氏之子，指上文子嗟、子国。②〔玖〕质地仅次于玉的黑色美石。亦见《卫风·木瓜》。
◎ **章旨** 诗之三章。言留氏子有所馈赠。
◎ **解读** 《丘中有麻》是表现刘氏贵族人物来自己新采邑就食的诗。诗历来解释有分歧。众家说法中值得注意的是王质《诗总闻》"此当是避难之人为在野之家所匿，以佩玖报之，言其恩可长感也"一说，就诗篇提供的信息而言，丘中有"麻""麦"和"李"，都是野外的景象，这是王质之说最可取的地方。诗篇或许就作于刘地被赏赐给刘氏之际。对于刘地之民而言，刘氏是他们的新主人，所以，诗篇用两句重复的"彼留子嗟""彼留子国"，以强调新主人的到来。而新主人为了笼络人心，又以美石相赠。东周大贵族刘氏之家，见于《左传》记载有刘康公、刘定公等，诗篇中的"留子"，或与他们有关。

郑 风

郑国始封于西周晚期宣王朝，始封之君为宣王弟，名友，即郑桓公；初封之地在郑（今陕西华县西北）。友做幽王朝司徒，深感王朝将乱，向太史伯请教逃亡之地，太史帮他选中了济、洛、河、颍四河之间包括虢（今河南荥阳北）、桧（今河南新郑西北）之国在内的地区，作为未来的生存之地。不久，王室大乱，郑桓公死，桓公之子武公率众东迁，灭掉虢、桧，将新的都城建于新郑（今河南新郑）。郑人东迁之前，此地受西周礼乐文明的影响不大，远古文化积累却十分深厚。《郑风》诗篇，多男女相会的歌唱，与流行于卫地的"桑间之喜"有明显差别，其曲调也应属当时的新声。

《郑风》二十一篇。

缁 衣

缁衣①之宜②兮，敝③，予又改为④兮。适⑤子之馆⑥兮，还⑦，予⑧授子之粲⑨兮。

◎ **注释** ①〔缁衣〕黑色朝服，丝织品经七染之后为黑色。是高级贵族穿的礼服。②〔宜〕合身。③〔敝〕同"弊"，破旧。④〔为〕制作。⑤〔适〕往。⑥〔馆〕官署。⑦〔还〕通"旋"，归来。⑧〔予〕我。在此指代周王。⑨〔粲〕鲜亮貌。

◎ **章旨** 诗之首章。以缁衣之敝，比喻已故的卿士与现任卿士为父子相继。借衣敝表意，含蓄而工巧。

缁衣之好兮，敝，予又改造①兮。适子之馆兮，还，予授子之粲兮。

◎ **注释** ①〔造〕制作。

◎ **章旨** 诗之二章。与前章意同。陈继揆《读风臆补》："'敝'字一句，

'还'字一句,诗家折腰句之祖。"

缁衣之蓆①兮,敝,予又改作兮。适子之馆兮,还,予授子之粲兮。

◎ **注释**　①〔蓆〕宽大。《毛传》:"蓆,大也。"字应作"席"。
◎ **章旨**　诗之三章。言缁衣之宽大。牛运震《诗志》:"妙于用转,叠复不厌。""只是改衣、适馆、授粲三事,写得绸缪缠绵。"
◎ **解读**　郑武公、庄公父子相继为周王卿士,《缁衣》即赞叹此事。"周之东迁,晋、郑焉依"(《左传·隐公六年》),郑是东周初期王室特别倚仗的诸侯之一。郑武公和郑庄公父子相继入朝为王卿士,辅佐大政,这让郑国人感到自豪,诗篇即表此情。这首诗采取的是模拟兼比喻的手法,"敝"了"缁衣"又"改为",暗示两代卿士的更迭;"予"(指代周王)的"适馆"又"授粲",则模拟王对郑两代君主的殷勤与尊重,情感的表达十分委婉又十分真切。诗每章之中三易句式,一句一转,缠绵往复;其中一字句"敝""还"的使用,令诗篇特具曲折变化之妙。

将仲子

将①仲子②兮,无逾③我里④,无折我树杞⑤。岂敢爱之⑥?畏我父母。仲可怀⑦也,父母之言,亦可畏也。

◎ **注释**　①〔将〕请,祈求、央告之意。②〔仲子〕古代兄弟排行,第二称仲,仲子,对心上人的昵称。③〔逾〕翻越。④〔里〕院墙。⑤〔树杞〕即杞树。严粲《诗缉》谓《诗经》中杞有三种,一为柳属,即此篇所唱;另外一为山木,一为枸杞。⑥〔爱之〕爱惜,舍不得;之,指代树杞。⑦〔怀〕思念。
◎ **章旨**　诗之首章。以父母之言提醒仲子。牛运震《诗志》:"仲可怀也,亦可畏也。较量得细贴婉切,至情至性,恻然流溢。"

将仲子兮，无逾我墙，无折我树桑①。岂敢爱之？畏我诸兄。仲可怀也，诸兄之言，亦可畏也。

◎ **注释** ①〔树桑〕桑树。《周礼·载师》："宅种桑，并种麻。"是古宅旁有桑之证。

◎ **章旨** 诗之二章。以诸兄之言提醒仲子。《孔子诗论》："将仲之言，不可不畏也。"

将仲子兮，无逾我园①，无折我树檀②。岂敢爱之？畏人之多言。仲可怀也，人多言之，亦可畏也。

◎ **注释** ①〔园〕园墙，院墙。②〔树檀〕檀树，高大而木质坚硬的树。

◎ **章旨** 诗之三章。以他人之言提醒仲子。吴闿生《诗义会通》："语语是拒，实语语是招，蕴藉风流。"

◎ **解读** 《将仲子》是女子以拒绝口吻提醒心上人行事小心的诗篇。高墙大树的防范，翻墙折木的相会，这样表现古老乡里的爱情，十分特别，却不让人觉得陌生。"仲子"的胆大心粗，与女子类似祷告的声声吁求，相映成趣。诗中人的声声告诲，都是对"仲子"的提醒，是保护爱情的继续，也是维护着自主的恋情。在"可畏"与"可怀"之间，隐含着爱情和礼教的冲突。这正是诗篇的动人之处。

叔于田

叔①于田②，巷③无居人。岂无居人？不如叔也，洵④美且仁⑤！

◎ **注释** ①〔叔〕男子的称谓，《诗经》中常见。一说，叔即郑庄公弟共叔段，他的封地在京，《左传·隐公元年》谓："请京，使居之，谓之京城大叔。"后被郑庄公赶出国，死于国外。②〔于田〕去打猎。田，即"畋"，狩猎。③〔巷〕里巷。④〔洵〕实在。⑤〔仁〕自得貌。据于省吾《新证》，"仁""夷"古通，仁即夷，洒脱自得貌。

◎ **章旨**　诗之首章。言叔之美，无人可比。孙矿《批评诗经》："'巷无居人'句，下得煞是陡峻。"

　　叔于狩，巷无饮酒①。岂无饮酒？不如叔也，洵美且好！

◎ **注释**　①〔饮酒〕古代狩猎之后，有饮酒之礼。
◎ **章旨**　诗之二章。言叔豪饮。

　　叔适①野②，巷无服马③。岂无服马？不如叔也，洵美且武！

◎ **注释**　①〔适〕往。②〔野〕野外，即狩猎之处。③〔服马〕乘马、骑马。
◎ **章旨**　诗之三章。言叔英武。
◎ **解读**　《叔于田》是盛赞中暗含讽刺的诗篇。诗篇豪爽而不失婉曲，赞一个人却专从他的英武上说，无半个字直接说或间接地涉及人物内涵，多读一遍即可发现有言外之意。稳妥地说，诗人这样写，是有意表达些什么。表达什么呢？回答是：表现"叔"的张狂。"巷无居人""饮酒"等，正是表诗中"叔"的眼空无物的意态。这样，旧说诗篇与共叔段有关，倒也合情合理。

大叔于田①

　　叔于田，乘②乘③马。执辔如组④，两骖⑤如舞⑥。叔在薮⑦，火烈⑧具⑨举。袒裼⑩暴虎⑪，献于公所⑫。将叔无狃⑬，戒其伤女⑭。

◎ **注释**　①〔大叔于田〕旧说，此诗题目据其"叔于田"句，应为"叔于田"，加一"大"字,是为区别于前篇《叔于田》,其篇幅较《叔于田》略长。据严粲《诗缉》。叔,应指郑庄公的同母弟共叔段。参《叔于田》篇首句注。②〔乘〕驾车,动词。③〔乘〕量词,古时一车四马为一乘。④〔执辔如组〕抖动缰绳如舞丝绳。参《邶风·简兮》同句注。⑤〔两骖〕驾车的四马中,旁边拉偏套的马称骖马。⑥〔如舞〕像舞蹈一般和谐中节。⑦〔薮〕长满杂草的荒野。⑧〔烈〕烧草形成的火墙。打猎时放火烧草,遮断群兽逃走的路,叫"火烮"。⑨〔具〕通"俱",全。⑩〔袒裼〕露出胳膊。⑪〔暴虎〕脱离战车保护而搏击老虎。⑫〔公所〕指郑庄公处。是说叔将"襢裼暴虎"所得凶猛猎物献给君主。⑬〔狃〕自恃技艺而屡屡为之。⑭〔戒其伤女〕小心老虎伤害了你。其,指虎;女,汝,你。此句明言老虎,又暗有所指,故意含混其词。

◎ **章旨**　诗之首章。言狩猎之始,言叔驾驭技术高超,又表其能徒手搏虎,并对叔发出劝告。牛运震《诗志》:"'如舞'字形容活妙。"吴闿生《诗义会通》:"火烈四字,光焰逼人。"

叔于田,乘乘黄①。两服②上襄③,两骖雁行④。叔在薮,火烈具扬。叔善射忌⑤,又良御⑥忌。抑⑦磬控⑧忌,抑纵送⑨忌。

◎ **注释**　①〔乘黄〕四匹黄马。②〔两服〕紧靠车辕两边的中间两马称服马。③〔上襄〕在前腾跃。④〔雁行〕两边的骖马在行进时与服马形成雁阵队形。古代车驾,骖马的位置稍微靠后,此为考古发现所证明。⑤〔忌〕语尾助词。⑥〔良御〕善驾车。⑦〔抑〕发语词。⑧〔磬控〕纵放与收紧。⑨〔纵送〕发箭。

◎ **章旨**　诗之二章。言狩猎场景,特表叔的善御射。磬控、纵送,声母相近,韵母重叠。

叔于田,乘乘鸨①。两服齐首②,两骖如手③。叔在薮,火烈具阜④。叔马慢忌,叔发⑤罕⑥忌。抑释掤⑦忌,抑鬯弓⑧忌。

◎ **注释**　①〔鸨〕黑白杂色的马。②〔齐首〕形容服马行进齐整。③〔手〕左右手。④〔阜〕盛大。⑤〔发〕射箭。⑥〔罕〕少。⑦〔释掤〕即打开箭盖准备将箭收起。释,打开。掤,一作"冰",即装箭的筒盖。⑧〔鬯弓〕将弓放进弓袋里。鬯,通"韔",弓袋,这里作动词用。

◎ **章旨**　诗之三章。言狩猎收场。牛运震《诗志》:"'如手'二字写出马德。"

◎ **解读**　《大叔于田》是赞大叔驾车和射猎技艺高超的诗篇。此诗可与《叔于田》合观,是接着写叔田猎时表现的。诗在写作上最大的特点是对场面的描绘。清人姚际恒以为其"铺张亦复淋漓尽致,便为《长杨》《羽猎》之祖"(《诗经通论》)。诗篇"火烈具扬"的热烈场面,读之感受强烈;对狩猎过程的交代,也可增加读者对古人射猎活动的了解。诗用语工绝,"执辔如组,两骖如舞","两服上襄,两骖雁行","两服齐首,两骖如手",前后句排列整饬,用韵一致;而"磬控"为双声,"纵送"为叠韵,再加上"抑""忌"等语词的巧妙运用,使诗本身亦有"两骖如舞"般的韵律。

清　人

清人①在彭②,驷介③旁旁④。二矛⑤重英⑥,河上乎翱翔⑦。

◎ **注释**　①〔清人〕清邑的人。指高克及其军队。②〔彭〕黄河边卫国地名。③〔驷介〕披着铁甲的战马。一车四马,所以称"驷"。④〔旁旁〕马强壮貌。⑤〔二矛〕古代战车上通常要装备各种长短兵器,此处仅言两矛,即酋矛和夷矛,酋矛短,夷矛长,故称"二矛"。⑥〔英〕矛柄上的羽毛装饰。⑦〔翱翔〕彷徨,徘徊,进退不定的样子。下文"逍遥"义同。

◎ **章旨**　诗之首章。言郑师在黄河南岸之彭地游荡。孙矿《批评诗经》:"只貌其闲散无事,而刺意自见。其色态乃在介、矛等字面上。"

清人在消①,驷介麃麃②。二矛重乔③,河上乎逍遥。

◎ **注释** ①〔消〕地名。②〔麃麃〕雄武貌。③〔乔〕雉鸟的羽毛。《韩诗》作鷮，即用鷮羽为矛柄装饰。

◎ **章旨** 诗之二章。言郑师在消地游荡。牛运震《诗志》："偏说得安闲自在。安有以三军之重而翱翔、逍遥者？不必说到师溃，隐然已见。"

清人在轴①，驷介陶陶②。左旋③右抽④，中军⑤作好⑥。

◎ **注释** ①〔轴〕地名。②〔陶陶〕车马驱驰的样子。③〔左旋〕战车向左旋转。是车战基本战术动作。古代战车，若车上有两人，御者居左，甲士居右。若三人，则一人居中，还是左为御者，右为甲士。而居右的甲士又是手执戈矛的勇力之士，是战阵中的攻击手，所以，战车若转弯，必然是左转，这样才可使甲士处在外侧向敌的位置，以便其攻击和防御。据孙机《中国古舆服论丛》。④〔右抽〕车右的甲士在战车左旋时，抽矢或抽戈作射击刺伐动作。这句是说御者与甲士战术动作配合得很好。⑤〔中军〕即军中。⑥〔作好〕各种军容阵势做得好。

◎ **章旨** 诗之三章。言郑师在轴地舞刀弄枪。牛运震《诗志》："'作好'字嘲笑入妙，极无聊，却说得极兴致。一篇游戏调笑之词。"

◎ **解读** 《清人》是写高克之师徘徊黄河岸边的诗篇。此诗的背景与《鄘风·载驰》相同，都是卫国遭受北狄入侵时的作品。郑、卫系周王室同姓国家，在卫国遭受灭顶之灾的危急时刻，郑国装备精良的将士们却在边境上"翱翔""逍遥"，徒作军容之好，这是很具讽刺意味的。《毛诗序》说诗刺郑文公，字面看不出这样的意思，其实是暗藏在文字背后的。这是诗的含蓄处。

羔 裘

羔裘①如濡②，洵③直④且侯⑤。彼其之子，舍命⑥不渝⑦。

◎ **注释** ①〔羔裘〕羔羊皮作的皮袄，卿大夫以上贵族的朝服。②〔濡〕润泽貌。③〔洵〕确实。④〔直〕顺直。⑤〔侯〕美。⑥〔舍命〕传令，推行政令。⑦〔渝〕

变,松懈。

◎ **章旨** 诗之首章。言子之布政不差。

羔裘豹饰①,孔②武有力。彼其之子,邦之司直③。

◎ **注释** ①〔豹饰〕羔裘袖子上的豹皮边缘装饰。②〔孔〕很。孔武,很威武。③〔司直〕官名,掌管劝谏君主过失。

◎ **章旨** 诗之二章。言之子勇武有力,掌邦家法度。

羔裘晏①兮,三英②粲③兮。彼其之子,邦之彦④兮。

◎ **注释** ①〔晏〕鲜盛貌。一说,晏,安,指穿羔裘君子的仪态安详。②〔三英〕裘衣上的丝织装饰物,其数三。③〔粲〕鲜明貌。一说,三英为三德,即上文的直、侯和孔武。④〔彦〕《毛传》:"彦,士之美称。"

◎ **章旨** 诗之三章。赞之子为邦国俊贤。陈继揆《读风臆补》:"后章用三'兮'字作变调,尤觉神致翩翩然。"

◎ **解读** 《羔裘》是赞美郑国执政贵族的诗篇。"德称其服",是《诗经》时代一个重要的评判标准。这首诗就是从赞美人鲜明的服饰入手,称颂这些人品德正直,能文能武。而"邦之司直""邦之彦兮"等句显示,诗所赞美的不是一般的官吏,而是郑国的高级权贵人物。《左传·昭公十六年》载:"夏四月,郑六卿饯宣子(名起)于郊。……子产赋郑之《羔裘》,宣子曰:'起不堪也。'""不堪"即不足以承受,可见这首诗是极尽称颂赞美之意的。就诗篇所表现的内涵而言,大臣正直且孔武有力,表现的是朝政的上升之象。在各诸侯中,郑国受封晚,郑桓公、武公及庄公几代人都是创业之君,据此而言,诗或为武公、庄公之际的篇章。

遵大路

遵①大路兮，掺②执子之袪③兮。无我恶④兮，不寁故也⑤。

◎ **注释**　①〔遵〕循、沿着。②〔掺〕执，持。③〔袪〕袖口。④〔恶〕厌恶。
⑤〔不寁故也〕不宜这样快地离开故旧。寁，速去，很快离去。故，故旧。
◎ **章旨**　诗之首章。言不要因"我恶"而疏远我。

遵大路兮，掺执子之手兮。无我魗①兮，不寁好②也。

◎ **注释**　①〔魗〕丑恶，可恶。②〔好〕亲好。
◎ **章旨**　诗之二章。言不要因"我魗"而嫌弃我。
◎ **解读**　《遵大路》是郑国迎送各国路过使臣的乐歌。考郑国地理位置，正处于东西南北的交通要冲。"无我恶（魗）兮，不寁故（好）也"等句，不过是在以自谦的方式，向对方表示结好之意。外交辞令，却表达得缠缠绵绵如同情歌，这正是《郑风》"新声"特有的可爱。

女曰鸡鸣

女曰鸡鸣，士曰昧旦①。子②兴③视夜，明星④有烂。将翱将翔，弋凫与雁。⑤

◎ **注释**　①〔昧旦〕曙光未露，今所谓天不亮。②〔子〕你，指丈夫。③〔兴〕起床。④〔明星〕启明星，此星升起天就要亮了。"子兴"两句，当为女子之词。
⑤〔"将翱"两句〕天亮后水鸟和大雁就要飞起来了，正好射猎。弋，弋射，古代用拴系丝绳的箭射取高飞禽鸟，叫作弋。凫，野鸭，潜水候鸟，体型大。雁，大雁。
◎ **章旨**　诗之首章。言女子催促男子早起。牛运震《诗志》："士女问答对起，老手古格。'鸡鸣'二字领起，通篇精神。"

弋言①加②之，与③子宜④之。弋言饮酒⑤，与子偕老⑥。琴瑟⑦在御⑧，莫不静好⑨。

◎ **注释** ①〔言〕而。②〔加〕射中，以赠缴相加。③〔与〕为，介词。④〔宜〕肴，烹饪，以适当的方法烹饪。⑤〔弋言饮酒〕射猎回来一起饮酒。⑥〔偕老〕一起生活到老。以上四句为女子之言。⑦〔琴瑟〕比喻和谐的夫妻关系，又见《周南·关雎》《小雅·常棣》。⑧〔御〕用，弹奏。⑨〔静好〕嘉好。

◎ **章旨** 诗之二章。继上章，女子继续劝导。最后两句，张尔岐《蒿庵闲话》："此诗人凝想点缀之词，若作女子口中语，似觉少味，盖诗人一面叙述，一面点缀，大类后世弦索曲子。《三百篇》中述语叙景，错杂成文，如此类者甚多，《溱洧》、齐《鸡鸣》皆是也。"

知子①之来之②，杂佩③以赠之。知子之顺④之，杂佩以问⑤之。知子之好⑥之，杂佩以报⑦之。

◎ **注释** ①〔知子〕指丈夫的知己者。是女子口吻。②〔来之〕即前来。③〔杂佩〕集诸玉石制成的佩戴饰品。杂，集的意思。④〔顺〕顺心，在此有喜爱的意思。⑤〔问〕赠送。⑥〔好〕喜欢，令其欢喜。⑦〔报〕答谢。女子口吻，送物品给"知子"者，是表示对他于与自己丈夫交好的答谢。

◎ **章旨** 诗之三章。李樗《毛诗集解》："此章言不独厚于室家，亦当尊贤也。"《朱子语类》："《女曰鸡鸣》一诗，意思甚好，读之，真个有不知手之舞足之蹈者。"牛运震："庄正和雅，《周南》风调复见于此。"

◎ **解读** 《女曰鸡鸣》是赞美贤内助的诗篇。诗篇所表，是一段恩爱夫妻黎明之际的体己话，勤劳是对话的主旨，女子是对话的主角。她是丈夫劳作的催促者，也是甜美生活的主理者，还是丈夫生活交往的辅佐者。诗篇这样写，表明那时的诗人是承认女性在家庭生活中的作用的。艺术上，前两章主要为对话，第三章全是女子独白，颇有循循善诱的大姐姐气息。虚词"之"字的用法，就使得语气相当和顺，颇符合说话人的口吻。

有女同车

有女同车①,颜②如舜华③。将④翱将翔⑤,佩玉琼琚⑥。彼美孟姜⑦,洵美且都⑧!

◎ **注释** ①〔同车〕夫妇乘坐的车马一样,非同乘一辆车。②〔颜〕容貌。③〔舜华〕木槿花。④〔将〕如,结构助词。⑤〔翱、翔〕形容女子步履翩跹。⑥〔琼琚〕美玉。⑦〔孟姜〕姜姓长女。⑧〔都〕娴雅,典雅。都,本义是都城,都城人装束入时,引申为时尚、雅致。据钱锺书《管锥编》。

◎ **章旨** 诗之首章。赞新妇美而雅。笔法由远而近。

有女同行,颜如舜英①。将翱将翔,佩玉将将②。彼美孟姜,德音③不忘④!

◎ **注释** ①〔英〕花朵。②〔将将〕通"锵锵"。象声词。③〔德音〕美好声誉。④〔不忘〕令人难忘。一说忘即亡,不亡即不无、永远。

◎ **章旨** 诗之二章。赞新妇有德音。孙矿《批评诗经》:"状妇女总不离出容饰二者,此诗艳丽则以'同车''翱翔'等字点注得妙。"

◎ **解读** 《有女同车》是赞美来自齐国姜姓新妇的诗篇。"同车"是说迎娶之礼;"舜华"是表新人的香姿美艳;"翱翔"是形容新人娇娆行仪;"佩玉"表新人步履中规中节,古人佩玉以节制步伐,所谓"改玉改行"是也;"孟姜"是表其族属尊贵;"德音"则赞其有懿德,是贤淑之人。此诗从各个方面描述赞叹新妇的容貌、装饰及其身份美德之后,又用"美且都"作一收束,"美"是在赞女子的丽质,"都"则是叹其雅致、高华的气质,语气中含有对新人衣装、举手投足等所显教养的称许。就诗篇看,所歌唱的应是郑与齐初次建立姻亲关系时的某次婚礼。姜姓之国虽然多,但有势力上的大小强弱、文化上的先进后进,其中的齐国,才是有历史、有传统,而且文化特盛的泱泱大国。东迁而来的新国贵族,与齐这样一个老牌国家的贵胄结婚,惊美于大国公主的仪态、气度,赞美她的"美且都",也是十分自然的。同时,迎娶美妙的妇人背后,是新的政治联盟的缔结,事件又是极有纪念意义的。如此"德音不忘",实际就蕴含着郑人的庆幸之情。

山有扶苏

山有扶苏①,隰②有荷华③。不见子都④,乃见狂且⑤!

◎ **注释** ①〔扶苏〕即唐棣树。又称栘、夫栘,字又作"扶疏"。适宜生长在山地疏林间或灌木丛中,不耐潮湿。②〔隰〕低洼湿地。③〔荷华〕荷花。④〔子都〕古代美男子之称。⑤〔狂且〕愚狂的人。

◎ **章旨** 诗之首章。言不见美男,却见狂徒,是故作失望口吻。前两句是起兴之词,是民歌本色。牛运震《诗志》:"比物点衬鲜泽。"

山有桥松①,隰有游龙②。不见子充③,乃见狡童④!

◎ **注释** ①〔桥松〕高大的山松。桥,通"乔",高大。②〔游龙〕红蓼,又称红草。喜生在水边湿地,枝叶和果实均可入药,有清热化痰、解毒、明目之疗效。红蓼所以称游龙,郑玄解释,是因为该草枝叶放纵,恰如红色游龙。③〔子充〕指美男子。④〔狡童〕狡黠的年轻人。骂人的话,犹言家伙、小子。

◎ **章旨** 诗之二章。全篇句句押韵,读之不觉闷。

◎ **解读** 《山有扶苏》这首诗是男女相会时节女子对男子的俏骂之辞。诗以高下不同的树与花起兴,言高树与湿地花朵各有其美,言外之意,是自己怎么就这样倒霉,本想遇到美男子,却偏偏遇上轻狂愚笨的家伙。读这样的句子,不要以为诗中人所见,真的就是貌丑心邪坏青年。所谓"褒贬是买主",骂得厉害,未必真就厌恶。子都、子充都是当时美男的高标准,犹如今日女孩心中的"白马王子"。"不见……乃见……"的句式,看上去像是失望,似乎也不过是拿子都、子充的标准,揶揄一下对自己有意思的男子,当不得真。诗篇的情感是奔放的,高处茂盛的海棠、高松，水中盛开的荷花，满眼是枝叶纵放的红蓼，色彩鲜艳而不纤细，男女在这样的花海茂树中，奔放地抒发情感，是何等烂漫的光景！这是诗篇特有的青春气息，也是特有的民间歌唱的气息。这首诗是风诗中难得的几首原汁原味民间歌唱之一。

萚 兮

萚①兮萚兮，风其吹女②。叔兮伯兮，倡③予和④女。

◎ **注释** ①〔萚〕枯叶。《说文》："草木凡皮叶落地为萚。"②〔女〕汝。③〔倡〕即"唱"。④〔和〕以歌声相应和。

◎ **章旨** 诗之首章。催促叔伯应和自己。戴震《诗经考》："以槁当风，吹摇不定之象。"

萚兮萚兮，风其漂①女。叔兮伯兮，倡予要②女。

◎ **注释** ①〔漂〕飘。②〔要〕通"邀"，约请。

◎ **章旨** 诗之二章。触物起情，简切明快。

◎ **解读** 《萚兮》是邀人唱和之词。《左传·昭公十六年》记载郑国六卿为晋国大臣韩起（谥号宣子）饯行，"子柳赋《萚兮》，宣子喜，曰：'郑其庶乎！二三君子以君命贶（kuàng，赠，赐）起，赋不出郑志，皆昵燕好也。'"可见在春秋较晚时，《萚兮》被认为是表达"昵燕好"的诗，而所谓"昵燕好"就是亲昵和好。诗可能为男女之间相唱和的歌词，同时亦可能是亲戚族人聚会时唱和之作，如邀约叔伯饮酒等。

狡 童

彼狡童①兮，不与我言兮。维②子之故，使我不能餐兮！

◎ **注释**　①〔狡童〕见《山有扶苏》注。在此为亲昵之词。②〔维〕惟，因为。
◎ **章旨**　诗之首章。言狡童不与言而食不甘味。

彼狡童兮，不与我食兮。维子之故，使我不能息①兮！

◎ **注释**　①〔不能息〕因憋闷而不能安歇。息，吸气。
◎ **章旨**　诗之二章。言寝不安枕。陈继揆《读风臆补》："若忿，若憾，若谑，若真，情之至也。"
◎ **解读**　《狡童》是情人闹别扭后女子的怨歌。一对情人闹别扭之后，彼此赌气不再理睬对方，于是女子寝食不安，心生怨艾。全诗似直而曲，一咏三叹，先是男的虽勉强与自己一起吃饭，却不理不睬；后来干脆连饭都不在一起吃了。一路写来，将身处情爱困扰中难以自拔的小女子情怀描摹得入木三分。

褰　裳

子惠①思我，褰裳②涉溱③。子不我思，岂无他人？狂童④之狂也且⑤！

◎ **注释**　①〔惠〕字当作"慧"，疑问词，相当于"其"。②〔褰裳〕撩起衣裳。裳，古代上衣下裳，类似今天的裙。③〔溱〕郑国水名。溱洧水畔，与卫之桑中、陈之宛丘一样，为当时男女会合之地。④〔狂童〕狂妄、任性的小子。⑤〔且〕语气词。
◎ **章旨**　诗之首章。言涉溱而往。戴君恩《读风臆评》："多情之语，翻似无情。"

子惠思我，褰裳涉洧①。子不我思，岂无他士？狂童之狂也且！

◎ **注释**　①〔洧〕郑水名。

◎ **章旨** 诗之二章。言涉洧而往。

◎ **解读** 《褰裳》是最后通牒式的"男女相悦"之诗。要理解诗的感情基调，关键在诗篇两章的最后一句。发出"通牒"的女方，要的只是对方的一个明确答复，泼辣真够泼辣，烈性也真烈性。"狂童"如何狂不写，女的如何受"狂"之折磨不写，都从一句骂詈中带出。诗篇用笔十分经济，却突出了女子性情的爽利。准确说，这应该是溱洧河畔男女相会打情骂俏的歌唱，是古老的"野性"婚恋习俗下的风情之歌。

丰

子之丰①兮，俟我乎巷②兮，悔予不送③兮！

◎ **注释** ①〔丰〕丰满。②〔巷〕门外的通道。③〔送〕送别，是跟随的含蓄说法。

◎ **章旨** 诗之首章。悔自己不跟随。

子之昌①兮，俟我乎堂②兮，悔予不将③兮！

◎ **注释** ①〔昌〕盛壮貌。②〔堂〕厅堂。③〔将〕迎接。

◎ **章旨** 诗之二章。悔自己不将。

衣锦褧衣①，裳②锦褧裳。叔兮伯兮③，驾④予与行⑤。

◎ **注释** ①〔衣锦褧衣〕女子出嫁时上身穿麻做的外罩。衣，穿，作动词。②〔裳〕同上句第一个"衣"，动词，即穿下衣。③〔叔、伯〕迎亲的人。叔、伯之称与二章"子"显然有别，《毛传》说"迎己者"，也可解释为自己身边的长辈。④〔驾〕驾着车子。⑤〔行〕指出嫁。

◎ **章旨** 诗之三章。央告叔、伯送自己出嫁。急迫之情不加掩饰，与上二章之

◎ 国风

"悔"字相呼应。下章仿此。

裳锦褧裳，衣锦褧衣。叔兮伯兮，驾予与归①。

◎ **注释** ①〔归〕出嫁。
◎ **章旨** 诗之四章。后二章与前二章句式、节奏判然有别。
◎ **解读** 《丰》是表亲迎之礼不成功，女子随而后悔的诗。诗篇并没有去表父母因何毁掉了亲迎，却专写失败对当事人，即篇中女子的伤害；而且，表现伤害不是直说，而是让女子后悔自己的"不送""不将"。其实，在亲迎之礼上，有哪个女孩子抛头露面亲自"送""将"呢？这样写，表面上看是女孩子后悔不该后悔的事，实际是表达对父母阻挠婚礼的不满。如此笔致，曲折中套着曲折。诗篇可注意的地方还不止于此，最后的两章，女孩子抛弃一切顾虑，为着自己的幸福，呼喊身边的长辈，快点把自己送到男方家中从而完成婚礼。诗篇这样写，其实也就表现了女孩子想突破一切人情面子的勇敢，实际代表着一种健康的社会意识：应当尊重婚姻当事人的感受与幸福。诗篇前两章调子缓慢，后两章则情绪急促，特别是"衣锦褧衣，裳锦褧裳"句子颠倒变化，更是有意展现女子以自己的努力挽救自己婚姻的迫切心理，用笔很具匠心。

东门之墠

东门之墠①，茹藘②在阪③。其室则迩④，其人甚远！

◎ **注释** ①〔墠〕修整出来的平坦之地。②〔茹藘〕又名茜草、茅蒐、蒨等，入药可止血祛瘀。③〔阪〕平缓的土坡。④〔迩〕近。
◎ **章旨** 诗之首章。言室近人远，是有情人的心理感受。

东门之栗①，有践②家室。岂不尔思？子不我即③。

◎ **注释** ①〔栗〕树木。参《卫风·定之方中》"树之榛栗"句注。②〔践〕行列。③〔即〕前来相就。此句是说你不来找我。

◎ **章旨** 诗之二章。"子不我即"句道出实情，是对前章"远"字的应答。

◎ **解读** 《东门之墠》是男女唱和之歌。方玉润《诗经原始》说："就首章而观，曰'室迩人远'者，男求女之辞也。就次章而论，曰'子不我即'者，女望男之心也。一诗中自为赠答。……有所思而未得见之辞云尔。"而近人陈子展《诗经直解》更将此诗解作男女应答之辞：首章为男歌，后章为女歌。较方氏之说更进一步。

风 雨

风雨凄凄，鸡鸣喈喈①。既见君子，云胡不夷②！

◎ **注释** ①〔喈喈〕拟声词，鸡鸣声。②〔夷〕喜悦。

◎ **章旨** 诗之首章。言既见君子的喜悦之情。风雨与鸡鸣交加，营造氛围，鬼斧神工。

风雨潇潇①，鸡鸣胶胶②。既见君子，云胡不瘳③！

◎ **注释** ①〔潇潇〕风雨声。②〔胶胶〕鸡鸣声。一说"胶"或应作"嘐"。③〔瘳〕病愈为瘳，在此有心情变好的意思。

◎ **章旨** 诗之二章。陈震《读诗识小录》："'凄凄'第（但——引者）动于气，'潇潇'则传于声矣。'喈喈'犹清音作引，'胶胶'则长吭迭庚矣。'夷'则惬怀人之素愿，'瘳'则愈忧世之深衷矣！妙！"

风雨如晦，鸡鸣不已。既见君子，云胡不喜！

◎ **章旨** 诗之三章。牛运震《诗志》："'鸡鸣不已'，白描愈妙。"

◎ **解读** 《风雨》是风雨暗夜中喜见归人的诗篇。一说是乱世思君子的诗。两种理解的分歧在如何理解诗篇头两句。若是理解为起兴之词，那就是一种象征，如此，诗篇即表达的是身处乱世，幸遇君子的欣喜。主此说的是《毛诗序》。诗篇也可以作另外的理解，"风雨凄凄，鸡鸣喈喈"，也就是对现实境况的白描。诗篇所表，是风雨夜归人的篇章。诗表达的情感十分雄浑，抑郁而能破闷，逆境而见前景，身处黑暗犹不失信念。对"鸡鸣"这一光明与黑暗交替之际特有现象的精彩描摹，仿佛不经意间一下子唤醒了天地精神，读之令人神形超旷。

子 衿

青①青子②衿③，悠悠我心。纵④我不往，子宁⑤不嗣音⑥？

◎ **注释** ①〔青〕黑色。古代青指黑颜色，如戏剧行当青衣即指穿黑色衣服的女子。②〔子〕你的。③〔衿〕佩玉的丝带。④〔纵〕纵然。⑤〔宁〕难道。⑥〔嗣音〕续通音信。嗣，续。《韩诗》此字作"诒"，寄的意思。

◎ **章旨** 诗之首章。怨对方没音信。子衿、子佩，以物代人；睹物思人，灵动可喜。牛运震《诗志》："'悠悠'二字，有无限属望。"

青青子佩①，悠悠我思。纵我不往，子宁不来？

◎ **注释** ①〔佩〕可以佩戴的玉石。

◎ **章旨** 诗之二章。责对方不来相见。上文言佩玉之丝带，此处言丝带所系之物，两者合为一物。暗示思与所思两者关系。

挑兮达兮①，在城阙②兮。一日不见，如三月兮！

◎ **注释** ①〔挑、达〕乍往乍来。一说，挑、达为欢跃的意思。②〔城阙〕古代城门外左右两旁的高台，登之可以游观。

◎ **章旨** 诗之三章。言思念之情深。

◎ **解读** 《子衿》是表怨望之情的诗。旧说讽刺学校废弛、生徒不学礼乐而游观，诗中之"我"指代的是教师。但"纵我不往"云云分明有一股幽怨，古代师道尊严，此等情绪实难理解。此诗之情，大概不出友情、爱情两端，而更像后者。第一章责对方不通音信，第二章怨对方不来看望，第三章则言见所思在城阙上往来游观，如联系《卫风·静女》的城隅约会，此处或许曾是他们过去常见面的地方。当然也可能所思是一位学子。诗中有意思的是"纵我不往，子宁不嗣音""不来"几句。怜惜对方而又先自忍着，观察对方的表现，考查对自己的态度。对方还没有怎么样，自己就先自怨自责起来了。这都是情人之间的常态惯伎。善体人情，是《诗经》亘古常新、魅力永恒的地方。小诗情调幽怨，自有其风致嫣然处。

扬之水

扬之水①，不流束楚。终②鲜③兄弟，维④予与女。无信人之言，人实迋⑤女。

◎ **注释** ①〔扬之水〕浅濑之水。②〔终〕既。③〔鲜〕少。④〔维〕只有。"维""惟"古代通用。⑤〔迋〕欺骗。字义同"诳"。

◎ **章旨** 诗之首章。言兄弟之外，他人之言多欺诈。义虽偏狭，倒也声情笃挚，字字殷切，如耳提面命。

扬之水，不流束薪。终鲜兄弟，维予二人①。无信人之言，人实不信②。

◎ **注释** ①〔二人〕同心者极少的意思。②〔不信〕不可信。陈奂《传疏》："不信，犹诳也。"

◎ **章旨** 诗之二章。言不信他人是因为他人实难相信，是乱世人情。

◎ **解读** 《扬之水》是告诫亲人团结互信的篇章。诗篇拿他人与兄弟相比，强调手足兄弟人少，应当倍加珍惜，他人虽多，却不可信赖。

出其东门

出其东门①，有女如云。虽则如云，匪我思存②。缟衣③綦巾④，聊⑤乐我员⑥！

◎ **注释** ①〔东门〕郑国都城的东门一带，是交通要道，市廛繁华。②〔思存〕思念，挂怀。③〔缟衣〕白色衣服。④〔綦巾〕浅绿色的佩巾。⑤〔聊〕姑且。⑥〔员〕读"云"，语气词。

◎ **章旨** 诗之首章。言虽有女如云，心上人却只是服粗布者。下章义同。

出其闉阇①，有女如荼②。虽则如荼，匪我思且③。缟衣茹藘④，聊可与娱！

◎ **注释** ①〔闉阇〕闉，保护城门的曲城，即后世所谓的"瓮城"。阇，城门附近的高台。②〔荼〕茅草、茜草之类，秋天秆、穗皆呈白色。诗用以形容东门女子服装颜色。③〔且〕存。④〔茹藘〕一种可以做染料的茜草，可以染绛。此指代绛红色衣巾。

◎ **章旨** 诗之二章。牛运震《诗志》："'如云''如荼'，写尽奇丽。"

◎ **解读** 《出其东门》是表达专一感情的诗篇。用语中"聊"字即聊且，含所需甚少的意思。需求少是因知足，知足是因心中有定，有定则可以不受浮靡的诱惑。值得注意的是诗中"东门"之外女子的"如云""如荼"，都是说女子的服装为白色。殷人尚白，殷人后裔在周代又多从事商业活动，如此，诗篇中女子，似乎都是殷商遗民。果然如此的话，诗篇让我们看到了殷商遗民在郑国城门忙碌生计的吉光片羽，十分难得。

野有蔓草

野有蔓草①，零②露漙③兮。有美一人，清扬④婉⑤兮。邂逅⑥相遇，适⑦我愿兮！

◎ **注释**　①〔蔓草〕蔓延的草，即茂盛的草。②〔零〕落。③〔漙〕露珠圆团的样子。④〔清扬〕眉目之间清秀貌。⑤〔婉〕美好貌。⑥〔邂逅〕佳偶巧合，一见钟情。此处指所遇之人。⑦〔适〕顺，遂心。

◎ **章旨**　诗之首章。言佳偶巧合，适我心愿。"有美一人"，造语灵巧。

野有蔓草，零露瀼瀼①。有美一人，婉如②清扬。邂逅相遇，与子偕臧③！

◎ **注释**　①〔瀼瀼〕露水浓郁貌。②〔婉如〕婉然。③〔偕臧〕一起隐藏。偕，一起。臧，藏。一说，臧，好。

◎ **章旨**　诗之二章。言各适其愿。陈继揆《读风臆补》："'婉如清扬'是倒句，亦是妙句。"

◎ **解读**　《野有蔓草》是男女相会一见钟情，且各遂心愿的诗。这也是一首"仲春之月，奔者不禁"的篇章。"零露"点明时节，"邂逅""适愿"则与《召南·野有死麕》中"吉士诱之"所说之事相类。不过那一首有叙述，而此诗只是抒发遂愿后的喜悦心情，表现方法上有所不同。诗的格调清新明丽。硕大的露珠零落在青青的野草上，显得生机勃勃。天地之间生机盎然，也是适龄男女结合的好时节。不消说，诗之所表也是带有"野性"婚俗色彩的恋情。

溱 洧

　　溱与洧①，方涣涣②兮。士与女，方秉③蕳④兮。女曰："观⑤乎？"士曰："既且⑥。""且往⑦观乎！洧之外，洵⑧訏⑨且乐。"维士与女，伊⑩其相谑⑪，赠⑫之以勺药⑬。

◎ **注释**　①〔溱、洧〕郑国都城附近河流。参《褰裳》"涉溱""涉洧"两句注。②〔涣涣〕春水荡漾貌。③〔秉〕手持。④〔蕳〕泽兰。郑国人喜爱兰，誉之为国香。兰草而名之曰蕳，与"坚"谐音。秉蕳、赠蕳，坚定情意也。⑤〔观〕看。⑥〔且〕同"徂"，往，去。⑦〔且往〕再往。女劝男之辞。此句为男女对话，女子劝男子再次前往溱洧之地游观。⑧〔洵〕实在，真的。⑨〔訏〕大。指场面大、热闹。⑩〔伊〕他们。⑪〔相谑〕互相戏谑、调笑。⑫〔赠〕互赠。⑬〔勺药〕即芍药花，又名将离、可离。又，芍与妁、药与约谐音，所以诗言"赠芍药"是表达成约定情之意。

◎ **章旨**　诗之首章。言春水荡漾之时，男女在溱洧水畔相会，互赠以芍药。陈继揆《读风臆补》："始用'方'字，下转一'既'字，继转一'且'字，而复转一'洵訏且乐'字、'伊其'字，诗家转折之妙，无踰于此者。"牛运震《诗志》："两'方'字神色飞动。"

　　溱与洧，浏①其清矣。士与女，殷②其盈矣。女曰："观乎？"士曰："既且。""且往观乎！洧之外，洵訏且乐。"维士与女，伊其相谑，赠之以勺药。

◎ **注释**　①〔浏〕水清澈貌。②〔殷〕众多。
◎ **章旨**　诗之二章。通篇都是以局外人视角来写的。姚际恒《诗经通论》："诗中叙问答，甚奇。"
◎ **解读**　《溱洧》是表现郑地溱洧河畔男女相会场面的篇章。诗篇所表，与夏历三月三日，即所谓上巳之日的河畔祓禊礼俗有关。诗篇的述说，表明诗人是局外的观察者,诗以记录一对男女相约对话的方式,表现郑国特有的男女相悦的风俗。诗因记录对话,句子长短不齐,是汉乐府杂言的先声。春光明媚、绿水荡漾的和畅光景,古老而淳朴的风俗,男女青年适意的交往,这些已让诗篇十分迷人,两种花草的出现,又不啻锦上添花,真可谓活色生香!

◎ 国风

齐 风

　　西周建立后，封太师姜尚于泰山以北地区，是为齐国。考古显示，"最初齐地的淄、瀰地区，从新石器到商周时代，其文化发展水平始终处于这一大片地区的最前列"〔苏秉琦主编《考古学文化论集》（二），文物出版社1989年，第185页〕。

　　在大汶口文化墓葬中曾发现过特产于美洲的地平龟甲（房仲甫《殷人航渡美洲再探》，《世界历史》1983年第3期），即可知此地先民交流之广泛了。齐国地处平原、山地交错地带，东部有分布广泛的莱夷，人群错杂，文化开放。姜太公建齐，在文教上主要因袭旧有传统，古老习俗得以延续。齐国长女不嫁，作为"巫儿"的习俗（见《汉书·地理志》），以及文姜与齐襄公兄妹之间的私情，可能就是古老婚姻习俗延续的结果。齐国还深受东夷土著人群的文化影响。《后汉书·东夷传》言东夷人"喜饮酒歌舞"，又有学者说"东方夷人好战好猎"（朱骏声《说文定声通训》），起码其"好猎"的风尚在《齐风》中是有所体现的。齐风舒缓，风格宏大。《左传》记载"季札观乐"，"为之歌《齐》，曰：'美哉！泱泱乎大风也哉！表东海者，其大公乎！'"是很高的评价。

　　《齐风》十一篇。

鸡　鸣[①]

鸡既鸣矣，朝[②]既盈[③]矣。匪[④]鸡则[⑤]鸣，苍蝇[⑥]之声。

◎ **注释**　①〔鸡鸣〕鸡叫。②〔朝〕朝堂。③〔盈〕满，上朝的人已经满了。④〔匪〕非，不是。⑤〔则〕载。结构助词。⑥〔苍蝇〕俗称绿豆蝇，个头较大，声响也大。

◎ **章旨**　诗之首章。男女对答之辞，或许诗篇歌唱时伴以舞蹈。女曰鸡鸣，男曰苍蝇。男子之言，令人发笑。

东方明矣，朝既昌[①]矣。匪东方则明，月出之光。

◎ **注释** ①〔昌〕盛，人多的意思。
◎ **章旨** 诗之二章。仍为对答之辞。"月出之光"，答话滑稽。

虫①飞薨薨②，甘与子同梦。会③且归④矣，无庶⑤予子憎。

◎ **注释** ①〔虫〕即上文所说的苍蝇。②〔薨薨〕犹言轰轰，状声词。③〔会〕朝会。古代上朝，一般在黎明时分。④〔归〕归去，犹言散会。⑤〔庶〕幸而，侥幸。此句是说希望不要因为我而使人们憎恨你。
◎ **章旨** 诗之三章。女子之辞。"虫飞"句应首章"苍蝇"句，夏日光景。后二句言"会且归"是催促人的常态。
◎ **解读** 《鸡鸣》是一阕劝诫早起、不贪睡的歌曲。篇章的形式是对话体，可知当初演唱形式为歌舞对唱。诗篇中男女一庄一谐，讽刺的意味颇浓。诗篇的巧妙处即在于此，刻画鸡鸣时该起不起的慵懒状态，实含劝诫的意味。

还

子之还①兮，遭②我乎③峱④之间兮。并驱从⑤两肩⑥兮，揖⑦我谓我儇⑧兮。

◎ **注释** ①〔还〕通"旋"，轻便灵活。②〔遭〕相遇。③〔乎〕于。④〔峱〕齐国山名。⑤〔从〕追逐。⑥〔肩〕，兽三岁曰肩。⑦〔揖〕作揖，拱手。⑧〔儇〕敏捷利索。
◎ **章旨** 诗之首章。以敏捷相誉。姚际恒《诗经通论》："多以'我'字见姿。"

子之茂①兮，遭我乎峱之道兮。并驱从两牡②兮，揖我谓我好兮。

◎ **注释** ①〔茂〕有风采。②〔两牡〕雄性野兽称"牡"。

◎ **章旨**　诗之二章。以美好相夸赞。

子之昌①兮，遭我乎峱之阳②兮。并驱从两狼兮，揖我谓我臧③兮。

◎ **注释**　①〔昌〕盛壮貌。②〔阳〕山南为阳。③〔臧〕强壮。据俞樾《群经平议》，"臧""壮"音近义通。

◎ **章旨**　诗之三章。以强壮相夸赞。方玉润《诗经原始》："猎固便捷，诗亦轻利，神乎技矣！"

◎ **解读**　《还》是猎人相遇的歌唱。两位猎手巧遇于山下，并且驱马并辔共同追逐猎物，彼此都身手不凡，惺惺相惜，互相夸赞。诗篇固然透露出齐人崇尚狩猎的习俗，但反复的"揖我谓我"句式，又清晰地显出一副自负自矜的兀傲之态。据记载齐国有"二桃杀三士"的故事，"三士"可以被"两桃"害掉，无外乎是那时武士极度自尊自负，甚至自恋，反而变得脆弱、不堪一击。诗每章开首一句，是赞誉对方；结束一句，是对方赞己；中间写并辔而驱，是棋逢对手。寥寥数语，开合有致，富于变化。每章四句之中，从第二句起都是动词在先，承接而下，句法连贯。句式上四言、六言、七言并出，而每句加一虚词"兮"，语气轻盈，也与诗篇处处流露的猎手被夸后的欢喜之情相符。

著

俟①我于著②乎而，充耳③以素④乎而⑤，尚之⑥以琼华⑦乎而。

◎ **注释**　①〔俟〕等待。②〔著〕屏门和正门之间。著，字亦作"佇""宁"。③〔充耳〕又名"瑱"，塞耳的玉石，用丝线悬挂在冠冕两侧。④〔素〕白，指系玉石的丝绳。⑤〔乎而〕语气词。⑥〔尚之〕尚，加。之，指丝绳，尚之即在丝绳上系上玉石的意思。⑦〔琼华〕有花纹的琼石。琼，美玉；华，指美玉上的花纹。

◎ **章旨**　诗之首章。言俟我于两门之间。牛运震《诗志》："别调隽体。通篇借新妇语气，奇妙。"

俟我于庭乎而，充耳以青①乎而，尚之以琼莹②乎而。

◎ **注释** ①〔青〕青色的丝绳。②〔莹〕玉石上的花纹。
◎ **章旨** 诗之二章。言俟我于庭院。

俟我于堂乎而，充耳以黄①乎而，尚之以琼英②乎而。

◎ **注释** ①〔黄〕黄色的丝绳。②〔英〕花。《离骚》："夕餐秋菊之落英。"此处仍指玉石上的花纹。
◎ **章旨** 诗之三章。言俟我于堂前。三章由远而近。每章皆言耳旁佩戴，表现了主人公偷眼观看对方的神态。
◎ **解读** 《著》是齐地婚仪上的乐歌，颇带调笑色彩。诗篇的特别之处，在其选取了一个符合新娘子身份的细节，即偷眼观看新郎的举动，来反复歌咏之。诗篇善戏谑的格调由此而定，浓郁的生活气息也由此而生。妙的是，偷眼观瞧了半天，也只是瞧到"他"耳旁的佩戴，最终也没敢往人家的脸上瞄。小小的细节，把古代女子特有的羞涩之情淋漓尽致地表现出来。

东方之日

东方之日①兮，彼姝②者子，在我室兮。在我室兮，履③我即④兮。

◎ **注释** ①〔东方之日〕比喻女子美丽。②〔姝〕美丽。③〔履〕踩。④〔即〕通"膝"，膝盖。
◎ **章旨** 诗之首章。言姝子履我膝。以初升旭日喻姝子，奇妙。

东方之月兮，彼姝者子，在我闼①兮。在我闼兮，履我发②兮。

◎ **注释** ①〔闼〕门内,屋里。②〔发〕脚、足。
◎ **章旨** 诗之二章。言姝子履我足。以明月喻姝子,亮丽。
◎ **解读** 《东方之日》是齐地"闹洞房"的戏谑歌。诗言"履我即""履我发"云云,属于闹洞房的习俗,都是闹房者所说的"荤话",就是闹房者自比新郎"占便宜"的话。与《唐风·绸缪》篇是同类歌唱。说它是"描写新婚"的歌唱,流于含糊;说它是"男女幽会"之诗,也得理解为调侃的笔致才好。这样,就不如解之为"闹房歌"贴切了。闹洞房的习俗起源甚早,而且流传至今。更多情况的说明,请参看《唐风·绸缪》篇。另外,诗篇以东方旭日的明丽比喻少女的娇美,曾启发过宋玉、曹植等。

东方未明

东方未明,颠倒衣裳①。颠之倒之,自公②召之。

◎ **注释** ①〔衣裳〕古时服装,上为衣,下为裳。②〔公〕指齐国君主。
◎ **章旨** 诗之首章。臣子的颠倒错乱,原因在君。

东方未晞①,颠倒裳衣。倒之颠之,自公令之。

◎ **注释** ①〔晞〕天亮。
◎ **章旨** 诗之二章。义与首章同。

折柳樊①圃,狂夫②瞿瞿③。不能辰夜④,不夙则莫⑤!

◎ **注释** ①〔樊〕动词,圈围篱笆。②〔狂夫〕无知的人。③〔瞿瞿〕疑惑貌。两句的意思是柳枝柔弱不能用来做篱笆,如那样做,连无知的人也会疑惑。古有所谓司时之官,称挈壶氏,两句是比喻司时官的用人不当。④〔辰夜〕早晨和夜晚。

⑤〔凤、莫〕早、晚。"莫"为"暮"之本字。两句是说不能掌握时间的人报时，不是晚了，就是早了。斥责君主政令不当，瞎指挥。

◎ **章旨** 诗之三章。言朝廷不能准确报时。点明刺"不能辰夜"之旨。"折柳"二句，喻荒唐至极。

◎ **解读** 《东方未明》是讽刺朝廷报时不当致使大臣颠倒错乱的诗。古代早朝本有确定时刻，现在却乱了套，致使臣子们衣裳颠倒、狼狈不堪。诗人，或者说大臣的不满和愤慨，都在第三章中表达出来。古人重视早朝，《诗经》中有关早朝的诗篇除本诗外，还有《齐风·鸡鸣》和《小雅·庭燎》两首。《东方未明》和《鸡鸣》这两首同在《齐风》的诗篇，一个写朝廷失时，一个写君子懒惰，真可谓相映成趣。此诗则专从大臣们的颠倒错乱写，表达他们的不满。朝廷连议政的时间都弄不准，其政务的一般也就不言而喻了。

南　山

南山①崔崔②，雄狐③绥绥④。鲁道⑤有荡⑥，齐子⑦由归⑧。既曰归止⑨，曷又怀⑩止？

◎ **注释** ①〔南山〕齐国山名。陈奂《传疏》："即《孟子》之牛山。"一说，即泰山。②〔崔崔〕高大貌。③〔雄狐〕公狐。比喻齐君襄公。④〔绥绥〕毛茸茸的样子。古代嫁娶在秋冬之际，文姜自齐至鲁，《春秋》记载在九月，即今阳历十月、十一月，正是狐狸毛变厚之时。⑤〔鲁道〕从齐国通往鲁国的大道。⑥〔有荡〕平坦。有，结构词。⑦〔齐子〕齐国之女公子，历来以为此齐子即指文姜，齐襄公之妹，鲁桓公之妻，庄公之母。⑧〔归〕嫁人。⑨〔止〕语尾助词。下文同。⑩〔怀〕思恋、贪恋。可能是指文姜和齐襄公，讥讽其贪恋非分之情。

◎ **章旨** 诗之首章。言齐侯之女由坦荡的大道嫁往鲁国。后两句，指责齐襄公与文姜贪恋私情。

葛屦①五两②，冠缕③双止。鲁道有荡，齐子庸④止。既曰庸止，曷又从⑤止？

◎ **注释** ①〔葛屦〕麻布鞋。屦，鞋。鞋子因成双，故用以暗指夫妻。②〔五两〕指麻鞋必成双成对地摆放。按礼，诸侯和大夫迎接夫人时，要送给新人两双鞋子、一块玉琮或一束干肉。五，即"伍"，行列。两，两两成双。③〔冠緌〕帽带打结后下垂到胸前的部分，为两条，所以诗言双。两、双，在此都有相对、相偶的意思。④〔庸〕行。齐姜行此路归鲁的意思。⑤〔从〕追求、周旋。言文姜既有所归，襄公又何必旧情不忘，与之旧情复燃。

◎ **章旨** 诗之二章。言襄公不该再追逐文姜。

蓺①麻如之何？衡从②其亩。取③妻如之何？必告父母④。既曰告止，曷又鞠⑤止？

◎ **注释** ①〔蓺〕种植。②〔衡从〕即横纵。东西曰横，南北曰纵。③〔取〕即娶。④〔必告父母〕儿女婚事，父母做主。父母在，须经其同意；若父母去世，也应该行告庙之礼，向父母神灵通报。⑤〔鞠〕穷极，陷入难堪境地。此句是说文姜是鲁君合法夫人，齐襄公不应该为了满足欲望而与她再有苟且之事。

◎ **章旨** 诗之三章。言合乎礼法的婚姻是神圣的。斥齐襄公为欲望而罔顾礼法。

析薪①如之何？匪②斧不克③。取妻如之何？匪媒不得。既曰得止，曷又极④止？

◎ **注释** ①〔析薪〕劈柴。以析薪喻婚姻，《诗经》中数见。②〔匪〕即非。③〔克〕能，成功。④〔极〕极端，绝境，与上文"鞠"义同。

◎ **章旨** 诗之四章。言婚姻必有媒妁之言。陈继揆《读风臆补》："全用诘问法，令其难以置对，的是妙文。"

◎ **解读** 《南山》是讽刺齐襄公与文姜兄妹乱伦的篇章，矛头所指，尤在襄公。诗篇对齐襄公、文姜这对兄妹行径的不齿，表明周礼所规范的婚姻观念已经深入人心。每章都出现的"既曰……曷又……"的句子，很明显是斥责齐襄公做了合法婚姻之外的"第三者"，是他使得文姜陷入礼法的绝境。诗篇各章的前四句，或述说，或讲理，末尾两句都用"既曰……曷又……"的诘问，情绪由委婉转为激切，是越说越气愤的笔法。

甫 田

无田^①甫田^②，维莠^③骄骄^④。无思远人，劳心忉忉^⑤。

◎ **注释** ①〔无田〕不要耕种。田，动词。②〔甫田〕大田，国君所有的土地，耕种需要民众出力。甫田长满草，即意味着这样的生产方式过时了。③〔莠〕狗尾巴草一类妨碍苗生长的草。④〔骄骄〕高耸貌。⑤〔忉忉〕失意惆怅的样子。

◎ **章旨** 诗之首章。以"田甫田"喻"思远人"的徒劳。取譬新颖。

无田甫田，维莠桀桀^①。无思远人，劳心怛怛^②。

◎ **注释** ①〔桀桀〕高出貌。②〔怛怛〕忧愁折磨人的意思。
◎ **章旨** 诗之二章。含义同诗之首章。

婉兮娈兮^①，总角^②丱^③兮。未几^④见兮，突而^⑤弁^⑥兮。

◎ **注释** ①〔婉、娈〕娇小貌。②〔总角〕束发。③〔丱〕古时小孩子束发，扎成两个丫角形的发髻，丱即丫髻的象形字。④〔未几〕没多久。⑤〔突而〕突然。⑥〔弁〕戴上皮制的帽子。古代贵族男子二十岁行加冠礼，表示已经成年。此处名词做动词用。

◎ **章旨** 诗之三章。前二章言"无思"，此章忽表相见。陈震《读诗识小录》:"换笔顿挫,与上二章形不接而神接。"

◎ **解读**　《甫田》是表达阔别之人意外相见的惊喜之情。思念既徒劳无益,相见的期盼差不多就是绝望的。但最后一章,突然接以相见情景,章法变化奇妙。思念和被思念者,极似母子关系。这里有母亲对离别期间里,孩子成长过程的关切和探询,也有做母亲的对自己未尽其责的心酸和愧疚。诗在巧于变幻中蕴藉了深厚的人情。前二章开始两句的比喻,有可见世道的变迁。

卢　令

卢①令令②,其人美且仁。

◎ **注释**　①〔卢〕猎狗。②〔令令〕猎犬身颈项上套的铜铃之声。
◎ **章旨**　诗之首章。言猎人总体仪度。

卢重环①,其人美且鬈②。

◎ **注释**　①〔重环〕套在猎犬脖子上的子母环。②〔鬈〕鬈发美好貌。一说,字通"拳",有力的意思。
◎ **章旨**　诗之二章。言猎人之鬈。

卢重鋂①,其人美且偲②。

◎ **注释**　①〔重鋂〕外包金属片的皮革项圈。②〔偲〕胡须浓密貌。一说,才能的意思。
◎ **章旨**　诗之三章。言猎人之须。陈继揆《读风臆补》:"千载以下读之,犹觉其容满目,其音满耳。"
◎ **解读**　《卢令》是一首赞美猎者的诗。篇中猎犬的环铃,人物的仪表,都透露出这位猎者不是山野村夫，而是一位贵族人物。诗极短，用语极简练。诗人先写犬，再写人；写犬表其项圈与佩铃，写人重其须发；犬因圈、铃而显凶猛，人因须发而见其雄壮。诗篇虽短，却令人印象深刻。

敝　笱

敝[1]笱[2]在梁[3]，其鱼鲂[4]鳏[5]。齐子[6]归[7]止，其从[8]如云。

◎ **注释**　①〔敝〕破败。②〔笱〕竹编的捕鱼篓子。破漏的鱼篓，该是指女人作风有问题，可能是一种俗语。③〔梁〕堆筑在河流中的堤坝，其中留有缺口可设鱼篓。参《卫风·谷风》"毋逝我梁"句注。④〔鲂〕鱼的一种，赤尾、身形宽扁。参《周南·汝坟》"鲂鱼赪尾"句注。⑤〔鳏〕大鱼。《孔疏》引《孔丛子》："卫人钓于河，得鳏鱼焉，其大盈车……饵……以豚之半，则鳏吞矣。"鲂鳏大鱼，这里只是夸张说法而已。一说，鳏为鲩鱼。⑥〔齐子〕指文姜。⑦〔归〕回娘家。⑧〔从〕从随者。此句言文随从甚多。

◎ **章旨**　诗之首章。以敝笱为喻，言文姜归齐从者甚众。

敝笱在梁，其鱼鲂鱮[1]。齐子归止，其从如雨[2]。

◎ **注释**　①〔鱮〕与鲂鱼相类，厚而头大，又称鲢鱼。②〔如雨〕形容随从众多。
◎ **章旨**　诗之二章。陈继揆《读风臆补》："'如云'颇习见，'如雨'新，'如水'更新。"

敝笱在梁，其鱼唯唯[1]。齐子归止，其从如水[2]。

◎ **注释**　①〔唯唯〕鱼往来自如貌。②〔如水〕形容众多。
◎ **章旨**　诗之三章。牛运震《诗志》："'唯唯'字酷得鱼情。"

◎ **解读**　《敝笱》是讥讽文姜的诗。诗篇本身并未明言文姜，可是"敝笱"的比兴，"鲂鳏"的意象，似乎都暗示了不为世人承认的两性关系。另外，"齐子"之称，应与前篇《南山》为同一人。结合史书言之凿凿的记载，还是理解为与文姜兄妹之事有关为妥。诗篇的特点在其取喻，"敝笱"之外的云、雨、水、鱼，都是极富暗示性的用词，因而整篇的调子是讽刺而诙谐的。

载　驱

载①驱薄薄②，簟③茀④朱鞹⑤。鲁道有荡⑥，齐子⑦发夕⑧。

◎ **注释**　①〔载〕发语词，无实义。②〔薄薄〕疾驰貌。③〔簟〕竹制的方形席子。④〔茀〕竹制的帘子，挂在车蓬后。⑤〔朱鞹〕涂成红色的皮革帘子，挂在车蓬之前，是诸侯之车的装备。此句是说，文姜外出，乘的是诸侯之车。⑥〔有荡〕荡荡。⑦〔齐子〕指文姜。⑧〔发夕〕连夜出发，等不到天明。一说，婆娑，盘桓。

◎ **章旨**　诗之首章。言齐子在鲁道上星夜疾驰，以此见其情急。陈震《读诗识小录》："只就车说，只就人看车说，之就车中人说，露以'发'字，而不说破发向何处，在暗中埋针伏线。亦所谓《春秋》之法微而显也。"

四骊①济济②，垂辔沵沵③。鲁道有荡，齐子岂弟④。

◎ **注释**　①〔骊〕黑色的马。②〔济济〕盛壮貌。③〔沵沵〕调顺的样子。④〔岂弟〕和乐、得意的样子。

◎ **章旨**　诗之二章。车行缓慢，与上一章"载驱薄薄"形成对比，是诗中人相会之后的情形。

汶水①汤汤，行人②彭彭③。鲁道有荡，齐子翱翔④。

◎ **注释**　①〔汶水〕汶水分南北两条，此处所表为南汶水，发源于山东中部的原山，西南流经徂徕山、亭亭山、汶阳、鲁蛇渊囿、阐，至东平西南入济水（今大运河），为齐鲁界河。据《水经注》汶上有文姜台，为文姜与其兄齐襄公幽会之处。②〔行人〕路人。③〔彭彭〕众多貌。④〔翱翔〕游乐貌。

◎ **章旨**　诗之三章。言济水，是表文姜回到鲁境后的迟缓；言行人，反衬文姜之招摇、无所顾忌。

汶水滔滔，行人儦儦①**。鲁道有荡，齐子游敖**②**。**

◎ **注释**　①〔儦儦〕众多貌。②〔游敖〕即遨游。敖，同"遨"。
◎ **章旨**　诗之四章。含义同诗之三章。
◎ **解读**　《载驱》是表达文姜与齐襄公相会的诗篇。因文姜与兄长齐襄公的不正当关系，导致鲁桓公之死。所以，《春秋》记载，文姜在鲁庄公继位的当年三月就逃到了齐国。一直到齐襄公死，两人又数次相见，其中一次在齐地，一次在鲁地，很明显，文姜逃跑后不久又返回鲁国，而且，逃到齐国时没有在齐都居住，返回鲁国后也没有居住在鲁都。郦道元《水经注》言，汶水河岸有文姜台，可能显示的是这样的情况：文姜在很长时间里就存身于齐鲁交界的汶水之畔。这样的话，诗言"汶水汤汤"就好理解了：她每次出行与襄公会面都得现身于横跨汶水的道路上，也就是说，她每一次的出行，都逃不过汶水之畔、齐鲁大道上两国百姓的眼睛。此篇中，写车饰的华彩，鲁道的坦荡，都是在反衬诗中主人公的行为有辱高贵，践踏伦常。写随从的众多，则是在指责他们的公然无忌，污人耳目。而每章结束处的"岂弟""游敖"云云的洋洋意态，则是在嘲讽他们污秽的心灵。全诗没有任何一句谴责之辞，"中冓之言，不可道也"，《墙有茨》是"不道"而"道"，此诗则是"道"而"不道"，诗人只就人们能看见的情形写，但怒不可遏则已在不言之中。这是诗篇的含蓄之处。身为人君国母而有鸟兽之行，诗人也只有讳莫如深，无可奈何了。

猗 嗟

猗嗟①昌②兮，颀③而长兮。抑若扬④兮，美目扬⑤兮。巧趋⑥跄⑦兮，射⑧则臧⑨兮。

◎ **注释** ①〔猗嗟〕赞叹词。②〔昌〕盛壮貌。一说，姣好貌。③〔颀〕身材修长。④〔抑若扬〕既美貌又有朝气。⑤〔扬〕清亮、明亮。⑥〔趋〕趋步，小步疾走为趋，是贵族行礼时的步伐。⑦〔跄〕趋步貌。⑧〔射〕射箭。⑨〔臧〕好，准确。

◎ **章旨** 诗之首章。惠周惕《诗说》："先辨其长短，次审其眉目，终得其趋跄步武、弯弓执矢之状。非亲见而环观之，不能详悉如是。"

猗嗟名①兮，美目清兮。仪②既成③兮，终日射侯④，不出正⑤兮。展⑥我甥⑦兮！

◎ **注释** ①〔名〕眉眼之间。②〔仪〕仪度。古人射箭是重要而常行之礼仪，不仅要比箭法高下，还要看舞乐伴奏下行为举止的风度。③〔成〕完备，成功。古代射箭礼有多重的步骤。④〔侯〕箭靶，有布、皮两种，形如幕布，四角固定在特制木桩上。⑤〔正〕靶的中心。⑥〔展〕真正的。⑦〔甥〕外甥。

◎ **章旨** 诗之二章。朱熹《诗集传》："言称其为齐之甥，而又以明非齐侯之子。此诗人之微词也。"

猗嗟娈兮，清扬①婉②兮。舞则选③兮，射则贯④兮。四矢⑤反⑥兮，以御乱⑦兮！

◎ **注释** ①〔清扬〕形容眼神明亮，有光彩。②〔婉〕眉清目秀，漂亮。③〔选〕舞蹈时与音乐节奏合拍。与上文"巧趋跄兮"意思相同。一说，出众。④〔贯〕正中靶心。⑤〔四矢〕古代射箭以四支箭为节。⑥〔反〕复，四支箭反复射中靶心。⑦〔御乱〕抵御防止国家内乱外乱。赞美这位齐国的外甥是安邦治国的好君主。

◎ **章旨**　诗之三章。结尾二句，祝愿之辞。姚际恒《诗经通论》："三章皆言射，极有条理，而叙法错综入妙。"

◎ **解读**　鲁庄公访问齐国，在射箭典礼上的表现雄壮优雅，于是诗人赋诗赞美。《猗嗟》表现的是俊美勇武的外甥来访给齐国增添光彩。同时，也把美好的祝愿送给鲁国。文献记载，文姜与齐襄公之事败露后，鲁桓公曾言"同非吾子"，即不承认同（即鲁庄公）为自己的儿子。所以诗中"展我甥兮"似有言外之意。诗篇格调是明爽健朗的，每章连用的"兮"字（只有一句例外），并不给人以单调沉闷之感。这首描写风流俊雅的人物的诗篇，写法上也称得上风流俊雅。

◎ 国风

魏 风

　　魏为周初姬姓封国，灭于春秋时期（与"战国七雄"中的魏国不同）。其地在今山西西南部，北及汾水，南枕黄河。区域虽不大，文化上却自具特点。这里有很多的考古发现，有学者据该地龙山文化晚期（相当于传说中的尧舜时代）文物遗存，将魏地新石器时代文化命名为"三里桥文化"类型，以区别于北面相邻的"陶寺文化"（董琦《虞夏时期的中原》），即"唐风"产生的地区。这表明，魏地不但文化积淀深厚，而且乐调也与"唐风"有明显不同。关于魏风，《左传·襄公二十九年》载季札观乐有如下评价："为之歌《魏》，曰：'美哉！沨沨乎！大而婉，险（一说"险"即"俭"）而易行，以德辅此，则明主也。'"魏地乐调可能十分古老，但诗篇大概都是春秋时的篇章。

　　《魏风》七篇。

葛 屦

　　纠纠①葛屦②，可以③履霜？掺掺女手④，可以缝裳？要⑤之襋⑥之，好人⑦服⑧之。

◎ **注释**　①〔纠纠〕缠绕貌。②〔葛屦〕葛麻编制的鞋子，夏天穿用。③〔可以〕何以。下文"可以缝裳"句"可以"义同。④〔掺掺女手〕掺掺，同"纤纤"，细弱的样子。女，古代新人过门三个月，入祖庙拜祭后才称"妇"，之前称"女"。未正式成为妇就令其缝裳劳作，不合礼法。⑤〔要〕衣服的腰部，在此为动词，制作腰部的意思。⑥〔襋〕衣领，在此为动词。⑦〔好人〕好女。指上文"掺掺女手"之女。⑧〔服〕穿用。

◎ **章旨**　诗之首章。"葛屦""履霜"以喻纤手缝裳，表内心寒苦。

　　好人提提①，宛然②左辟③，佩其象揥④。维是⑤褊心⑥，是以⑦为刺⑧。

◎ **注释** ①〔提提〕安详、绰约的样子。字也作"媞媞"。②〔宛然〕柔顺的样子。③〔左辟〕即"左避",见到丈夫时柔顺躲避的谦逊样子。近出"安大简"此句作"颖(俛)然左颍(倪)",学者解释为"向左低头倾身"或"低头向左瞄"的意思(刘刚《〈诗经〉古义新解〈二则〉》)。④〔象揥〕象牙做的头饰物,犹如后世的簪子,挂有缀饰,插在头发上,走路时摇晃,以衬托姿态。又,"安大简"此句之后尚有"可(何)以自适"一句,《毛诗序》本无此句,似可据补。"自适",自如。⑤〔维是〕只是。⑥〔褊心〕心地狭隘,有偏有向。⑦〔是以〕所以。⑧〔为刺〕作诗讽刺。

◎ **章旨** 诗之二章。斥"好人"邪辟偏心。陈继揆《读风臆补》:"通篇最吃紧在'好人'二字。盖不提'好人',而刺褊之意不醒。"

◎ **解读** 《葛屦》是讽刺急功好利的诗。按《毛诗序》的说法,诗篇是"刺褊"之作,所谓"褊",器量小而求功利又心切。这样说的根据是诗篇所写的"女手""缝裳"。刚嫁过来,就令其劳作,求功利而流于刻薄,正是诗篇所刺,亦即力图纠正的。

汾沮洳

彼汾①沮洳②,言③采其莫④。彼其之子,美其度。美无度⑤,殊异乎公路⑥。

◎ **注释** ①〔汾〕水名,即今山西中部的汾河,发源于太原晋阳山,流经山西中部,向西南流入黄河。其下游经过地区与魏国相去颇远,且有山地相隔。②〔沮洳〕河道弯曲处的沼泽地。③〔言〕助词。④〔莫〕又名酸迷、莫菜、醋醋流等,多年生草本,茎有节,红紫色,楚天开小红花,可食,味酸,花与根茎皆可入药。⑤〔无度〕不可衡量。⑥〔公路〕官名,负责掌管君主的战车,在晋国,自晋成公之后,一般由卿大夫之家的庶出之子担任。

◎ **章旨** 诗之首章。言"彼其之子"美过公路。牛运震《诗志》:"叠一句吞吐顿挫。"

彼汾一方①，言采其桑。彼其之子，美如英②。美如英，殊异乎公行③。

◎ **注释** ①〔一方〕指汾水旁的某地方。②〔英〕英华。③〔公行〕官名。君主战车出行时的侍从。与公路为同一官职。

◎ **章旨** 诗之二章。言美过公行。

彼汾一曲①，言采其藚②。彼其之子，美如玉。美如玉，殊异乎公族③。

◎ **注释** ①〔曲〕水流弯曲之处。②〔藚〕又名水舄、牛唇，多年生水草，有毒，也有采之以为蔬者，根、茎、叶可入药。③〔公族〕官名。负责掌管君主之车，在晋国由卿大夫的嫡子充任。

◎ **章旨** 诗之三章。言美过公族。牛运震《诗志》："此诗抑扬有致，节奏绝佳。"

◎ **解读** 《汾沮洳》是魏国迎接来自晋国客人的诗篇。《诗经》中"采"字出现很多，其中不少是表"采集"的意象，而这一意象，又大体可分如下情况：一是表怀念、思念之情，如《国风·卷耳》的"采卷耳"，《小雅·采绿》的"终朝采绿"等；另一种则是表达欢迎之情，如《小雅·采菽》的"采菽采菽，筐之莒之。君子来朝，何锡予之"及"觱沸槛泉，言采其芹"，都是表达对诸侯到来的欢快情感。后者，对理解此篇很有帮助，"言采其莫""言采其桑"，实际与"彼其之子"的到来有关。据《左传》，公路、公行等是晋国官职，魏在灭亡之前有没有同名之官不得而知，即便有，也无妨这里的理解：晋国的公路、公行之官来魏出使，魏国人在表示欢迎的歌唱中夸赞他，夸赞他与晋国一般的公行、公路不一样，以此来欢愉之。

园有桃

园有桃，其实之殽①。心之忧矣，我歌且谣②。不我知者③，谓我士④也骄。彼人⑤是哉⑥，子⑦曰何其⑧？心之忧矣，其谁知之？其谁知之，盖⑨亦勿思⑩！

◎ **注释** ①〔殽〕字又作"肴"，可吃的果实。②〔歌、谣〕有伴奏为歌，无伴奏为谣。③〔不我知者〕一本作"不知我者"。④〔士〕士在当时为下级贵族，表"我"之身份。⑤〔彼人〕那些人，指批评自己的人，可能指的是当政者。⑥〔是哉〕如此，即对自己不理解，不接受。⑦〔子〕你。此处实即作者变换人称以自指。⑧〔何其〕怎样。两句意是说，那些人都对，那你又能怎样呢？⑨〔盖〕盍，何以、为什么的意思。⑩〔勿思〕不去思考。

◎ **章旨** 诗之首章。表不被世人理解的忧虑。孙矿《批评诗经》："只一'忧'字，转展演出，将十句，经中亦罕有。余文多，正意少。"

园有棘①，其实之食。心之忧矣，聊②以行国③。不我知者，谓我士也罔极④。彼人是哉，子曰何其？心之忧矣，其谁知之？其谁知之，盖亦勿思！

◎ **注释** ①〔棘〕酸枣树，落叶灌木，枝条有刺，幼株可以变为绿篱，也可以长成高大乔木。果实成熟后为暗红色，果肉味酸，晒干可做成枣泥，俗称枣糕。②〔聊〕姑且。③〔行国〕离国，去国。"安大简"此句作"聊行四国"。"四国"，四方之国，即他国。④〔罔极〕不坚持原则、无操守的意思。

◎ **章旨** 诗之二章。贺贻孙《诗筏》："诗家有一种至情，写未及半，忽插数语，代他人诘问，更觉情致淋漓。最妙在不作答语，一答便无味矣。如《园有桃》章云'不知我者……'三句三折，跌宕甚妙。接以'心之忧矣'，只为不知者代嘲，绝无一语解嘲，无聊极矣。"

◎ **解读** 《园有桃》是表达忧国之士不被理解的诗。诗篇表现有忧国思想者不

◎ 国风

被理解的郁闷，正反衬出魏国令人绝望的现状。诗多用疑问句式，文势徘徊，全篇笼罩在郁闷与绝望的情绪中，或为魏亡国前夕的篇章。

陟　岵

陟①彼岵②兮，瞻望父兮。父曰嗟，予子行役，夙夜无已③。上④慎旃⑤哉，犹来⑥无止⑦！

◎ **注释**　①〔陟〕登。②〔岵〕多草木的山。③〔无已〕不要松懈大意。已，止。④〔上〕尚，表希望之词。⑤〔旃〕"之焉"的合音词，表语气。⑥〔犹来〕争取能回来。⑦〔无止〕不要留在外面，即不要死在外面，是含蓄的说法。

◎ **章旨**　诗之首章。登高望父，悬想父亲诫己之辞。"父曰嗟"四句，贺贻孙《诗筏》："四句中有怜爱语，有叮咛语，有慰望语。低徊宛转，似只代父母作思子诗而已，绝不说思父母，较他人作思父思母语，更为凄凉。"

陟彼屺①兮，瞻望母兮。母曰嗟，予季②行役，夙夜无寐③。上慎旃哉，犹来无弃④！

◎ **注释**　①〔屺〕无草木的山。②〔季〕最小的儿子。③〔寐〕打盹。这句诗意思是早晚要经心，不要一时马虎而受伤害。④〔无弃〕不要把性命丢在外头。

◎ **章旨**　诗之二章。望母。

陟彼冈兮，瞻望兄兮。兄曰嗟，予弟行役，夙夜必偕①。上慎旃哉，犹来无死！

◎ **注释**　①〔偕〕一起，随从，不要掉队的意思。

145

◎ **章旨**　诗之三章。望兄。牛运震《诗志》："格调高，意思真，词气厚。"
◎ **解读**　《陟岵》是表征役人登高而望、思念家中父母兄弟的歌唱，是对徭役沉重的抗议。诗篇的奇特之处，在其以浮现当初父母兄长对自己的叮咛祝福来表达思乡的方式。明明是行役之人想家、想父母兄弟，处处响起的却是家人离别之际的话语。这样写，深化了诗篇的内涵：过分行役的痛苦不仅仅是个人的，而且是社会性的。

十亩之间

十亩之间兮，桑者①闲闲②兮，行③与子还兮。

◎ **注释**　①〔桑者〕采桑者。②〔闲闲〕往来自得貌。③〔行〕将。
◎ **章旨**　诗之前章。言十亩桑园间人影往来，约定情谊。

十亩之外兮，桑者泄泄①兮，行与子逝②兮。

◎ **注释**　①〔泄泄〕人多的样子。②〔逝〕离去。
◎ **章旨**　诗之二章。言十亩之外更有前来采桑之人。
◎ **解读**　《十亩之间》可能是一首表现初民男女桑间聚会的诗篇。"桑者"当就男女而言，桑园之间，男女自由地往还，桑园之外，尚有前来采桑之人，是一番颇热闹的光景。"行与子"之"子"，当系男女互称之辞，句子的意思是说男女自由相约，各自找到自己生活的归宿。古代男女聚会多在桑间，此俗起源甚早，流布甚广，所以有"桑间濮上"之说。此诗的描写是颇具特色的。"十亩之间""十亩之外"，是一幅平远的大景。全诗只勾勒一幅半隐半现的轮廓，桑叶掩映之下，人影幢幢，是粗线条的。健康古朴的风俗，形诸简短的篇幅，疏落的笔触，恬淡的格调，一首即景式的小诗，颇得韵外之致。

伐 檀

坎坎①伐檀②兮，置之河之干③兮，河水清且涟④猗⑤。不稼不穑，胡取禾三百廛⑥兮？不狩不猎，胡瞻尔庭有县⑦貆⑧兮？彼君子兮，不素餐⑨兮！

◎ **注释** ①〔坎坎〕伐木声。②〔檀〕一种树木，木质坚硬。③〔干〕岸。④〔涟〕水的波纹。⑤〔猗〕感叹词。檀木坚硬，砍伐后须以水浸泡，开头两句或与此有关。⑥〔三百廛〕三百个家庭的房屋和宅院。古代一廛百亩，理论上为一个普通家庭所应有。⑦〔县〕悬挂。县为"悬"的本字。⑧〔貆〕兽名，即獾，皮毛可做衣服。⑨〔素餐〕只吃饭不做事的意思。

◎ **章旨** 诗之首章。以不稼不狩不得衣食，言君子不当素餐。钱锺书《管锥编》谓"坎坎"一语："象物之声，而即若传物之意，达意正亦拟声，声意相宣，斯始难能见巧。……唐玄宗入蜀，雨中闻铃，问黄旛绰：'铃语云何？'黄答：'似谓"三郎郎当"。'"

坎坎伐辐①兮，置之河之侧兮，河水清且直②猗。不稼不穑，胡取禾三百亿③兮？不狩不猎，胡瞻尔庭有县特④兮？彼君子兮，不素食兮！

◎ **注释** ①〔辐〕车轮的辐条。②〔直〕直的波纹，河流湍急处波纹直。③〔三百亿〕三百个家庭田产所产谷物。亿，通"繶"，束。④〔特〕大的公兽。

◎ **章旨** 诗之二章。戴君恩《读风臆评》："忽而叙事，忽而推情，忽而断制，羚羊挂角，无迹可寻。"

坎坎伐轮兮，置之河之漘①兮，河水清且沦②猗。不稼不穑，胡取禾三百囷③兮？不狩不猎，胡瞻尔庭有县鹑④兮？彼君子兮，不素飧⑤兮！

◎ **注释** ①〔漘〕水涯。②〔沦〕漩涡的水纹。③〔囷〕圆形仓房。④〔鹑〕鸟名，即鹌鹑。"安大简"此字作"麇"，鹿的一种。似更可从。⑤〔飧〕熟食、晚餐皆称"飧"，在此与餐、饭食同义。

◎ **章旨** 诗之三章。孔子曰："于《伐檀》见贤者之先事后食也。"（《孔丛子·记义》）王柏《诗疑》："《伐檀》之诗，造语健而兴寄远。"

◎ **解读** 《伐檀》是慨叹世道不平的歌唱。"河水清"三字，可能是隐喻现实的浑浊。"猗"字加重了情绪的表达，不可轻易放过。要注意的是，依权仗势的既得利益者一个家庭可以控制三百个家庭的财富，实际揭露的是不合理的财富高度集中。诗的句法长短错落，有叙述，有质疑，冷嘲热讽，极尽变化之妙，是《诗经》中的上乘之作。

硕 鼠

硕鼠①硕鼠，无食我黍。三岁②贯女③，莫我肯顾④。逝⑤将去女，适彼乐土。乐土乐土，爰⑥得我所⑦。

◎ **注释** ①〔硕鼠〕硕大的田鼠，是老鼠的一种。②〔三岁〕多年的意思。"三"表示多，不是实指。③〔贯女〕贯，字当作"宦"，事奉，也有纵容、忍让的意思。女，汝。④〔顾〕顾惜、照顾。⑤〔逝〕同"誓"，表态度坚决的词。⑥〔爰〕在那里。⑦〔所〕处所，在此指可以正当生活的地方。

◎ **章旨** 诗之首章。言硕鼠贪婪，表离去之志。牛运震《诗志》："叠呼'硕鼠'，疾痛切怨。"后二章义同。

硕鼠硕鼠，无食我麦。三岁贯女，莫我肯德①。逝将去女，适彼乐国。乐国乐国，爰得我直②。

◎ **注释** ①〔德〕感激。②〔直〕通"职",与"所"意思同。
◎ **章旨** 诗之二章。含义同诗之首章。

　　硕鼠硕鼠,无食我苗。三岁贯女,莫我肯劳①。逝将去女,适彼乐郊②。乐郊乐郊,谁之③永号④!

◎ **注释** ①〔劳〕慰劳。②〔郊〕郊野。③〔谁之〕于省吾《新证》:谁,通"唯"。之,以。"谁之"即"唯以"。④〔永号〕长歌呼号。两句是说,到达乐郊后,可用歌声来抒发内心的郁结。
◎ **章旨** 诗之三章。含义同诗之首章。
◎ **解读** 《硕鼠》是抗议重敛的诗。所谓的"乐土""乐国""乐郊"等,可能系桃花源式的理想之地,也可能实有所指,如逃往晋国等。后者虽说算不得摆脱虐政的好方法,但对躲避当头的暴政,也有一定效果。古来有一种说法认为此诗是魏国行将灭亡时的作品,当属可信。诗篇尤其值得注意的是它的肆直和大胆。

唐　风

　　西周建立后，周武王之子、成王之弟叔虞被封到古唐国地区，称唐叔。到唐叔之子燮父，改国号为"晋"，一直延续到战国初三家分晋时。唐的区域，据考古发现在今汾水、浍水交汇的翼城、曲沃与绛县一带。这是一个文化渊源古老的地区。晋国的诗篇不称"晋"而称"唐"，应与诗篇演唱的乐调有关。就是说，晋国诗篇的乐调来自古老的唐国，其历史可以追溯到传说的"唐尧虞舜"时期。2003年，考古工作者在今襄汾县陶寺村发掘出土了距今四千多年的城邑，规模较大，同时还发现了世界上最早的天文观象台建筑遗址，以及大量陶器和土鼓、鳄鱼皮木鼓等重要文物。西周时晋只为"甸侯"之国，国家只有"一军"。东周初期，晋昭侯将叔父成师封在曲沃，称曲沃桓叔。此后桓叔势力迅速变大，竟派人杀死晋昭侯。又经过反复争斗，六十七年后桓叔之孙终于旁支夺嫡，攫取了晋国大权，称晋武公。武公之子晋献公继位后，为避免重蹈覆辙，尽杀桓叔、庄伯之族。六十七年旁支夺嫡以及晋献公的尽杀同族旁支，给晋国世道人心造成莫大影响。这在诗篇中有所表现。《左传》记载季札观乐："为之歌《唐》，曰：'思深哉！其有陶唐氏之遗民乎？不然，何忧之远也？非令德之后，谁能若是？'"当指《唐风》部分诗篇而言。

　　《唐风》十二篇。

蟋　蟀

　　蟋蟀①在堂，岁聿②其莫③。今我不乐④，日月其除⑤。无已⑥大康⑦，职⑧思其居⑨。好乐无荒⑩，良士⑪瞿瞿⑫。

◎ **注释**　①〔蟋蟀〕又名促织、蛐蛐，在堂鸣叫的时间一般在秋冬之际。②〔聿〕语词。③〔莫〕通"暮"，岁末。④〔乐〕享受。⑤〔除〕去，结束。⑥〔无已〕不要。已，通"以"，用。⑦〔大康〕过分享乐。大，太。⑧〔职〕常。"安大简"此字作"犹"，还要。⑨〔居〕平素、平时。⑩〔荒〕沉溺享乐耽误正事。⑪〔良士〕好人，有德之人。⑫〔瞿瞿〕有所顾忌的样子。
◎ **章旨**　诗之首章。既劝行乐，又戒"大康"，归结只一句："好乐无荒。"

蟋蟀在堂，岁聿其逝。今我不乐，日月其迈①。无已大康，职思其外②。好乐无荒，良士蹶蹶③。

◎ **注释**　①〔迈〕过去。②〔外〕意外的事。③〔蹶蹶〕疾敏貌。
◎ **章旨**　诗之二章。高朝璎《诗经体注图考大全》："通诗以'思'字为主……总靠着'思'字说来，自然有味。"

蟋蟀在堂，役车①其休②。今我不乐，日月其慆③。无已大康，职思其忧。好乐无荒，良士休休④。

◎ **注释**　①〔役车〕行役和车马之事，概言一年的劳作。②〔休〕停止。③〔慆〕流逝。④〔休休〕和乐貌。
◎ **章旨**　诗之三章。牛运震《诗志》："穆然深远，无感慨叫嚣之习。"
◎ **解读**　《蟋蟀》是岁末年节的歌唱。享乐而应适度，是诗篇告诫的内容。诗篇表达的是农耕文明所造就的特有的中道观念。一方面说光阴荏苒，不享乐则生活无味；一方面又告诫说行乐之时还要想到平时，节制的享受才是中道，才是"良士"所取的法则。诗篇所言既不高调，也不消沉，平易而质朴，提倡的是农耕生活所应有的态度。按近年出现的战国文物"清华简"中有《耆夜》篇，言周武王、周公等人歌此诗。于是有人即判定此诗为西周早期诗篇，这是有失严谨的。因为《耆夜》篇本身并非西周文献，其时代要晚得多。据此判断《蟋蟀》的年代为西周早期，是与诗篇风调的年代特征相矛盾的。

山有枢

山有枢①，隰有榆②。子有衣裳，弗曳③弗娄④。子有车马，弗驰弗驱。宛⑤其死矣，他人是愉⑥。

◎ **注释**　①〔枢〕今名刺榆，灌木状落叶小乔木，叶子煮熟可食，为救荒食物；木质坚硬，可制作锄柄、犁具、刀柄等。②〔榆〕落叶乔木，高可达十六七米，花叶皆可食。③〔曳〕拖。④〔娄〕曳，拖。⑤〔宛〕忽然。⑥〔愉〕乐。

◎ **章旨**　诗之首章。刘瑾《诗传通释》："是其忧远及于身后，其意欲尽乐于生时。"

山有栲①，隰有杻②。子有廷内③，弗洒弗扫。子有钟鼓④，弗鼓弗考⑤。宛其死矣，他人是保⑥。

◎ **注释**　①〔栲〕又名山樗，俗称毛臭椿，落叶小乔木，叶子可以当茶。②〔杻〕今名檍椵、辽椵、大叶椵，落叶乔木。古代官府庭院常栽种，名为"万岁树"。③〔廷内〕院内。廷，通"庭"。④〔鼓〕敲击。⑤〔考〕扣，击。⑥〔保〕占有。

◎ **章旨**　诗之二章。含义同诗之首章。

山有漆①，隰有栗②。子有酒食，何不日鼓瑟？且以喜乐，且以永③日。宛其死矣，他人入室。

◎ **注释**　①〔漆〕漆树。又见《鄘风·定之方中》。②〔栗〕落叶乔木。见《鄘风·定之方中》。③〔永〕长，用作动词。

◎ **章旨**　诗之三章。两"且以"句，提出正面主张。

◎ **解读**　《山有枢》是年节时的歌唱，劝人不要做守财奴。此诗篇可能与《蟋蟀》为同时演唱的姊妹篇。诗并非提倡奢侈，而是讥讽吝啬，强调生活应归于中道，如此，人才是财富的主人，诗是一首古老的纠偏作品。用"宛其死矣"来警醒守财的偏执，是诗篇警策的地方。

扬之水

扬之水①，白石凿凿②。素衣③朱襮④，从⑤子于沃⑥。既见君子，云何不乐？

◎ **注释**　①〔扬之水〕浅濑激扬的水。②〔凿凿〕鲜明貌。③〔素衣〕白色的衣。④〔襮〕衣领。西周较早时期的青铜器铭《㺇方鼎》有"王俎姜事（使）内史员易（锡、赐）㺇玄衣朱䘾裣（衿）"句，学者解释，"䘾"即诗篇之"襮"。铭文中的"㺇"身份很高，可以率军作战，可知"素衣朱襮"者身份一定不低。⑤〔从〕跟从。⑥〔沃〕曲沃，是桓叔一支起家的地方，在今山西闻喜一带。桓叔为晋昭候的叔叔，封地在曲沃。

◎ **章旨**　诗之首章。言追随桓叔于曲沃。"白石""素衣"，色彩夺目。

扬之水，白石皓皓①。素衣朱绣，从子于鹄②。既见君子，云何其忧？

◎ **注释**　①〔皓皓〕洁白貌。②〔鹄〕《毛传》："曲沃邑也。"是曲沃下属的小邑之名。

◎ **章旨**　诗之二章。言追随于鹄。

扬之水，白石粼粼①。我闻有命，不敢以告人！②

◎ **注释**　①〔粼粼〕清澈貌。②〔"我闻"两句〕我不敢出声泄露曲沃夺权计划。安大简"不敢"句之后，尚有两句："如以告人，害于躬身。"躬身，即己身。

153

◎ **章旨** 诗之三章。言知情而不敢告人。后两句颇诡秘。

◎ **解读** 《扬之水》是暗示曲沃势力壮大且已有夺嫡之图谋的诗篇。春秋初期,晋国分封在曲沃的桓叔一支势力渐强,经过桓叔、庄伯和武公三代人的争斗,终于夺得晋国大权。此事见于《左传》《史记》等文献记载。诗篇所现的应是这样的情况:一些晋国大臣,因曲沃桓叔或庄伯、武公的诱引,投奔他们;一开始还因被厚待而欢喜,不久察觉曲沃君子别有企图,因而后悔无奈。如此说来,诗篇不是表现告密,而是表达误上贼船的后悔的篇章。诗对乱世人情的表现,可谓曲尽情态。诗最后一章,只有四句,与前两章每章六句不协。对此曾有人怀疑丢失了两句,今"安大简"出现,证明此章确实为六句。

椒　聊

椒聊①之实②,蕃衍盈③升④。彼其⑤之子,硕⑥大无朋⑦。椒聊且,远条且!⑧

◎ **注释** ①〔椒聊〕花椒,粒辛香,可做调料。花椒结籽多。②〔实〕籽粒。③〔盈〕满。④〔升〕量器名。花椒容易繁衍,不久就会生长很多。⑤〔彼其〕那个人。⑥〔硕〕大。⑦〔朋〕比。⑧〔"椒聊"两句〕不经意之间花椒的枝条就伸展得很长了。且,句末语助词。条,长。

◎ **章旨** 诗之首章。言花椒容易繁衍,不小心就衍生出很多籽粒,且枝干变得很长。陈震《读诗识小录》:"忧深虑远之旨,一于弦外寄之。"

椒聊之实,蕃衍盈匊①。彼其之子,硕大且笃②。椒聊且,远条且!

◎ **注释** ①〔匊〕即"掬",两手合捧为一掬。②〔笃〕雄厚。

◎ **章旨** 第二章。言椒聊衍生变雄厚。牛运震《诗志》:"萧闲旷远,意思咀嚼不尽。"

◎ **解读** 《椒聊》是暗示曲沃旁支繁衍强大的篇章。诗篇当与曲沃桓叔一支旁门夺嫡有关。"彼其之子"指桓叔。诗篇的取喻在花椒的特能繁衍，每章最后两句又含而不露地暗示椒聊的旁支已经"远条且"，诗篇的作者看到了曲沃一支的强盛、枝大于本，于是对晋国公室作善意的警示，而且采取的是十分含蓄的表达策略。含蓄讽咏，也正是诗篇的特点。

绸　缪

绸缪①束薪②，三星③在天。今夕何夕？见此良人④。子兮⑤子兮，如此良人何⑥？

◎ **注释**　①〔绸缪〕犹缠绵，紧紧捆缚的意思。②〔束薪〕做火把用的薪束，在《诗经》中往往隐喻结婚行为，下文"束刍""束楚"同义。③〔三星〕参宿，排在一起的三颗星，古人常以三星的位置判断时间，此习近世犹存。④〔良人〕好人。⑤〔子兮〕犹言你呀。子，"你"的假借。⑥〔如此良人何〕怎么对付这么好的人呢？语含调笑。

◎ **章旨**　诗之首章。先言见良人，继而问男子，对此良人如何。孙矿《批评诗经》："三星入景，妙。"

绸缪束刍①，三星在隅②。今夕何夕？见此邂逅③。子兮子兮，如此邂逅何？

◎ **注释**　①〔刍〕草。②〔隅〕角落，指三星偏斜。③〔邂逅〕佳偶之称，《诗经》中的特定语词。

◎ **章旨**　诗之二章。言见邂逅。从佳偶相遇上说。

绸缪束楚，三星在户①。今夕何夕？见此粲②者。子兮子兮，如此粲者何？

◎ **注释** ①〔在户〕言三星很低，从窗户就可以看到。②〔粲〕美女为粲。

◎ **章旨** 诗之三章。言见粲者。"今夕何夕"句，极表庆幸。

◎ **解读** 《绸缪》是流行于晋地新婚之夜闹洞房的谐谑曲。"绸缪"句喻示成婚，"三星"则点出时间是在夜晚。"今夕"以下四句，都是戏谑之辞。关于"闹洞房"的风俗，今见最早记载为《汉书·地理志》，言燕地"嫁取之夕，男女无别，反以为荣"；晋代葛洪《抱朴子·外篇·疾谬》又有"俗间有戏妇之法，于稠人之中……问以丑言，责以慢对，其为鄙黩不可忍论"的记载；今民间也有"三天不论大小辈"的说法。人类文化学家认为，闹洞房的习俗，与远古时代的抢婚及普那鲁亚婚制（一妻侍奉诸位兄弟）有关。此诗所表现的就是这种古老婚俗的遗迹，甚至诗中的自拟新郎，都应是远古亚血族婚俗虚套化了的表现。

杕 杜

有杕①之杜②，其叶湑湑③。独行踽踽④，岂无他人？不如我同父⑤！嗟行之人，胡不比⑥焉？人无兄弟，胡不佽⑦焉？

◎ **注释** ①〔杕〕树木孤立的样子。②〔杜〕棠梨树，即《召南·甘棠》篇之甘棠树。③〔湑湑〕茂盛的样子。④〔踽踽〕孤独行走在路上的样子。⑤〔同父〕指兄弟。⑥〔比〕亲密。⑦〔佽〕相助。

◎ **章旨** 诗之首章。以行路之人"不比""不佽"，反喻天下唯"同父"为亲。杕杜取兴，喻孤独。

有杕之杜，其叶菁菁①。独行睘睘②，岂无他人？不如我同姓③！嗟行之人，胡不比焉？人无兄弟，胡不佽焉？

◎ **注释** ①〔菁菁〕茂盛。②〔睘睘〕孤独无依貌。音义皆同"茕茕"。③〔同姓〕同一祖先。

◎ **章旨** 诗之二章。言天下唯"同姓"最亲。

◎ **解读** 《杕杜》是强调亲情可贵的歌。其大意是说：那些孤独地行走在路上的人，难道是因为路上没有他人吗？他人是有的，可他们毕竟不是兄弟、同族，所以路人宁愿独行，也不与陌生人结伴。诗篇以此强调同姓同族的可贵。这也是诗篇"刺时"的地方。史书记载晋献公为防范亲族夺权，"尽杀群公子"，诗当与此有关，是针对晋献公对待自己宗族的所为而发，包含着提醒和奉劝，也有抗议的意味。诗以杜树起兴，十分贴切。在北方，杜树往往是独自生在荒野上的。可是，孤单的杜树也有茂盛枝叶，这一点，晋国的宫室就不如了。

羔 裘

羔裘豹祛①，自②我人居居③。岂无他人？维④子之故⑤！

◎ **注释** ①〔祛〕袖口。此句亦见于《郑风·遵大路》，是卿大夫或诸侯的服装。②〔自〕用，由于。③〔居居〕对人态度傲慢。这两句意思说正是因为"我人"（我，我们），那"羔裘豹祛"的人才变得尊贵，甚而态度倨傲。据马瑞辰《通释》。④〔维〕同"惟"，只因，只有。⑤〔故〕亲旧。
◎ **章旨** 诗之首章。言"我人"既贵，态度倨傲。陈震《读诗识小录》："以衣目人，风致可掬。"

羔裘豹褎①，自我人究究②。岂无他人？维子之好！

◎ **注释** ①〔褎〕袖子，与上文"祛"义同。②〔究究〕傲慢，与"居居"义同。
◎ **章旨** 诗之二章。魏炯若《读风知新记》："本诗的'居居''究究'，《蟋蟀》的'瞿瞿''蹶蹶''休休'，似乎是晋诗的一个特点。"
◎ **解读** 得意之人，对曾经帮助过他的故交态度傲慢，诗篇《羔裘》对此表达不满。"岂无他人"两句，是提醒已经穿上尊贵的"羔裘豹祛"之人，"我人"还能忍受他的倨傲，是念着一点故旧之情。长此以往会如何，诗篇虽没有明说，意思却不难理会。诗篇时代当与上篇《杕杜》相去不远。

鸨 羽

肃肃①鸨②羽，集③于苞④栩⑤。王事⑥靡盬⑦，不能蓺⑧稷黍；父母何怙⑨？悠悠苍天，曷其有所⑩！

◎ **注释** ①〔肃肃〕翅膀扇动的样子。②〔鸨〕鸟名，似雁，形体比雁大。鸨因无后趾，故不善于树居。所以，篇中鸨鸟集树的情形不是写实，而是比兴。③〔集〕栖落。④〔苞〕丛生。⑤〔栩〕又称枹栎、柞栎，乔木，丛生者可用作薪炭，火力持久旺盛，适宜烘蚕茧、缫丝等。⑥〔王事〕诸侯在本国之内也可以称王，诸侯之事也可称为王事。⑦〔靡盬〕靡，没有。盬，甲骨文有"古王事""古朕事"之语，古为"治理"之义。靡盬，即没有办法。一说，盬，息。靡盬，即无止息。⑧〔蓺〕种植。⑨〔怙〕依，仗着。⑩〔所〕停息之处。

◎ **章旨** 诗之首章。朱公迁《诗经疏义》："言居处何时可定。"鸨三趾而集树，违反鸟之习性。

肃肃鸨翼，集于苞棘。王事靡盬，不能蓺黍稷；父母何食？悠悠苍天，曷其有极①！

◎ **注释** ①〔极〕尽头。
◎ **章旨** 诗之二章。朱公迁《诗经疏义》："言行役何时而可已。"

肃肃鸨行①，集于苞桑。王事靡盬，不能蓺稻粱；父母何尝②？悠悠苍天，曷其有常③！

◎ **注释** ①〔行〕行列。②〔尝〕食。③〔常〕正常的生活。
◎ **章旨** 诗之三章。朱公迁《诗经疏义》："言旧时之乐，何时而可复。"
◎ **解读** 《鸨羽》是倾诉征役害民的歌唱。诗以不宜树栖的鸨鸟集树起兴，表达出对征役之事的厌倦和无奈。父母无靠的呼告，是诗篇中关键。在宗法社会，父母大如天，以父母失养抗议徭役的沉重，是诗篇表现有力度的地方。艺术上颇有可称道之处，开篇比兴之词，完全是无中生有，鸨根本不上树，可诗篇却煞有介事地写，其实是譬喻之词，写出来却很像是一幅亲眼得见的光景。此外，其行文有平稳的叙述，也有不平的呼喊，平稳者见其深沉，不平者见其激切，两者相映，有抑扬顿挫之妙。

无 衣

岂曰无衣①七②兮？不如子③之衣，安④且吉⑤兮！

◎ **注释** ①〔衣〕此处指命服。古代贵族职权要经过册命，叫作锡命。据《周礼》等文献，一共九级，亦即九命，命数越高，地位越高。锡命时有相应的赏赐，包括衣服等，以表身份。②〔七〕七命之服，受此命服者地位为诸侯。其服上衣绘有三种图案，下衣（古称为裳）四种图案，共七章，即七种图案。③〔子〕指周王。④〔安〕舒适。⑤〔吉〕美善。

◎ **章旨** 诗之首章。言不一定从王室获得七服之命，但获得王命才名正言顺。奸雄嘴脸从实话实说中显出。

岂曰无衣六①兮？不如子之衣，安且燠②兮！

◎ **注释** ①〔六〕六命之服。指在王朝为卿者的命服，地位与诸侯相等。②〔燠〕暖和。

◎ **章旨** 诗之二章。六命与七命同。"吉""燠"字下得俏实。

◎ **解读** 《无衣》是曲沃夺嫡之后，晋武公曾派使者请求周王承认自己诸侯地位，诗篇即对晋使请求之辞的模拟。晋武公的手下手持抢夺来的赃物，嘴里说着软中带硬的要挟之语，一副政治流氓嘴脸。堂堂周王对旁支夺嫡之事非但不加惩治，反而甘其贿赂，受其奴使，其贪婪、昏聩无以复加，此正所谓"君不君，臣不臣"的世道倾斜。诗人对此应该是愤激的，诗篇却含而不露，只是把晋武公所派使者在周王面前的花言巧语加以述说，即成绝妙讽刺。

有杕之杜

有杕①之杜②，生于道左③。彼君子兮，噬④肯适⑤我？中心好之，曷⑥饮食之？

◎ **注释** ①〔杕〕高大孤立貌。本为树名，在此为形容词。②〔杜〕棠梨树，果实小而酸涩。《诗经》常见。③〔道左〕即道旁。④〔噬〕通"逝"，语词。⑤〔适〕投奔。⑥〔曷〕何不。

◎ **章旨** 诗之首章。言饮食可以招徕君子。一树孤独而生，景物分明。

有杕之杜，生于道周①。彼君子兮，噬肯来游？中心好之，曷饮食之？

◎ **注释** ①〔道周〕大道的弯曲处。
◎ **章旨** 诗之二章。牛运震《诗志》："杜实少味而杕杜寡荫，托喻最切。"
◎ **解读** 《有杕之杜》是讽喻当权者不亲近君子的诗篇。诗篇以"杕杜"起兴，胡承珙说得好：《诗》"凡言'有杕'者，皆取兴于特貌"。而诗篇所说，翻译一下就是，那些君子怎样才能到我们这里呢？答语并不直接给，而是转了一个弯子，说：如果真的从内心深处喜欢他们，为何不拿饮食款待他们呢？言外之意是"彼君子"所以不来，是因为没有真心对他们。绕弯的话是带了刺的。这与"有杕"的"取兴"是意脉相通的。诗篇针对的是晋国许久以来严重的社会问题。这问题就是自曲沃桓叔以来，晋国内部同姓、同宗族的杀戮导致的同姓根干凋零。晋国内部争斗，让"君子"连活命都成了问题，所以诗人才有给他们口饭吃的呼吁。

葛 生

葛生①蒙楚②，蔹③蔓于野。予美④亡此⑤，谁与⑥独处⑦。

◎ **注释** ①〔葛生〕葛藤生出。《法言·重黎》注谓："死则裹之以葛，投诸沟壑。"诗以葛生起篇，或与此俗有关。②〔蒙楚〕葛的枝叶蔓延在荆棘上。③〔蔹〕草本植物，又名乌蔹莓，喜欢生长在田野岩石的边缘。④〔美〕美好的人，意即爱人。⑤〔亡此〕埋葬在此。⑥〔谁与〕只有。谁，唯。与，以。⑦〔独处〕一个人居处，下文"独息"同义。

◎ **章旨** 诗之首章。言"予美"亡故多年，坟茔上已长满了藤葛之物。"葛生""蔹蔓"二句，描绘墓地荒景，气氛悲凉。

葛生蒙棘，蔹蔓于域①。予美亡此，谁与独息。

◎ **注释** ①〔域〕坟茔地。
◎ **章旨** 诗之二章。含义同诗之首章。

角枕①粲兮，锦衾②烂③兮。予美亡此，谁与独旦④。

◎ **注释** ①〔角枕〕方形枕头，有八角，所以称角枕。②〔锦衾〕织锦做的被。③〔烂〕光彩貌。"角枕"两句，写生者对死者下葬时的最后记忆。一说，写思念者身边之物，意味着诗篇所表，系新婚者的死别。④〔独旦〕一个人独自到天明。
◎ **章旨** 诗之三章。枕衾粲烂，而死者永息。牛运震《诗志》："极惨苦事，忽插极鲜艳语，更难堪。"

夏之日①，冬之夜。百岁②之后，归于其居③！

◎ **注释** ①〔夏之日〕与后"冬之夜"为互文,冬夏日夜时时思念的意思。②〔百岁〕即百年。③〔居〕即坟墓。

◎ **章旨** 诗之四章。表死后同穴之志。此章及下一章,笔触又转回坟茔处。《郑笺》:"思者于昼夜之长时尤甚。"

冬之夜,夏之日。百岁之后,归于其室①!

◎ **注释** ①〔室〕墓室。

◎ **章旨** 诗之五章。姚际恒《诗经通论》:"'冬之夜,夏之日',此换句特妙,见时光流转。"

◎ **解读** 《葛生》,悼亡诗篇。"葛生蒙楚"的起句,使诗篇笼罩在一片感伤气息之中。葛麻裹尸的坟茔,现在又生出了蔓延的葛藤,亡故的人都已经奄然物化了。但在深怀故人的思念者来看,亡者的魂灵却一直在独处中等待着。前三章是蕴藉的默念,为后二章激烈情绪的抒发做出了坚实的铺垫。幽居的亡灵在独处,活着的人又何尝不在经历着日夜的煎熬?此诗可称古典悼亡诗篇之祖。

采 苓

采苓①采苓,首阳②之巅③。人之为言④,苟⑤亦无信⑥;舍旃⑦舍旃⑧,苟亦无然⑨。人之为言,胡⑩得⑪焉!

◎ **注释** ①〔苓〕甘草,喜欢生长在干爽之地。嫩芽和面蒸食,味道甘美。②〔首阳〕山名,古代名首阳山的地点颇多,此诗中的首阳,或指雷首山,在今山西永济一带。③〔巅〕山顶。④〔为言〕犹《小雅·沔水》"民之讹言"的"讹言",即逸言、谣言。为,即"伪"。下一句"为言"意同。⑤〔苟〕姑且,最好还是。表祈愿语气。⑥〔无信〕不要信。⑦〔舍〕舍弃、丢开。⑧〔旃〕"之焉"二字的合音。⑨〔无然〕不以为然,不相信。⑩〔胡〕何。⑪〔得〕得逞,起作用。

◎ **章旨** 诗之首章。言若人不信谣言,谣言必不能得逞。

采苦①采苦，首阳之下。人之为言，苟亦无与②；舍旃舍旃，苟亦无然。人之为言，胡得焉！

◎ **注释**　①〔苦〕苦菜。亦见《邶风·谷风》。②〔无与〕不信。与，赞成。
◎ **章旨**　诗之二章，含义同诗之首章。

采葑①采葑，首阳之东。人之为言，苟亦无从；舍旃舍旃，苟亦无然。人之为言，胡得焉！

◎ **注释**　①〔葑〕菜名。参《邶风·谷风》"采葑采菲"句注。
◎ **章旨**　诗之三章。戴君恩《读风臆评》："各章上四句，如春水池塘，笼烟浣月，汪汪有致。下四句如风起浪生，龙惊鸟澜，莫可控御。"
◎ **解读**　《采苓》是针砭听信谗言之人的诗。各章的开头两句为比兴之词，无实义。每章中间四句，叮嘱不要信从谗言。最后两句反问：若不信谗言，谗言还能得逞吗？言外之意是"盗言孔甘"，所以人们嗜之成瘾。不论如何，诗篇不是表谗言如何不可听信，而是突出人们在谗言面前的缺少明辨，颇有警示意义。

秦 风

秦风，秦地的诗篇。秦为嬴姓，据《史记·秦本纪》等记载，秦人祖先伯益辅佐大禹治水，并为舜驯服鸟兽，因功赐姓。殷商末期飞廉、恶来"父子俱以材力事殷纣"，西周初期被投向西垂地区。周孝王时，秦人以善养马受到周王重视，被封于秦（甘肃清水县西清水故城），为附庸。西周灭国，平王东迁，秦仲之孙襄公护驾有功，升为诸侯，周室将西周故地一部分赐封于秦。至文公时秦人驱走犬戎，尽有关中之地，至穆公时上升为霸主之国。不过也有学者认为，秦人实来自西方的羌戎。秦人进入周人故地之后，努力"继承丰镐旧习，以掩饰自己的卑微出身，标榜自己属于华夏正统"（王学理、梁云《秦文化》，文物出版社2001年，第5-6页），终因长期生活在西北地区，其文化中含有浓郁的戎狄之俗：鲜明的尚武情调，以及杀殉陋习等，都是其"戎狄之俗"的表现。东进后在文化上的进步，表现在诗篇上，是对西周礼乐的承袭。《左传·襄公二十九年》载季札观乐："为之歌《秦》曰：'此之谓夏声。'""夏"即"雅"，是秦人诗乐沿袭两周雅乐的明证。诗篇内容上，雄武奋发、慷慨悲凉，是秦风的本色。

《秦风》十篇。

车 邻

有车邻邻①，有马白颠②。未见君子，寺人③之令④。

◎ **注释** ①〔邻邻〕车铃声。②〔颠〕额头正中，白颠，即马额正中有一块白毛。两句实为起兴之词，然车马起兴，也是秦风特有的现象。③〔寺人〕侍卫小臣，一般为宦官。此处有可能是秦东进西周故地后，有一些西周遗留的文化人沦落到下层，做看门之事。④〔令〕传令。"未见"两句是说，在未见到君子以前，已得侍从传令。这应该是秦国的新现象，故诗特意表之。一说，令，善。是说未见君子之前，先见君子身边帅气的侍卫，令人欣喜。

◎ **章旨** 诗之首章。言未见秦君而先睹其车马、寺人。喜言车马，是秦风的特点之一。

阪^①有漆^②，隰^③有栗^④。既见君子，并坐鼓瑟。今者不乐，逝者^⑤其耋^⑥。

◎ **注释** ①〔阪〕坡。②〔漆〕漆树。属于乔木，木材材质轻疏，耐水，有弹性，可制乐器。③〔隰〕下湿之地。④〔栗〕栗树。⑤〔逝者〕来日，他日。⑥〔耋〕古代八十岁为耋，此处泛言年老。

◎ **章旨** 诗之二章。言与君并坐鼓瑟，及时行乐。"并坐"二字，表现君臣关系亲密。李光地《诗所》："自古创业之君，未有不略去礼文，上下交欢足以济。此亦秦所以成霸之本也。"

阪有桑，隰有杨^①。既见君子，并坐鼓簧^②。今者不乐，逝者其亡。

◎ **注释** ①〔杨〕蒲柳，又名蒲杨、河柳等，落叶乔木，高可达十余米，枝叶柔韧，适于编筐等器物，枝条也可以做箭杆用。②〔簧〕吹奏乐。参《王风·君子阳阳》"左执簧"句注。

◎ **章旨** 诗之三章。含义同诗之二章。

◎ **解读** 《车邻》是君臣宴饮的欢歌，表达的是人生易老、享乐应当及时的观念。君臣际会，酒酣耳热之时，感叹生命易逝，是一段慷慨的悲声。此篇与《唐风·山有枢》的句式及风调颇有相似之处。秦、晋地域相邻，两地之风互有流传。秦声尚悲凉，到东汉犹然，此篇可算是有记载的最早的秦声。

驷 驖

驷驖^①孔阜^②，六辔^③在手。公之媚子^④，从公于狩。

◎ **注释** ①〔驷驖〕四匹铁青色的马。驷，古代车驾以四马为尊。驖，铁青色。

②〔孔阜〕很大，很强壮。孔，很。阜，大。③〔六辔〕六条缰绳。古代车驾，四匹马配八条缰绳，其中有两条是拴系固定的。④〔媚子〕被宠爱的人，可能是男，也可能是女；可能是君主子女，也可能是大臣或后妃。

◎ **章旨**　诗之首章。言秦君驾车带着宠爱的人去打猎。"六辔在手"句，言马之良、御之善。

奉①时②辰③牡④，辰牡孔硕⑤。公曰左之⑥，舍拔⑦则获⑧。

◎ **注释**　①〔奉〕供给，指负责园囿事务的虞人。②〔时〕是，这。③〔辰〕合时令的。④〔牡〕公兽。⑤〔硕〕肥大。⑥〔左之〕左转。⑦〔舍拔〕放箭。拔，箭矢末端称拔，此处指代箭。⑧〔获〕命中。

◎ **章旨**　诗之二章。言虞人驱使猎物供君主射猎。"公曰左之"句，有声色。

游于北园①，四马既闲②。輶车③鸾④镳⑤，载⑥猃⑦歇骄⑧。

◎ **注释**　①〔北园〕秦国的园囿，在今陕西凤翔县南。②〔闲〕训练有素。③〔輶车〕狩猎用的轻车。"安大简"："輶"作"象"。象车，以象牙装饰的豪华之车，为君王所乘。狩猎而乘象车，似不如"輶车"合理。④〔鸾〕马首所挂的铃。⑤〔镳〕马口中含的铁具，俗称马嚼子。⑥〔载〕载着。⑦〔猃〕长嘴巴的猎犬。⑧〔歇骄〕短嘴巴的猎狗。

◎ **章旨**　诗之三章。言狩猎结束，游于北园。猎犬载以輶车，何等名贵。表犬以见其主人。前人王世贞谓"载猃"句"大拙"（见《艺苑卮言》），毛先舒视之"古人恒调"（见《诗辩坻》），不如孙矿《批评诗经》谓二句"饶态"为允当。

◎ **解读**　《驷驖》是写秦君狩猎的诗篇。《毛诗序》及鲁诗家都认为是赞美秦襄公之作。秦襄公为秦仲之孙，周平王东迁时护驾有功，被封为诸侯。诗篇写秦君狩猎，带着自己亲近的人，还满车载各种各样的猎狗，秦人好狩猎风尚表现得十分突出。秦风所表现的生活往往生龙活虎，此诗就是这样的篇章。

小 戎

小戎①俴收②,五楘③梁辀④。游环⑤胁驱⑥,阴靷⑦鋈续⑧。文茵⑨畅毂⑩,驾我骐馵⑪。言⑫念君子,温其如玉。在其板屋⑬,乱我心曲⑭。

◎ **注释** ①〔小戎〕兵车。周制,走在战阵前面的车叫元戎,为将帅所乘,与元戎相对,一般的战车称小戎。②〔俴收〕车后轸木上的车厢板。③〔五楘〕皮革交错缠绕的车辕。五,通"午",交错。楘,缠绕。④〔梁辀〕曲辕。梁,房梁。辀,船,古代的战车一根辕木,形状弯曲,既像房梁,又像舟船,所以称梁辀。⑤〔游环〕左右骖马需要用缰绳加以控制,为了固定缰绳,将一个带有金属环的短带固定在马背靠前的肚带上,以使缰绳从金属环中通过。这个金属环,可以在小范围内移动,所以叫游环。⑥〔胁驱〕迫使骖马直行的小金属折板。⑦〔阴靷〕用来牵引马车的绳索,一头系在服马的軏上,一头固定在车轴上。据秦始皇陵出土铜车马,靷分两段,一段在服马一边,一段则在车厢之下与轴连接。⑧〔鋈续〕两条靷交合并拴系在车辕下的一个镀锡的金属环上,这样就可以把两条靷的力量合为一股。鋈,镀锡。续,绳结。⑨〔文茵〕有花纹的车垫。有的是虎皮,有的是席子,因车而异。⑩〔畅毂〕即长毂,毂是固定辐条的筒木,外面套有铜箍,兵车的毂长,所以称畅毂。⑪〔骐馵〕花色如棋格的马称骐。左后足白色的马为馵。⑫〔言〕语词。⑬〔板屋〕以板做屋,西方戎族的居住习俗。⑭〔心曲〕内心深处。

◎ **章旨** 诗之首章。详述车马之制,继表思念之情。秦风喜言车马,以此篇为最。钟惺《评点诗经》:"虽是文字艰奥,亦由当时人人晓得车制,即妇人女子触目冲口,毕能成章。车制不传,而此等语始费解矣。"田雯《古欢堂集》卷十八:"读至'在其板屋,乱我心曲'二语,逸情绝调,悠然无尽。"

四牡①孔阜②,六辔③在手。骐骝④是中,騧⑤骊⑥是骖⑦。龙盾⑧之合⑨,鋈以觼軜⑩。言念君子,温其在邑⑪。方⑫何为期,胡然⑬我念之?

◎ **注释** ①〔四牡〕四匹雄马。②〔孔阜〕十分高大。③〔六辔〕六根缰绳。参上一篇《驷骥》"六辔在手"句注。④〔骝〕赤身黑颈的马。⑤〔騧〕黄身黑嘴的马。⑥〔骊〕纯黑色的马。⑦〔骖〕两旁的马为骖马。古代马车很讲究四匹马的毛色齐整。⑧〔龙盾〕以龙为图案的盾。⑨〔合〕两张盾合放在一起。⑩〔觼𫐐〕安装车轼上金属的固定服马两条内辔的装置。⑪〔邑〕西戎的城邑。有土墙围绕的居民区为邑。⑫〔方〕将。⑬〔胡然〕为何这样。

◎ **章旨** 诗之二章。上章述车，此章重点写马。

俴驷①孔群②，厹③矛𬭎镎④。蒙伐⑤有苑⑥，虎韔⑦镂膺⑧。交韔⑨二弓，竹闭⑩绲縢⑪。言念君子，载寝载兴⑫。厌厌⑬良人，秩秩⑭德音。

◎ **注释** ①〔俴驷〕蒙了甲的四匹马。俴，浅，在此指轻薄之甲。②〔孔群〕十分和谐。③〔厹〕三刃矛。④〔𬭎镎〕镀了锡的镎。镎，矛柄端的金属套。⑤〔蒙伐〕藤或木制的蒙有虎皮或表面漆髹并画有虎纹的盾牌。"安大简"作"龙旆"，指旗帜。龙，"蒙"字假借。⑥〔苑〕文彩貌。⑦〔虎韔〕虎皮做的弓箭套。韔，弓箭套。⑧〔镂膺〕装饰有金属花纹的箭袋。镂，用金属物雕刻。膺，正胸，指箭袋的正面。⑨〔交韔〕两张弓交叉放在箭袋中。⑩〔竹闭〕保护弓箭不走形的竹制器具。⑪〔绲縢〕绳索。绲，捆。縢，绳子。两句的意思是，用绳索将弓箭和竹闭捆在一起，以防变形。"安大简"以上诸句的次第为为："龙旆有苑，竹枇绲縢。虎韔镂膺，交弝二弓。"较《毛诗序》本合理。其中"闭"与"枇"、"弝"与"韔"，为通假字关系。⑫〔兴〕起。⑬〔厌厌〕安详貌。⑭〔秩秩〕举止有礼仪。

◎ **章旨** 诗之三章。言矛、盾、弓韔。《郑笺》："国人夸大其车甲之盛，有乐之意也。"田雯《古欢堂集》："《小戎》四（"四"应作"三"）章，奇文古色，斑斓陆离，读至'在其板屋，乱我心曲'二语，逸情绝调，悠然无尽。"

◎ **解读** 《小戎》是表达女子思念从军丈夫的诗篇。诗篇"乱我心曲""胡然我念之"及"载寝载兴"的述说，其情致不可谓不深。但总的来说，诗中对战车及其装置不厌其烦的描绘，是要压过思念之情的表达的。这当与秦人尚武的风俗有关。另外，此诗风调接近《小雅》，是秦风用"夏声"的表现。

蒹 葭

蒹葭①苍苍②，白露为霜。所谓伊人③，在水一方④。溯洄⑤从之，道阻且长。溯游⑥从之，宛⑦在水中央。

◎ **注释** ①〔蒹葭〕芦苇。②〔苍苍〕老青色。③〔伊人〕那个人。④〔一方〕另一边。《史记·扁鹊仓公列传》："视见垣一方人。"与此处"一方"意思相同。《毛传》："一方，至难矣。"⑤〔溯洄〕逆流而上。⑥〔溯游〕顺流而下。溯洄、溯游都是陆行。⑦〔宛〕宛然，好像。

◎ **章旨** 诗之首章。钟惺《评点诗经》："异人异境，使人欲仙。"牛运震《诗志》评首二句："只两句，写得秋光满目，抵一篇悲秋赋。"姚际恒《诗经通论》："'在'字上加一'宛'字，遂觉点睛欲飞，入神之笔。"

蒹葭凄凄①，白露未晞②。所谓伊人，在水之湄③。溯洄从之，道阻且跻④。溯游从之，宛在水中坻⑤。

◎ **注释** ①〔凄凄〕即"萋萋"，茂盛的意思。②〔晞〕晒干。③〔湄〕水畔。④〔跻〕升高。⑤〔坻〕水中高地。

◎ **章旨** 诗之二章。姚际恒《诗经通论》："'在水之湄'，此一句已了。重加'溯洄''溯游'两番摹拟，所以写其深企愿见之状。"

蒹葭采采①，白露未已。所谓伊人，在水之涘②。溯洄从之，道阻且右③。溯游从之，宛在水中沚④。

◎ **注释** ①〔采采〕茂盛的样子。②〔涘〕水涯。③〔右〕迂回。④〔沚〕水中小洲。

◎ **章旨** 诗之三章。陈继揆《读风臆补》："意境空旷，寄托元（玄）淡。秦川咫尺，宛然有三山云气，竹影仙风，故此诗在国风为第一篇缥缈文字。宜以恍惚迷离读之。"

◎ **解读**　《蒹葭》是思念意中人的诗篇。所思之人永远在水的那一方，诗篇实际明确显示，所思之人就在水中的高地上，只是顺着水流寻找不能遇，逆着水流也不行，水永远隔绝着思念的人。可望而不可即，正是诗篇的内涵。诗篇在艺术上成就极高，秋水伊人的美妙境界，实在动人。

终　南

终南①何有？有条②有梅。君子至止③，锦衣狐裘④。颜如渥⑤丹⑥，其君也哉！

◎ **注释**　①〔终南〕即终南山，在今陕西西安南。②〔条〕又名柚、山楸。其木纹理密致，是制作上好家具的良材，皮、枝、叶皆可入药。"安大简"："条"字作"柚"。③〔止〕语气词。④〔锦衣狐裘〕诸侯之服。⑤〔渥〕润泽。⑥〔丹〕一种红色石，可做染料，润泽后颜色更加鲜明。

◎ **章旨**　诗之首章。言所见君子之貌。"渥丹"二字肤腴。

终南何有？有纪①有堂②。君子至止，黻③衣绣④裳。佩玉将将⑤，寿考不忘⑥！

◎ **注释**　①〔纪〕通"杞"，杞梓之类的山木树。出马瑞辰《通释》。②〔堂〕通"棠"，即棠、棠梨。"安大简"此字作"棠"。③〔黻〕古代贵族礼服上黑与青相间的花纹。④〔绣〕五彩图案的花纹。⑤〔将将〕即"锵锵"，佩玉相击发出的声音。⑥〔不忘〕难忘。句意谓到老也难以忘怀。一说，"忘"为"亡"之借字，不亡即永有。

◎ **章旨**　诗之二章。言所见君子之仪度。

◎ **解读**　《终南》是秦文公接收西周故地遗民的乐歌。此诗作于秦人真正成为西周故地新主人之际，诗篇之作或许就有为秦人正式袭居此地奠基的意思。理解此诗关键在"君子至止""其君也哉"数语，它们应该是留在宋周之地的周人迎接新主人的言辞。诗篇赞美秦公润泽的面容，是初见新主人时的语态。秦人经过两代人的努力，终于驱逐戎狄而袭居西周故地，终南山也就由"周人的山"变成秦人基业稳固的象征了；"有条有梅"的丰腴光景，也就成为秦人福祉的祥征了。以这样的言词表达对秦君到来的欢迎，是十分得体的。而且，诗篇以"终南"起兴，其作者为周人就更有可能了。

黄　鸟

交交①黄鸟，止于棘②。谁从穆公③？子车④奄息⑤。维此奄息，百夫之特。⑥临其穴⑦，惴惴其栗⑧。彼苍者天，歼我良人！如可赎兮，人百其身⑨。

◎ **注释**　①〔交交〕鸟的鸣叫声。一说，交交，小貌。②〔棘〕荆棘。非黄鸟所集之处。非实景，诗以此渲染悲泣之情。③〔穆公〕秦国君主，名任好，春秋五霸之一。④〔子车〕姓氏。⑤〔奄息〕人名，子车氏，与下文仲行、鍼虎为三兄弟，同为穆公贤臣。据《汉书·匡衡传》应劭注，穆公生前曾与三人相约"生共此乐，死共此哀"，所以穆公死后，三人殉葬。⑥〔"维此"两句〕奄息的价值百夫也不敌。百夫，多位男子，百是虚数，以言其多。特，雄俊。⑦〔穴〕墓穴。⑧〔栗〕战栗、颤抖。⑨〔人百其身〕人愿意死去百次，以换取其一人的生命。

◎ **章旨**　诗之首章。哀叹奄息，并言愿百次去死以换取其生。余冠英《诗经选》："三章分挽三良。"

交交黄鸟，止于桑。谁从穆公？子车仲行。维此仲行，百夫之防①。临其穴，惴惴其栗。彼苍者天，歼我良人！如可赎兮，人百其身。

◎ **注释** ①〔防〕通"方",当,比。
◎ **章旨** 诗之二章。哀仲行。

交交黄鸟,止于楚。谁从穆公?子车鍼虎。维此鍼虎,百夫之御①。临其穴,惴惴其栗。彼苍者天,歼我良人!如可赎兮,人百其身。

◎ **注释** ①〔御〕相当、比得上。
◎ **章旨** 诗之三章。哀鍼虎。诗言棘、桑、楚,音义双关。
◎ **解读** 《黄鸟》是哀叹三良殉葬的诗篇。《左传·文公六年》载:"秦伯任好卒,以子车氏之三子奄息、仲行、鍼虎为殉,皆秦之良也,国人哀之,为之赋《黄鸟》。"这是《诗经》中少有的几首有史可据的诗篇之一。不过,诗篇并不是反对殉葬,而是惋惜殉葬者为"三良",认为这样做,使国家失去了能战斗的武士。

晨 风

䟪①彼晨风②,郁③彼北林。未见君子,忧心钦钦④。如何⑤如何,忘我实多!

◎ **注释** ①〔䟪〕逆风疾飞貌。②〔晨风〕鹰鹯一类的鸟。③〔郁〕浓郁、茂密的样子。"安大简":"郁"字作"吹"。"吹彼北林"亦通。如此上句"晨风"即指早晨的风。④〔钦钦〕郁闷难捺的意思。⑤〔如何〕奈何。
◎ **章旨** 诗之首章。言思望君子,内心郁结。首二句营造氛围极具效果,与后章起兴之辞不同。陈继揆《读风臆补》:"似怨似诉,意恰含蓄。"吴闿生《诗义会通》:"末句蕴藉。"

山有苞①栎②,隰有六驳③。未见君子,忧心靡乐④。如何如何,忘我实多!

◎ **注释** ①〔苞〕丛生。②〔栎〕今名麻栎,又称橡子树,木质坚硬,可用来做车毂。③〔六驳〕梓榆,又名驳马,木材可做器具,也可薪炭。④〔靡乐〕不快乐。
◎ **章旨** 诗之二章。言内心不乐。"如何"二句,明思念者为遭遗弃者。

山有苞棣①,隰有树檖②。未见君子,忧心如醉。如何如何,忘我实多!

◎ **注释** ①〔棣〕棠梨树,果实酸涩,形如樱桃。②〔檖〕树名,今名豆梨,根皮为药可治疗疮癣。
◎ **章旨** 诗之三章。内心"如醉",思望之情尤深。牛运震《诗志》:"切壮不浮。"
◎ **解读** 《晨风》是表达对被遗忘的不满的诗。此诗的长处是开始两句的起兴之辞,疾飞的鹰鹍,郁郁的树林,使全诗笼罩在一种阴郁的氛围当中。《诗经》造艺往往如此,着墨不多,而意境全出,而如此的营造氛围,又是后世古典诗歌艺术的灵魂。

无 衣

岂曰无衣?与子同袍①。王②于③兴师,修我戈矛,与子同仇④!

◎ **注释** ①〔同袍〕同穿一件战袍,慷慨之语。②〔王〕据王国维《古诸侯称王说》,古代诸侯也可称王。③〔于〕语词,一般用在动词之前。④〔同仇〕同伴。仇,匹偶。
◎ **章旨** 诗之首章。言同袍同仇。陈继揆《读风臆补》:"开口便有吞吐六国之气。"

岂曰无衣？与子同泽①。王于兴师，修我矛戟，与子偕作！

◎ **注释** ①〔泽〕通"襗"，贴身内衣。
◎ **章旨** 诗之二章。言同泽偕作。

岂曰无衣？与子同裳。王于兴师，修我甲兵，与子偕行！

◎ **章旨** 诗之三章。言同裳偕行。
◎ **解读** 《无衣》是一篇激励士气的军歌。"岂曰"开首，横扫一切庸碌怯懦之气；"同袍""同泽"之语，则畅扬军中手足之情。以此相激，如何不士气超拔，舍生忘死！而"王于兴师"所领起的数句，则又将这慷慨之情，尊崇为天经地义。诗风雄放，气格豪迈，不仅为《诗经》所仅见，即使唐人边塞诗亦无以立马当锋。

渭　阳

我送舅氏①，日至渭阳②。何以赠之？路车③乘黄④。

◎ **注释** ①〔舅氏〕舅父。②〔渭阳〕渭水北岸，指咸阳。当时秦都雍（今陕西凤翔），东行可至咸阳一带。③〔路车〕古代贵族所乘之车；路有大的意思。④〔乘黄〕四匹黄马，一乘为四马。
◎ **章旨** 诗之首章。言赠舅父车马。

我送舅氏，悠悠我思。何以赠之？琼瑰①玉佩②。

◎ **注释** ①〔琼瑰〕玉之美者。②〔玉佩〕即佩玉。

◎ **章旨**　诗之二章。言赠琼玉。
◎ **解读**　《渭阳》是秦穆公太子（即后来康公）送舅父晋文公归晋的篇章。康公之母，为晋献公之女，与晋文公为兄妹，所以诗称文公为"舅氏"。不过诗中"念母"之意并未显示，是解诗家推衍出的意思。

权　舆

於我乎①！夏屋②渠渠③，今也每食无余。于④嗟乎，不承⑤权舆⑥！

◎ **注释**　①〔於我乎〕即"於乎我"。"於""乎"为叹词。②〔夏屋〕大屋。夏为大的意思。③〔渠渠〕广大貌。④〔于〕吁。⑤〔承〕继续。⑥〔权舆〕始，开始，当初。
◎ **章旨**　诗之首章。言先君给的大屋还住着，但饭食却给得少了。姚际恒《诗经通论》："'夏屋渠渠'句，即藏'食有余'在内，故是妙笔。"

於我乎！每食四簋①，今也每食不饱。于嗟乎！不承权舆！

◎ **注释**　①〔四簋〕古代公侯招待大夫用四簋，分别盛黍、稷、稻、粱饭食。簋，古代青铜或木制的圆形食器。
◎ **章旨**　诗之二章。继上章"食无余"而来，言每食不饱。
◎ **解读**　《权舆》讲述的是在秦国受到冷遇的人物的哀叹。诗篇的调子颇似孟尝君门客冯谖的弹铗而歌，所不同的是，此诗作者曾经得到过礼遇，而冯谖则志在脱颖。秦无世卿，所以客卿一类的人物特多。看李斯《谏逐客书》，这一点不难知晓。先君旧臣，新朝失势，所谓"一朝天子一朝臣"一类的事，在客卿身上就更容易发生了。考秦国历史，穆公用由余等"霸西戎"后，国势日渐衰微，至孝公用商鞅而复振。这首诗果真"忘先君之旧臣"之作，或当作于穆公之后、孝公之前，康公之时，还是很可能的。

陈 风

周武王灭商之后，将舜的后代胡公满封于陈，是为陈国之始。其地在今河南东部，都宛丘（今河南淮阳）。此地本属太昊之墟，考古在这里曾发现过大汶口文化的遗迹，其中还有平粮台古城遗址的发现，可知是远古东夷部族文化的发祥地之一。史载陈国人好巫尚祠，旧说武王长女大姬嫁胡公，因此陈地"妇人尊贵"，又因为大姬婚后长期无子，于是她"好祭祀，用史巫"，对民风有很大的影响。实际上，旧说未必可信。陈的好巫尚祠之风，大姬的影响或许是有的，但远古东夷遗俗的流传应当是主要原因。因为这里曾发现过远古时期的祭坛，还有甲骨占卜的遗物，表明陈地自古就是宗教盛行之地。在两周之际，随着采诗活动活跃，陈地与西周不同风俗的舞乐，被采诗官发现并有节制地谱入诗篇，就有了《宛丘》《东门》等的歌唱。

《陈风》十篇。

宛 丘

子①之汤②兮，宛丘③之上兮。洵④有情兮，而无望⑤兮。

◎ **注释** ①〔子〕你，指陈国大夫，出《毛传》。一说，指巫舞人员。②〔汤〕形容舞蹈盛大的样子。③〔宛丘〕四周高、中间凹的丘，称宛丘。④〔洵〕实在，真是。⑤〔无望〕旧说无德望，即不知礼的意思。

◎ **章旨** 诗之首章。言宛丘之事，使人溺于情而废于礼。刘玉汝《诗缵绪》："惟用一'汤'字，而下文所咏之歌舞皆非其正可知。"《孔子诗论》载孔子评论："'洵有情，而亡望'，吾善之。"

坎其①击鼓，宛丘之下。无冬无夏②，值③其鹭羽④。

◎ **注释**　①〔坎其〕犹言坎坎然，形容鼓声。②〔无冬无夏〕不分冬夏，亦即无时不舞的意思。一说"舞冬舞夏"，指四望之祭的舞蹈。③〔值〕执。④〔鹭羽〕鹭鸟的羽毛，舞蹈用的道具。

◎ **章旨**　诗之二章。言宛丘歌舞无时间节制。

坎其击缶①，宛丘之道。无冬无夏，值其鹭翿②。

◎ **注释**　①〔缶〕瓦器，口小腹大，为盛酒水容器，古人叩之用以节乐。②〔翿〕鹭羽制的类似旗帜之类的舞蹈道具，其作用如"纛"，即指挥舞蹈变换队形用。

◎ **章旨**　诗之三章。陈仅《诗颂》："自宛丘之上而下、而道，无地不热闹，无冬无夏，无时不热闹，直揭出一国若狂景象。"

◎ **解读**　《宛丘》是表现宛丘之上巫舞盛况的诗篇。"宛丘"之"宛"，一般理解是四周高中间低的意思。热烈的歌舞，或许与"仲春之月"男女自由结合的远古风俗有关，且似乎一些大夫君子也参与其中。诗篇"宛丘之上""之下"以及"之道"的情形，是陈国人上上下下"一国若狂"情况的写照。

东门之枌

东门①之枌②，宛丘之栩③。子仲④之子⑤，婆娑⑥其下。

◎ **注释**　①〔东门〕《陈风》多言"东门"，此篇而外，又有《东门之池》《东门之杨》等，喜言"东门"，或与出东门的道路连接宛丘有关。此外，"东门"还可能透露的是"春"这一万物发育的时令。②〔枌〕白榆树。③〔栩〕栎树。④〔子仲〕陈国大夫之称。或谓即《邶风·击鼓》篇之孙子仲。⑤〔子〕女儿。据下文"不绩其麻"句可知。⑥〔婆娑〕舞蹈貌。

◎ **章旨**　诗之首章。高朝璎《诗经体注图考大全》："言歌舞之处。"牛运震《诗志》："'婆娑'二字有态。"

穀旦①于差②，南方之原③。不绩④其麻，市⑤也婆娑。

◎ **注释**　①〔穀旦〕好日子。穀，好。②〔差〕通"徂"，往。据于省吾《新证》。一说，于差即"吁嗟"，即巫歌中的呼唤神灵之音。③〔原〕原为陈国大夫之氏，即进一步交代上文"子仲之子"的家族。一说，高地为原，此处即指宛丘，其地在陈都之南，故称"南方"。④〔绩〕纺织。此句明确显露出女子应以"绩麻"为业的意思，是对"市也婆娑"的直接批评。⑤〔市〕集市，古代神社祭祀，有固定日期，各方民众汇集，如同集市。"市"在此也可以理解为大庭广众的意思。

◎ **章旨**　诗之二章。高朝璎《诗经体注图考大全》："言往会之期"。

穀旦于逝，越①以鬷迈②。视尔如荍③，贻我握④椒⑤。

◎ **注释**　①〔越〕发语词。②〔鬷迈〕持食器前往。鬷，可以烹饪的陶器。迈，进，往。一说，鬷，密集，鬷迈即男女成群前往。③〔荍〕锦葵花，花、叶、茎都可以入药。④〔握〕一把。⑤〔椒〕花椒籽，隐含多子的意思。

◎ **章旨**　诗之三章。言巫风中男女相赠。高朝璎《诗经体注图考大全》："言相赠之厚。总是述其事以相乐也。"

◎ **解读**　《东门之枌》是表现陈地男女在宛丘聚会歌舞的篇章。诗篇所表现的社会风俗，与《宛丘》相类。诗篇开始两句，点名地点也在宛丘。与《宛丘》有所不同的是，《宛丘》所表为集体祭祀的歌舞，而此篇所表重点则为男女在宛丘枌榆、栩栎丛中的会合。诗篇结尾处"视尔如荍"两句，即言男女相赠，与《郑风·溱洧》所言芍药之事颇类。诗人专门选取了男女相会中的一个小细节来写，意在暗示这样的聚会，其实就是男女亲热、各遂所愿的日子。而"不绩其麻，市也婆娑"之句，又分明表达了对如此歌舞的不以为然。据此而言，诗篇也很可能是采诗官写的，是为了展现一种与周礼相异的风俗。

衡　门

衡门①之下，可以栖迟②。泌③之洋洋④，可以乐⑤饥。

◎ **注释**　①〔衡门〕衡木制成的门。衡为横，形容居所简陋。②〔栖迟〕栖息。③〔泌〕泉水。④〔洋洋〕水流貌。⑤〔乐〕疗。

◎ **章旨**　诗之首章。言安贫守贱之意。《战国策·齐策四》："晚食以当肉，安步以当车。"

　　岂其食鱼，必河之鲂？岂其取①妻，必齐之姜②？

◎ **注释**　①〔取〕娶。先秦时"娶"多作"取"。②〔齐之姜〕齐国姜姓的女子，代指贵族。

◎ **章旨**　诗之二章。言娶妻不必齐之姜。"可以"与"岂其"呼应。《洛阳伽蓝记》："洛鲤伊鲂，贵于牛羊。"

　　岂其食鱼，必河之鲤？岂其取妻，必宋之子①？

◎ **注释**　①〔宋之子〕宋国贵族子姓。

◎ **章旨**　诗之三章。言不必宋之女。

◎ **解读**　《衡门》是劝人安于现实的诗。诗是针对贵族的婚事而说的，娶"齐之姜""宋之子"，是高门贵族的事。贵族要到异姓异国去娶妻，按周礼的规定，主要是出于政治联姻的考虑。诗人"岂其"的反问中，含着结婚应当重实际的意思，无形中是对世代遵循的婚姻惯例的不以为然。也许是娶不起才说这样"酸葡萄"的话，也许是觉得齐姜、宋子没什么了不起才这样说。但无论如何，固有的婚姻成法在诗人的眼里已不那么神圣不可犯了。诗表达的是生活的某些哲理，反问句式的使用，使诗篇显得风趣诙谐。

东门之池

　　东门之池①，可以沤麻②。彼美淑姬③，可与晤歌④。

◎ **注释** ①〔池〕城池。②〔沤麻〕浸泡麻秸秆。麻经过浸泡脱去纤维中的胶质之后，方可纺绩。③〔淑姬〕陈国贵族妫姓，多与姬姓诸侯通婚。一说，即指夏姬。④〔晤歌〕对歌，对唱。晤，在此有交互的意思。

◎ **章旨** 诗之首章。言淑姬可以对歌。

东门之池，可以沤纻^①。彼美淑姬，可与晤语^②。

◎ **注释** ①〔纻〕纻麻，古代使用最多的一种纺织原料，有"中国丝草"之名。②〔晤语〕交谈。下章"晤言"义同。

◎ **章旨** 诗之二章。言淑姬可以相对而语。

东门之池，可以沤菅^①。彼美淑姬，可与晤言。

◎ **注释** ①〔菅〕一种茅草，沤后可以搓制成绳。

◎ **章旨** 诗之三章。言淑姬可以相对而言。一章近似一章。

◎ **解读** 《东门之池》是陈国流行的以夏姬为话头的谐谑曲。据《左传》记载，夏姬是春秋时影响了历史进程的美女。她本是郑穆公之女，嫁到陈国后丈夫死去，之后与陈灵公及两位陈国公卿孔宁、仪行父同时私通，进而引发了一系列大事件，号称"杀三夫一君一子，亡一国两卿"，古人还想象她有独门的返老还童术。头两句，或者是表手头的活计，或者是比兴之词——沤麻、纻等，可能暗示的是一个"烂"字，而诗篇最出味儿的地方，是在"可以晤歌""晤语"及"晤言"的"可以"二字：可以，在这里就是"谁都可以"的意思——既然夏姬可以与陈灵公私通，可以与孔宁、仪行父私通，那不就是"谁都可以"吗？但是，诗篇却不是直白表达的，诗只是说"晤歌""晤语"和"晤言"，即亲亲密密地歌、亲亲密密地言语。话说得虽然很含蓄，但彼时彼地的陈国人一听，就能听出其中调侃的味道。诗篇运思简洁，也很像是民间吟唱的调子。

◎ 国风

东门之杨

东门①之杨，其叶牂牂②。昏③以为期④，明星煌煌⑤。

◎ **注释** ①〔东门〕都城朝向东方的门，《诗经》风诗中多见，按古代方位概念，东门与春天对应，而春天又与生长有关，所以，东门又往往是春天男女相会之所。②〔牂牂〕茂密的样子。③〔昏〕黄昏。④〔期〕约定的时间。⑤〔煌煌〕明亮貌。
◎ **章旨** 诗之首章。牛运震《诗志》："牂牂，写杨叶有神。"

东门之杨，其叶肺肺①。昏以为期，明星晢晢②。

◎ **注释** ①〔肺肺〕树叶茂盛貌。②〔晢晢〕明亮貌。
◎ **章旨** 诗之二章。表候人不至的失望之情，含蓄传神。
◎ **解读** 《东门之杨》是表达相约失期、候人不至的惆怅心绪。诗篇虽与东门之地的男女相会的习俗有关，但篇章本身即景言情，又可独立赏读。人约黄昏后，现在却已是明星照人了。点出时间的错迕，其埋怨的心情已在不言中。身在白杨树下，高旷的天空，热闹的繁星，正显映着痴情久候的恓惶。

墓　门

墓门①有棘②，斧以斯③之。夫④也不良，国人知之。知而不已⑤，谁⑥昔⑦然⑧矣。

◎ **注释** ①〔墓门〕通向墓地的城门。②〔棘〕酸枣树丛。③〔斯〕析。④〔夫〕彼，那人。一说，夫即五父，亦即陈佗。一说，丈夫。⑤〔不已〕不改变做法。⑥〔谁〕唯。参《魏风·硕鼠》"谁之永号"句注。⑦〔昔〕从前。⑧〔然〕这样。
◎ **章旨** 诗之首章。言夫之不良由来已久，且人尽皆知。"墓门"二句，"要想人不知，除非己莫为"即其意。

墓门有梅①,有鸮②萃止③。夫也不良,歌以讯④之。讯予不顾,颠倒⑤思予。

◎ **注释** ①〔梅〕梅子树,也可能是楠木。②〔鸮〕猫头鹰。③〔萃止〕萃,停留。止,语尾动词。④〔讯〕警告。⑤〔颠倒〕跌倒。此句是说等到跌倒吃了亏就会想起我现的警告了。一说,颠倒即篇中之"予"因对方不顾自己警告而焦虑。

◎ **章旨** 诗之二章。言不顾人之讯告,将后悔莫及。

◎ **解读** 《墓门》是一篇讽刺恶行之人的诗。诗篇的不一般,在其比兴,以墓门为譬喻,是有意把诗人所非难之事与墓葬的死亡意象联系起来。这已经令人印象深刻,而墓门道路上的荆棘丛生,鸮鸟的萃止,更使整首诗篇笼罩在一片不祥的气氛中。这与其他即物成兴的比兴之词颇有不同,是有意选择组合的结果,很值得注意。

防有鹊巢

防①有鹊巢,邛②有旨③苕④。谁侜⑤予美⑥?心焉忉忉⑦!

◎ **注释** ①〔防〕堤坝。一说,陈国邑名。②〔邛〕土丘。③〔旨〕味美。④〔苕〕今名紫云英,叶子嫩时可食,为救荒食品,可做肥料,也可做家畜饲料。⑤〔侜〕欺瞒、诳骗。⑥〔美〕美人,指被欺诳的人,以美人相称,犹如屈原以美人比楚王。⑦〔忉忉〕忧愁貌。

◎ **章旨** 诗之首章。言有人以谎言诳骗美人。"谁侜"问句,是故作不知语气。

中唐①有甓②,邛有旨鹝③。谁侜予美?心焉惕惕④!

◎ **注释** ①〔中唐〕中堂。唐,通"堂",指庭院中的甬道。②〔甓〕砖瓦。③〔鹝〕通"虉",草本植物,花形小巧玲珑,花瓣在花茎上旋转而上,如同披覆的彩带,故名绶草，又名铺地锦，喜生长在中低海拔的草地上。④〔惕惕〕忧惧貌。

◎ **章旨** 诗之二章。牛运震《诗志》："换'惕惕'字，意思更深。"

◎ **解读** 《防有鹊巢》是担心亲近的人被他人愚弄的篇章。至于所亲近的人是谁，历来众说纷纭。今天看，不外情人与君主。诗篇给人留下深刻印象的是"予"对所忧虑之人的珍惜在意，"予美"之"美"，即表明这一点。因为珍惜，所以担忧之心也格外深切。

月 出

月出皎兮，佼人①僚②兮。舒③窈纠④兮，劳⑤心悄⑥兮。

◎ **注释** ①〔佼人〕"佼"通"姣"，佼人即姣好之人。②〔僚〕娇美。③〔舒〕发语词。④〔窈纠〕犹言窈窕，仪态优美的样子。⑤〔劳〕惆怅。⑥〔悄〕忧愁。

◎ **章旨** 诗之首章。言体态姣好。吕祖谦《读诗记》："此诗用字聱牙，意者其方言欤？"

月出皓兮，佼人懰①兮。舒忧受②兮，劳心慅③兮。

◎ **注释** ①〔懰〕妩媚。②〔忧受〕与"窈纠"同义。③〔慅〕内心躁动。

◎ **章旨** 诗之二章。言神情妩媚。

月出照兮，佼人燎①兮。舒夭绍②兮，劳心惨③兮。

◎ **注释** ①〔燎〕光彩照人的样子。②〔夭绍〕与"窈窕"同义。③〔惨〕内心痛苦的意思。

◎ **章旨** 诗之三章。言光彩照人。姚际恒《诗经通论》："似方言之聱牙，又似乱辞之急促；尤妙哉三章一韵。此真风之变体，愈出愈奇者。"全篇拗拗折

183

折,朦朦胧胧,缠缠绵绵,别是一调。

◎ **解读** 《月出》是抒发爱慕之情的诗篇,意境优美,犹如一幅月下美人图。将皎洁的月光与姣好的美人联系在一起,是此诗艺术的殊胜处,也是中国古典诗篇中首次如此用心地写月,写月光。月光如水、清辉如波之下,有所思慕的美人,是何等的景致!难怪"佼人"的每一举手投足都令人黯然销魂了。奇特处还在诗的句法。每章的第三句首尾两个虚词中嵌以联绵词,犹如律诗中的拗句,而所表达的又是轻盈的仪态,真可谓别具一格、别开生面了。

株 林

胡①为乎株②林?从③夏南④。匪⑤适⑥株林,从夏南。

◎ **注释** ①〔胡〕何。②〔株〕邑名,夏氏的封邑。③〔从〕追随。④〔夏南〕夏征舒,字子南。陈大夫夏御叔与夏姬所生之子,曾弑杀陈灵公,自立为君,不久被楚庄王所杀。一本,两"夏南"句末有"兮"字。⑤〔匪〕非。⑥〔适〕去、往。

◎ **章旨** 诗之首章。言到株林是找夏南。一问一答,"从夏南"重叠一下,"此地无银"之意全出。

驾我①乘马②,说③于株野。乘我乘驹,朝食④于株。

◎ **注释** ①〔我〕代拟陈灵公。②〔乘马〕四匹马,古代四匹马为一车驾。③〔说〕通"税",停车休息。④〔朝食〕吃早饭,在此为两性之事的隐语。

◎ **章旨** 诗之二章。陈子展《诗经直解》:"设为灵公续答。"陈震《读诗识小录》:"事外不添别语,言中自寓微文。"

◎ **解读** 《株林》是讽刺陈灵公与夏姬淫乱的诗。此诗当作于灵公被杀前不久。据《左传》载,宣公九年(前600年),郑穆公之女嫁给陈国大夫夏御叔,称夏姬。夏姬生子夏征舒,即诗中的夏南。御叔死后,陈国君主灵公及公卿孔宁、仪行父,均与夏姬通奸。宣公十年(前599年),夏征舒杀死陈灵公,自立为陈君，陈国大乱，楚国趁机攻灭陈国。

泽 陂①

彼泽之陂，有蒲②与荷③。有美一人，伤④如之何？寤寐无为，涕泗⑤滂沱。

◎ **注释**　①〔陂〕堤岸。②〔蒲〕一种水草，又名水烛、香蒲、蒲香棒等，嫩茎和根可食。③〔荷〕荷花。④〔伤〕伤心，悲伤。一说，我。⑤〔涕泗〕鼻涕与眼泪。

◎ **章旨**　诗之首章。言想美人而昼夜不止。"涕泗"一句很夸张。

彼泽之陂，有蒲与蕳①。有美一人，硕大且卷②。寤寐无为，中心悁悁③。

◎ **注释**　①〔蕳〕字当作"莲"，莲子。一说，兰。②〔卷〕通"婘"，美好貌。③〔悁悁〕愁闷。

◎ **章旨**　诗之二章。言美人身形硕大。

彼泽之陂，有蒲菡萏①。有美一人，硕大且俨②。寤寐无为，辗转伏枕。

◎ **注释**　①〔菡萏〕荷花的花朵。②〔俨〕重颐、双下巴。

◎ **章旨**　诗之三章。言美人硕大重颐。钱锺书《管锥编》："'硕大'得'重颐'而更亲切着实。""《诗》之言'嬿'，正如《楚辞》之言'曾颊'。……徐渭《青藤书屋文集》卷十三《眼儿媚》云：'粉肥雪重，燕赵秦娥。'古人审美嗜尚，此数语可以包举。"

◎ **解读**　《泽陂》是表达恋情或模拟不能自已的恋情的诗。诗是浓墨重彩的，以荷花比喻硕大重颐的美人，取譬得当，使诗篇有了一种美艳色彩。在《卫风·硕人》一篇中，写"硕人"之美是用工笔刻画，此诗以比兴手法，侧面烘托，艺术上别具一格。

◎ 国风

桧 风

桧（kuài）为周初封国，据载其贵族始祖为帝颛顼，至帝高辛时为火正祝融，名黎。黎之后有八姓，妘（yún）姓即其一，而桧国君主妘姓。桧之地即祝融之墟，其都城即春秋时郐城，在今河南新密东北。东周初年，桧为郑国所灭，故其诗最晚不过西周东周交替之际。"桧"字又作"郐"。

《桧风》四篇。

羔 裘

羔裘①逍遥，狐裘②以朝③。岂不尔思，劳心忉忉④。

◎ **注释** ①〔羔裘〕羊羔皮制成的衣服。从《召南·羔羊》《郑风·羔裘》等篇看，大夫着羔裘上朝。据记载，古代君臣都穿羊羔皮制的衣服，只是袖子装饰略有不同。②〔狐裘〕诸侯及高级大臣之服。③〔朝〕上朝。④〔忉忉〕担忧的样子。
◎ **章旨** 诗之首章。言穿羔裘者悠闲自在，穿狐裘者却在朝堂上忙碌。

羔裘翱翔①，狐裘在堂②。岂不尔思？我心忧伤。

◎ **注释** ①〔翱翔〕悠闲自在，逍遥。②〔堂〕朝堂。与上章"朝"意思一样。
◎ **章旨** 诗之二章。含义同诗之首章。

羔裘如膏①，日出有曜②。岂不尔思？中心是悼③。

◎ **注释** ①〔膏〕润泽貌。古代穿羔裘一般毛在外，所以显得光泽洁白。②〔曜〕

光耀，润泽。③〔悼〕伤心。

◎ **章旨** 诗之三章。陈继揆《读风臆补》："日出句，形洁入微，此诗家着色描写法。"陈震《读诗识小录》："逍遥字奇矣，翱翔字更奇，写其形即写其心，非但写形也。"

◎ **解读** 《羔裘》是忧伤桧国朝政涣散的诗。诗篇讲述的是穿羔裘的卿大夫们在那里逍遥自在，穿贵重狐裘的君主却在朝堂忙碌。没有臣子帮助的忙碌，自然是君主瞎忙，这引起了诗人的伤情。《毛诗序》说此诗之作是"大夫以道去其君"，即大夫们离开朝堂不做事。考查《左传》材料，是合乎当时情况的。诗中有什么地方显示了这样的情况？"岂不"的语气就是：我们难道不替你着想吗？但你太让我失望了，我们是伤透了心了。古代大臣事君之礼，有所谓"三谏不从，则去之"之说。此诗应即"三谏不从"后的篇章。

素 冠

庶①见素冠②兮，棘③人栾栾④兮，劳心慱慱⑤兮！

◎ **注释** ①〔庶〕庶几，幸而。②〔素冠〕白帽子，即居丧期间孝子所戴的练冠。古代父母去世，孝子居丧到十三个月后，开始戴白色练冠，一直到居丧二十五个月孝服期满。③〔棘〕急，处境况艰危的意思。一说通"瘠"，瘦削的意思。④〔栾栾〕娈娈，令人怜惜的样子。一说通"脔"，本义为肉片，引申为脊瘦。⑤〔慱慱〕愁苦不安貌。

◎ **章旨** 诗之首章。言素冠瘦弱不堪，心生哀痛。牛运震《诗志》："棘人栾栾四字，写出哀毁骨立情状。"

庶见素衣兮，我心伤悲兮，聊①与子同归②兮。

◎ **注释** ①〔聊〕愿。②〔同归〕同归一处，即铁了心跟随素衣者的意思。

◎ **章旨** 诗之二章。言见素衣而哀痛，并表同归之情。

庶见素韠①兮，我心蕴结②兮，聊与子如一③兮。

◎ **注释** ①〔韠〕皮制的蔽膝。②〔蕴结〕郁闷不解。③〔如一〕同心。与上文"同归"义同。

◎ **章旨** 诗之三章。言见素韠，言将与同心如一。

◎ **解读** 《素冠》是表追随郑武公之意的篇章。据《国语·郑语》等文献，郑桓公为周宣王弟，名友，幽王时司徒，"甚得周众与东土之人"，受封于西周畿内之地郑（今陕西华州境内），感于王朝危殆，郑桓公曾向史伯询问未来郑国的"逃死"之地，史伯告诉他说虢桧之地可以占居。于是桓公"乃东寄帑与贿，虢、郐受之"。不久，郑桓公与周幽王一起被犬戎杀死于骊山之下，于是郑国人拥立桓公子掘突为郑国君主（即郑武公），东迁虢桧之域。郑人对郑武公的抚慰与效忠之情，是诗篇传达的基本信息。

隰有苌楚

隰①有苌楚②，猗傩③其枝。夭④之沃沃⑤，乐子之无知⑥！

◎ **注释** ①〔隰〕下湿之地。②〔苌楚〕又名羊桃、猕猴桃。③〔猗傩〕即婀娜，摇曳多姿貌。④〔夭〕屈伸貌。⑤〔沃沃〕枝叶润泽的样子。⑥〔无知〕无匹、无配偶。

◎ **章旨** 诗之首章。见物起兴，语绝沉痛。钟惺《评点诗经》："亡国之音读不得。此诗更不比说自家苦，只羡苌楚之乐，而意自深矣！凡苦之可言者，非其至也。"

隰有苌楚，猗傩其华①。夭之沃沃，乐子之无家！

◎ **注释** ①〔华〕同"花"。

◎ **章旨** 诗之二章。言乐子无家庭牵累。牛运震《诗志》："三'乐'字惨极，真不可读。"

隰有苌楚，猗傩其实。夭之沃沃，乐子之无室！

◎ **章旨** 诗之三章。言无妻子连累。钱锺书《管锥编》："此诗意谓：苌楚无心之物，遂能夭沃茂盛，而人则有身为患，有待为烦，形役神劳，唯忧用老，不能长保朱颜青鬓，故睹草木而生羡也。"

◎ **解读** 《隰有苌楚》是表达对生活厌倦态度的诗篇。诗以苌楚的率性生长，反衬人世生活的不幸；以苌楚的丰腴，反衬生活的无趣和枯燥，以此表达对世道的愤激之情，巧妙得很。一说，男女相悦的歌唱。"乐子之无知"即"高兴你没有知心者（指相恋对象）"的意思。"无家""无室"即无家室拖累。桧、郑同地，联系《郑风》男女相悦的诗篇看，此诗为"男女相悦"诗篇的可能性较大。

匪 风

匪①风发②兮，匪车偈③兮。顾瞻周道④，中心怛⑤兮！

◎ **注释** ①〔匪〕彼，通假字，从王引之《经义述闻》说。②〔发〕风疾吹的声音。③〔偈〕疾驱貌。④〔周道〕通往西周的大道。⑤〔怛〕悲悼。
◎ **章旨** 诗之首章。言睹疾行的车马而内心悸动。高朝瓔《诗经体注图考大全》："此诗之神，全在'顾瞻周道'中。"

匪风飘兮，匪车嘌①兮。顾瞻周道，中心吊②兮！

◎ **注释** ①〔嘌〕车疾速行驶的声音。②〔吊〕伤悼。
◎ **章旨** 诗之二章，含义同诗之首章。

谁能亨^①鱼，溉^②之釜鬵^③？谁将西归^④，怀^⑤之好音^⑥！

◎ **注释**　①〔亨〕通"烹"。古"烹"字常写作"亨"。②〔溉〕洗涤。一说，字当作"塈"，给予的意思。③〔鬵〕大釜、大锅。④〔西归〕回到西周。⑤〔怀〕归、给予。⑥〔好音〕犹言好语、好消息。

◎ **章旨**　诗之三章。言如烹鱼赠釜，西去之人谁能行方便，捎去信息。姚际恒《诗经通论》："风致极胜。"

◎ **解读**　《匪风》描述的是身处桧地的西周人士牵挂故国的篇章。西周之民，因西方的战乱徙居东方，是此诗创作的背景。诗篇从独特的角度，真切动人地展示了在王朝崩溃大动荡时期里一些人的内心感受。人烹鱼则予之釜鬵，言下含有与人方便的意思，正与下文"西归"句密迩相连：有谁到西周去吗？希望他把我的好消息带给那里的人；或者：希望他把那里的好消息带给我。此诗未尝有一语言及宗周覆灭，但诗人内心的躁动不安，却能使后人仿佛亲见那重大事变给人们心中带来的震动。

曹　风

周初周武王封弟振铎于曹，是为曹国。疆域在今山东西南部地区，都陶丘，其地在今山东定陶西南，传二十四世而为宋所灭。郑玄《诗谱》言曹地风俗："昔尧游成阳，死二葬焉。舜渔于雷泽，民俗始化其遗风。厚重多君子，务稼穑，薄衣食以至积蓄。夹于鲁卫之间，又寡于患难，末时富而无教，乃更骄侈。"是说此地有深厚的文化积累，且地处平原，适于农耕，百姓重视耕种，颇为富饶。君子之流骄奢之风也颇盛。曹地风诗虽然不多，艺术上却颇有精彩之处。

《曹风》四篇。

蜉　蝣

蜉蝣①之羽②，衣裳③楚楚④。心之忧矣，于我⑤归处⑥！

◎ **注释**　①〔蜉蝣〕昆虫名，寿命极短，只能存活数小时，最多为七天，故有朝生暮死之说。②〔羽〕翅膀。③〔衣裳〕比喻蜉蝣的羽翼如衣服一样。④〔楚楚〕鲜明貌，蜉蝣的翅膀极薄而透明。⑤〔于我〕何处。"我"为"何"的误写。⑥〔归处〕死人谓之"归人"，归处即死后的归依之处。

◎ **章旨**　诗之首章。言蜉蝣朝生暮死，羽翼鲜明，进言人荣华如梦，死归何处？吴闿生《诗义会通》："旧评：喻意危悚。"

蜉蝣之翼，采采①衣服。心之忧矣，于我归息！

◎ **注释**　①〔采采〕光华貌。

◎ **章旨** 诗之二章。含义同诗之首章。

蜉蝣掘阅①，麻衣②如雪。心之忧矣，于我归说③！

◎ **注释** ①〔掘阅〕蜉蝣蜕变，生出翅膀；一说穿穴而出；一说改变容貌。当以第一说为好。②〔麻衣〕麻制的衣服，比喻蜉蝣的羽翼。③〔说〕止息。
◎ **章旨** 诗之三章。陈震《读诗识小录》："'楚楚''采采''如雪'，其人得意在此，劳人赞叹正在此，盖一念为朝生暮死，则其得意处，正可悼可畏处也，故曰'心忧'。'于我归'者，叹其失所归也。"
◎ **解读** 《蜉蝣》是慨叹浮华幻影、死生促迫的诗篇。朝生暮死的蜉蝣，却有鲜洁如雪的衣裳，正如同短暂的人生，有如梦如幻的荣华一般。诗篇的情调十分敏感，又极其脆弱，感伤情绪弥漫全诗。精于比喻是诗篇的特点，如"衣裳楚楚""麻衣如雪"的句子，意象十分鲜明。

候 人

彼候人①兮，何②戈与祋③。彼其④之子，三百赤芾⑤。

◎ **注释** ①〔候人〕官职名称。《周礼·夏官·候人》："候人各掌其方之道治，与其禁令，以设候人。"②〔何〕即"荷"字的异写，扛、举的意思。③〔祋〕古代一种长柄武器。参《卫风·伯兮》篇"伯也执殳"注。④〔彼其〕犹言那些人，那些家伙。⑤〔赤芾〕红色的蔽膝。《毛传》："大夫以上，赤芾乘轩。"这两句是说，穿赤芾的宠臣有三百多。据《左传·僖公二十八年》载，曹共公之臣，乘轩者三百。可知其宠臣之多。
◎ **章旨** 诗之首章。言贤人失位而乘轩，两者对比以见国政昏乱。

维①鹈②在梁③，不濡④其翼。彼其之子，不称⑤其服⑥。

◎ **注释** ①〔维〕发语词。②〔鹈〕即鹈鹕,一种水鸟,白色羽毛,嘴长尺余,下颌有囊与嘴相连,捕鱼为食。③〔梁〕筑在水中用以捕鱼的坝子。④〔濡〕沾湿。⑤〔不称〕配不上。⑥〔服〕服饰。古代服饰不同,地位不同。不称其服即不称其位。

◎ **章旨** 诗之二章。刺在位者无德。鹈鹕在梁,欧阳修《诗本义》:"如彼小人窃禄于高位。"

维鹈在梁,不濡其咮①。彼其之子,不遂其媾②。

◎ **注释** ①〔咮〕鸟嘴。②〔不遂其媾〕即其婚配不合理。遂,不称,不合礼法。媾,婚配。

◎ **章旨** 诗之三章。指责女宠太多,于礼法不合。

荟兮蔚兮①,南山②朝隮③。婉兮娈兮④,季女⑤斯饥⑥。

◎ **注释** ①〔荟、蔚〕本义为草木茂盛,在此比喻云彩的浓密。②〔南山〕曹国境内低矮山地,在今曹县境。③〔隮〕据杨树达《积微居小学述林》卷一,隮即虹,古人以虹为淫气所成。④〔婉、娈〕女子美好貌。⑤〔季女〕少女。⑥〔饥〕饿。此处喻女子待嫁的饥渴心情。

◎ **章旨** 诗之四章。宫中多淫气,而民间多旷女。牛运震《诗志》:"末章精神飞动,更自蕴藉风流,一篇生色争胜处。"

◎ **解读** 《候人》是讽刺曹君女宠过盛的篇章。诗篇写得相当婉曲。国家贤人失位,连下级的候人之官也都换成了不肖之辈,其政治腐败的程度,真可谓无以复加。此外,季女的婚嫁失时,可能是一个特殊现象,但诗将此事与曹君的好色连起来写,其主题便大大深化了。

鸤 鸠

鸤鸠①在桑,其子七兮。淑人君子,其仪②一兮。其仪一③兮,心如结兮。

◎ **注释**　①〔鸤鸠〕鸟名，即布谷鸟。古人认为布谷鸟养子平均而无有偏爱。②〔仪〕义。③〔一〕心意坚定，无二心。
◎ **章旨**　诗之首章。赞美君子内心、仪容如一。《韩诗外传》："好一则博，博则精，精则神，神则化，是以君子务结心乎？"戴君恩《读风臆评》："层层相递，节节相生，不可得其断续。"

　　鸤鸠在桑，其子在梅①。淑人君子，其带②伊丝③。其带伊丝，其弁④伊骐⑤。

◎ **注释**　①〔梅〕楠木，木料有香气，是建筑或器具良材。②〔带〕衣服上的带子。③〔伊丝〕是白丝做成的。伊，判断词。④〔弁〕皮制的冠。⑤〔骐〕通"璂"，皮制冠上的玉饰。《周礼·夏官·弁师》："王之皮弁会五采玉。"据此"伊骐"之弁为周王所戴。
◎ **章旨**　诗之二章。赞美君子衣饰。

　　鸤鸠在桑，其子在棘①。淑人君子，其仪不忒②。其仪不忒，正是四国③。

◎ **注释**　①〔棘〕荆棘，丛生的酸枣树。②〔忒〕差错。③〔四国〕四方之国，指周王朝所有邦国。
◎ **章旨**　诗之三章。赞美君子能正四国。

　　鸤鸠在桑，其子在榛①。淑人君子，正是国人②。正是国人，胡不③万年。

◎ **注释** ①〔榛〕灌木或小乔木，木质坚硬，可以做手杖等用。②〔国人〕四方国人。③〔胡不〕何不。

◎ **章旨** 诗之四章。美君子能正国人，并表祝福。全篇以"鸤鸠在桑"应"其子"之"在梅""在棘""在榛"，成一与多、不变应万变之格局，是诗篇的精心之处。

◎ **解读** 《鸤鸠》是颂扬周天子的诗篇。诗篇从内容看，赞美的是周王，称颂他能"正四国"，祝福他寿"万年"。然而，考诸诗篇背景，却是彻底的乱世之作。此诗篇当与下一篇即《曹风·下泉》合观，都是与王子朝作乱、周敬王即位有关的诗篇。据《左传》记载，鲁昭公二十二年，即公元前520年，周景王死，太子早卒，太子猛立。王子朝作乱，攻杀王子猛，王室大乱。直到公元前516年王子朝奔楚，周敬王入成周，为期数年的王室大乱方告结束。《鸤鸠》诗篇，应该就是歌唱于此时。诗篇以鸤鸠七子取譬，实际是表周王得众多诸侯拥护，也就是表周敬王的地位合法。又因周敬王真正成为法理上"正四国"的天下共主，是在王子朝势力被驱赶之后，所以，说起来是一首歌颂新登基的周王的乐章。诗篇从新王的腰带、帽子着笔，突出"其仪不忒"，也都是在表新王的仪度风采，寄寓着诗人"正四国"的愿望。

下 泉

洌①彼下泉②，浸彼苞稂③。忾④我寤叹⑤，念彼周京⑥。

◎ **注释** ①〔洌〕寒冷。②〔下泉〕即狄泉，在今洛阳东郊。③〔苞稂〕丛聚的稂禾。稂，有穗但不结粒食的禾苗。④〔忾〕叹息声。⑤〔寤叹〕连续的叹息。⑥〔周京〕指东周的王都，在今洛阳。下文"京周""京师"同义。

◎ **章旨** 诗之首章。以苞稂浸于寒泉之象，喻周敬王居于狄泉。

洌彼下泉，浸彼苞萧①。忾我寤叹，念彼京周。

◎ **注释** ①〔萧〕蒿草。亦见《王风·采葛》。
◎ **章旨** 诗之二章。含义同诗之首章。

冽彼下泉，浸彼苞蓍①。忾我寤叹，念彼京师。

◎ **注释** ①〔蓍〕蓍草，蒿类，古人用其茎占卜，称灵蓍。可入药。
◎ **章旨** 诗之三章。含义同诗之首章。

芃芃①黍苗，阴雨膏②之。四国有王，郇伯③劳④之。

◎ **注释** ①〔芃芃〕蓬蓬。②〔膏〕润泽。③〔郇伯〕荀跞。郇即荀，本为西周封国，始封君为文王之子，《左传·僖公二十四年》："管、蔡、郕、霍……毕、原、酆、郇，文之昭也。"进入东周后，为晋武公（晋文公重耳祖父）所灭，以赐晋国大夫原氏，亦称郇氏。④〔劳〕辛劳。
◎ **章旨** 诗之四章。颂郇伯之功。全篇色调阴郁。
◎ **解读** 《下泉》是周敬王慰劳晋大夫郇伯的乐歌。此诗本事与《鸤鸠》相同，都与王子朝之乱即周敬王继位之事相关（参该篇说明）。此诗虽与《鸤鸠》本事相同，时间相同，但格调上差别分明。这应是由于歌唱者身份不同。《鸤鸠》是臣子的颂美祝愿，自然以昂扬向上的调子为宜；此篇则不同，从"郇伯劳之"的句子看，很可能是慰劳郇伯仪式上的乐歌，就是说，是从王的角度出发的歌唱。诗篇格调所以是阴郁，就是由于它代表的是周王的感谢之情，数年间被王子朝的势力逼迫，不安其位，慰劳臣下的乐章言辞沉重，是符合此诗周王应有的情感状态的。《下泉》应是《诗经》年代最晚的篇章，冽泉寒光中，一片蘼芜之象，极好地显示了王朝衰败时的特有光景。两首与周王相关的诗篇见于《曹风》，可能是错简所致，也可能是因曹国参与了扶助王室之事，将相关乐章带回曹国。总之，《鸤鸠》和《下泉》风调近《小雅》。

豳 风

豳地在今陕西旬邑、彬县一带。《国语·周语上》载："昔我先王世后稷，以服事虞、夏。及夏之衰也，弃稷不务，我先王不窋用失其官，而自窜于戎、狄之间。"是说周人祖先在夏朝衰落时，逃奔到戎狄，至公刘时期，才回归农耕传统。近年考古工作者有重要发现，在今泾河上游长武县的碾子坡遗址出土了大型铜器（鼎、瓿bù），有文字的卜骨，写在有文字的陶器上，还有碳化高粱以及石制、骨制的农具等，都带有明显的中原文化色彩（《胡谦盈周文化考古研究选集》，四川大学出版社2000年，第1-3页）。"豳风"即西周时所保存古豳之地的乐调，而且渊源古老。《周礼·春官·籥章》载："掌土鼓、豳籥。中春，昼击土鼓、吹《豳诗》，以逆暑。"是说"豳风"歌唱是击土鼓、吹籥伴奏。其中的"苇籥"，据《礼记·明堂位》"土鼓、蒉桴、苇籥，伊耆氏之乐"，可知是由苇管制成的，源于古老的伊耆氏（尧，又称伊耆氏）之世。《籥章》所言"土鼓"，在山西襄汾陶寺遗址多有发现，而陶寺遗址的时代又与传说的尧舜时期颇为接近。《豳风》诗篇，以古豳风调演唱的只有《七月》一篇，因为《周礼》有"土鼓、蒉桴、苇籥歔豳诗"之说。至于其他篇章是否用豳乐，没有任何文献上的证据。又，现代有学者提出，"豳风"即鲁国风诗。这在文献也没有任何记载。今据文献可知除上述《七月》用豳乐外，《东山》《破斧》两篇与周公东征有关。至于两篇创作时代，旧说为周初，也不可信，因为篇章风调表明，这些作品再早不过西周中期。又据《左传·襄公二十九年》所载"季札观乐"演奏次第，《豳风》是排在《齐风》之后的，应反映的是周代乐工编排的次序。

《豳风》七篇。

七 月

七月[1]流火[2]，九月授衣[3]。一之日[4]觱发[5]，二之日[6]栗烈[7]。无衣无褐[8]，何以卒岁[9]？三之日[10]于耜[11]，四之日之举趾[12]。同[13]我妇子，馌[14]彼南亩⑮，田畯⑯至喜⑰。

◎ **注释** ①〔七月〕夏历七月，阳历的八九月份。②〔流火〕火星西偏。流，偏向。火，东方苍龙七宿的第二颗星，称心宿二，因其最亮，又称大火。古人或在早晨（旦）、或傍晚（昏）时分观测它在天空的位置，以此来判断时令。诗句"流火"，是说夏历七月的黄昏时分观测大火星，其位置已经偏西，意味着夏去秋来，天气转凉了。③〔九月授衣〕九月，夏历九月，阳历十月左右。授衣，向农夫颁发衣服。④〔一之日〕周历的正月，即夏历十一月。⑤〔觱发〕寒风吹拂引起的响声，犹言噼里啪啦。⑥〔二之日〕周历二月，夏历的十二月。⑦〔栗烈〕即凛冽。⑧〔褐〕兽毛或麻质粗布。⑨〔卒岁〕过完一年最后寒冷的日子。⑩〔三之日〕周历三月，夏历正月。⑪〔于耜〕修理农具。于，词头，一般用在动词之前。⑫〔趾〕耜，一种如后世铁锹之类的木质农具。⑬〔同〕聚集。⑭〔馌〕馈食，即送饭田头的意思。⑮〔南亩〕犹言田亩。古代以向阳田地为上。南亩即向阳田地。⑯〔田畯〕田官。⑰〔至喜〕分发食物。"至"同"致"，"喜"同"饎"，饭食。据周礼，每年开春都要举行籍田大礼，田官向参加典礼的农夫农妇分发食物即其中礼节之一。

◎ **章旨** 诗之首章。言寒暑之变，总起全篇；继言秋冬以至于来年开春时的天气变化及各种活动。杨慎《升庵经说》："谚云，三九二十七，篱头吹觱栗。"又曰："万象唯风难画。"

七月流火，九月授衣。春日载阳①，有鸣仓庚②。女执懿筐③，遵④彼微行⑤，爰⑥求柔桑⑦。春日迟迟⑧，采⑨蘩⑩祁祁⑪。女心伤悲⑫，殆⑬及公子⑭同归⑮。

◎ **注释** ①〔载阳〕开始变暖。载，开始。②〔仓庚〕鸟名，即黄莺。③〔懿筐〕深筐。懿，深。④〔遵〕沿着。⑤〔微行〕田间小径。⑥〔爰〕于焉的合音，于此。⑦〔柔桑〕嫩桑。⑧〔迟迟〕春日舒迟的感受，犹言"暖洋洋"。⑨〔采〕茂盛。⑩〔蘩〕白蒿，一年或二年生草本，开白色花。⑪〔祁祁〕众多。"春日、采蘩"两句，不是写春天光景而已，是采桑女眼中所见。⑫〔伤悲〕伤春，春心惆怅。⑬〔殆〕差不多。⑭〔公子〕诸侯女儿,古时称公子。⑮〔同归〕一起出嫁。这两句是说,少女想到女公子出嫁时,也差不多就是自己嫁人的时节了,心中不免充满了各种愁绪。

◎ **章旨** 诗之二章。言春日少女采桑之事。钱锺书《管锥编》:"吾国咏'伤春'之词章者,莫古于斯。"全篇格调强健,此章则别见妩媚。

七月流火,八月萑苇①。蚕月②条桑③,取彼斧斨④,以伐远扬⑤,猗⑥彼女桑⑦。七月鸣鵙⑧,八月载绩⑨。载⑩玄⑪载黄⑫,我朱孔阳⑬,为公子裳。

◎ **注释** ①〔萑苇〕荻草和苇子,可以作蚕箔用。②〔蚕月〕养蚕的月份,即夏历三月。③〔条桑〕条理、修整桑树。④〔斨〕旧说椭孔为斧,方孔为斨,实则斧头所以分两种,不在孔的方圆,而在安装亦即孔的位置:一般孔的位置靠近斧头顶部的斧子,适宜砍伐开荒,今林业工人仍使用;另一种斧柄孔在斧头中间,这就是斨。斨在使用上更适宜木工或家用。⑤〔远扬〕伸得很高的枝条。⑥〔猗〕丰茂。⑦〔女桑〕即柔桑、嫩桑,即新生的鲜嫩副芽。⑧〔鵙〕鸟名,又称伯劳,叫声高而快,在北方,夏历五月开始鸣叫,一直到寒冷时节来临。⑨〔载绩〕开始纺绩织布。⑩〔载〕连词,连接两个动词,且、又的意思。⑪〔玄〕黑中带红。古代染织,需在染液中反复浸润;晾干之后再次浸润,为一"入";五六入之后,可成玄色。⑫〔黄〕黄色。黄色的染成,多用荩草、地黄和黄栌为染料,考古发现,也有用矿物质石黄为燃料的。参扬之水《诗经名物新证》。两句是说,所纺的布,有黑色、有黄色,还有红色。⑬〔我朱孔阳〕我,在此只起调整音节的作用。朱,深红色。孔,甚,十分。阳,光灿灿的色泽。

◎ **章旨** 诗之三章。言三月之事,由条桑写到纺绩为裳。句法打破两句为一意群的惯例,长短参差。

四月秀葽①,五月鸣蜩②。八月其获③,十月陨萚④。一之日于貉⑤,取彼狐狸,为公子裘。二之日其同⑥,载缵⑦武功⑧。言⑨私⑩其豵⑪,献豵⑫于公⑬。

◎ **注释** ①〔秀葽〕秀，开花；葽，苦菜。②〔蜩〕蝉。③〔获〕收获。④〔陨萚〕植物枝叶凋零。⑤〔于貉〕犹言"于猎"，句法犹"于耜""于茅"。貉又称狗獾，似狐，较肥胖，尾巴短，在古代其皮毛十分贵重。⑥〔同〕会同、集合。⑦〔缵〕继续。⑧〔武功〕即上句的狩猎活动，古代操练军阵即经由狩猎而进行，因为狩猎的车驾武器与战阵相同。⑨〔言〕语词。⑩〔私〕私人所有。⑪〔豵〕小野猪。⑫〔豜〕大野猪。⑬〔公〕公家。

◎ **章旨** 诗之四章。言秋冬季之际，万物陨落，农功已毕，开始狩猎、讲武。

五月斯螽①动股②，六月莎鸡③振羽④。七月在野⑤，八月在宇⑥，九月在户⑦，十月蟋蟀入我床⑧下。穹窒熏鼠⑨，塞向⑩墐户⑪。嗟⑫我妇子，曰为⑬改岁⑭，入此室处⑮。

◎ **注释** ①〔斯螽〕又名螽斯，善跳跃。②〔动股〕蝗虫大腿内侧有齿状物，与前翅的突起的径脉摩擦发出声音。③〔莎鸡〕也是蝗类昆虫，与斯螽相比，头部没有那么平翘，身体黄褐色，比斯螽要粗短一些，两条触须很长，飘向身后。④〔振羽〕振动翅膀以使音锉与刮器互相作用发出声响。⑤〔野〕野外。⑥〔宇〕屋檐下。⑦〔户〕房门。此指室内。⑧〔床〕卧具。⑨〔熏鼠〕用烟熏走老鼠。⑩〔塞向〕堵塞朝北的窗户。向，朝北的窗户。⑪〔墐户〕涂抹塞住门的缝隙。古代庶民之家，一般用荆条编织成门。⑫〔嗟〕嗟叹。⑬〔曰为〕将要。曰，语词。⑭〔改岁〕过年的意思。夏历的十月即周历的十二月。⑮〔处〕安处。

◎ **章旨** 诗之五章。言月令之变，从五月直贯十月；十一月为周历正月，故诗称"改岁""室处"；"七月"以下四句自远而近，藏头露尾，句法奇特。郑玄曰："自七月在野，至十月入说我床下，皆谓蟋蟀也。言此三物（斯螽、莎鸡、蟋蟀——引者）之如此，著（表明）将寒有渐，非卒（猝然）来也。"吕本中《童蒙诗训》引张文潜说："《诗》三百篇……非深于文章者不能作，如'七月在野'至'入我床下'，于七月以下皆不道破，直至十月方言蟋蟀，非深于文章者能为之耶？"牛运震《诗志》："'嗟我妇子'数语作悲苦气息，妙。一时风俗安和，正忾然可思。"

六月食郁①及薁②，七月亨③葵④及菽⑤。八月剥⑥枣，十月获稻。为此春酒⑦，以介⑧眉寿⑨。七月食瓜⑩，八月断壶⑪，九月叔⑫苴⑬。采荼薪樗，食我农夫。⑭

◎ **注释**　①〔郁〕郁李，果实如樱桃大小，味酸甜，可以酿酒。②〔薁〕细本葡萄。③〔亨〕通"烹"。④〔葵〕冬葵，古代主要的菜蔬。⑤〔菽〕先秦时豆类总称为菽，此处指豆叶，又称藿。⑥〔剥〕通"扑"，击打的意思。⑦〔春酒〕又称冻醪，以稻米为原料，秋天酿制，春天启用，酝酿时间长。⑧〔介〕助。⑨〔眉寿〕长寿，大寿。⑩〔瓜〕甜瓜。⑪〔壶〕瓠瓜。⑫〔叔〕收，拾取。⑬〔苴〕麻的雌株为苴，在此为麻籽的意思。据程瑶田《九谷考》，苴麻籽粒八九月份就有先熟的了，到十月份所有麻籽都成熟，也就是拾取完毕了。⑭〔"采荼"两句〕采荼，以荼为菜。采，菜；名词作动词用。薪樗，以樗为薪。樗，臭椿树木料疏松不成材，故充作新柴。在此也是名词作动词用。食，吃，在此即"养活""过活"之义。这两句承上所述瓜果菜蔬而来，是总结全章之句，强调农夫吃的荼菜，烧的恶臭的薪柴。

◎ **章旨**　诗之六章。杂陈野果菜蔬，尤见稻粱春酒可贵。前数章重在言"衣"，此章侧重言"食"。瓜菜粗陋，薪柴恶臭，极言农耕生活之艰辛，是述古特有的口吻。

九月筑场圃①，十月纳②禾稼③。黍稷重穋④，禾麻菽麦⑤。嗟我农夫，我稼既同⑥，上⑦入⑧执宫功⑨：昼尔⑩于茅⑪，宵尔索绹⑫，亟其⑬乘屋⑭，其始播百谷⑮。

◎ **注释**　①〔场圃〕打谷场，古代打谷场也用来种菜，所以称场圃。②〔纳〕收入场圃。③〔禾稼〕各种农作物总称。下一"禾麻"之禾，应指各种粮食作物。古人用词不避重叠。④〔重穋〕重，字当作"穜"，先种后熟的谷物为穜；后种先熟的谷物为穋。⑤〔麦〕小麦。不过，小麦收获一般在春夏之交，与诗言"十月"不合；若为大麦，一则是《诗》以"来牟"之"牟"称大麦；二来大麦收获，最迟在阳历八九月份，也与"十月"不合。所以，此诗言"麦"只是连类而及，不可坐实理解。⑥〔同〕齐备。⑦〔上〕同"尚"，还要。⑧〔入〕进入城邑。⑨〔宫功〕修建宫室事宜。一般贵族宫室都在大的城邑，多在农闲时调集民夫修建。⑩〔尔〕而。⑪〔于茅〕打茅草。⑫〔索綯〕打草绳。⑬〔亟其〕快快地。⑭〔乘屋〕登上屋顶。⑮〔百谷〕各种谷物。

◎ **章旨**　诗之七章。言秋收及冬日生活，并及春耕准备。一年生活忙忙碌碌，脚步匆匆。前章表食物之粗劣，此章则重在表农事辛劳。讲古是为喻今，此两章显明篇章作意。

二之日凿冰冲冲①，三之日纳于凌阴②。四之日其蚤③，献羔祭韭④。九月肃霜⑤，十月涤场⑥。朋酒⑦斯⑧飨⑨，曰杀羔羊。跻⑩彼公堂⑪，称⑫彼兕觥⑬，万寿无疆⑭！

◎ **注释**　①〔冲冲〕凿冰声。②〔凌阴〕藏冰的地窖。古代富贵人家用窖穴藏冰，以备夏日消暑之用，古人以为这样可以"冬无愆阳，夏无伏阴"，即阴阳平衡。③〔蚤〕早。④〔献羔祭韭〕古人开冰之后要向祖庙献上羔羊鲜韭，称尝鲜之祭。⑤〔肃霜〕即"肃爽"，联绵词，深秋清凉的样子。⑥〔涤场〕即"涤荡"，冬风吹拂、万物摇落的意思。⑦〔朋酒〕两樽酒称朋酒。⑧〔斯〕语词。⑨〔飨〕宴享，乡人年终聚饮。古代聚族而居，一般平民平时劳作，不得饮酒，但秋冬祭祀时可以举行饮酒礼仪，享受祭祀酒肉，古称大酺。其中又尤以"蜡祭"即"合聚万物而索飨之"的年终大节饮酒礼最为盛大，所谓"一国之人皆若狂"，此诗当指蜡祭后的大酺。⑩〔跻〕升。⑪〔公堂〕乡间的公共建筑，平日做学校，年终可用来举行大酺场所。⑫〔称〕高举。⑬〔兕觥〕形状弯曲如牛角的酒杯类器物。⑭〔万寿无疆〕长寿无止期，是古代祝福之语。

◎ **章旨**　诗之八章。先言冬春至秋冬之际各种祭典及飨礼活动。遥应首章"无衣无褐"之发问。孙矿《批评诗经》："衣食为经，月令为纬，草木禽虫为色，横来竖去，无不如意。固是叙述忧勤，然即事感物，兴趣更自有余，体被文质，调兼雅颂，真是无上神品！"

◎ **解读**　《七月》是述说一年农事生活的诗篇，强调农耕不易是其重要内容。诗篇当是周人祭祀后稷、公刘等先公先王典礼上的乐章，用意是向后代子孙讲述先民农事的不易，以此教育子孙不忘农耕传统。诗以一年十二月为"经"，以四时蚕桑耕稼及狩猎活动为"纬"，交织成一幅朴茂的古代农耕生活图景。诗是以时间为线索的，但时序的次第是按叙述人事活动的要求排列的，因而纷错出现。这也使得叙述不呆板，不滞闷。春天来临时有黄莺在鸣叫，四月野菜开花的时节，蝉又叫了。秋天将至，则有斯螽在"动股"，莎鸡在"振羽"。天何言哉，四时行焉！大自然在以各种生灵提醒着人类，亲切如同人类的朋友。桑女伤春之际，一声悠长的仓庚之鸣掠过，是人与自然的气韵相通。人寄身于生趣盎然的自然之中，遵从着天地的节律，努力劳作，创造生活。诗篇没有多少情绪化的表现，如同一位饱经风霜的老农，以家常的口吻述说着农事生活，处处流露着对农事生活的热爱，处处表现着农人对大自然的亲近。

鸱 鸮

鸱鸮①鸱鸮，既取我子，无毁我室。恩②斯③勤斯，鬻子④之闵⑤斯！

◎ **注释**　①〔鸱鸮〕猫头鹰。②〔恩〕爱。一说，通"殷"，即尽心劳苦之义，与下"勤"同义。③〔斯〕语词。④〔鬻子〕养育孩子。鬻，通"育"。一说，鬻子为稚子，指周成王。⑤〔闵〕劳苦费心。

◎ **章旨**　诗之首章。告鸱鸮无毁我室，并言育子之辛劳。哀哀呼告，"石人下泪矣"！（钟惺）

迨①天之未阴雨，彻②彼桑土③，绸缪④牖⑤户⑥。今女⑦下民，或敢⑧侮

◎ 国风

予！

◎ **注释**　①〔迨〕趁着。②〔彻〕取。③〔桑土〕即桑杜，桑根。④〔绸缪〕捆束、缠绕，即修葺的意思。⑤〔牖〕窗户。⑥〔户〕门。⑦〔女〕汝。⑧〔或敢〕谁敢。或，不定指代词。

◎ **章旨**　诗之二章。言未雨绸缪以防患，是正理。"今女"两句，语气强硬。《孟子》载孔子语曰："为此诗者，其知道乎？能治其国家，谁敢侮之！"

予手拮据①，予所②捋荼③；予所蓄④租⑤，予口卒瘏⑥，曰⑦予未有室家！

◎ **注释**　①〔拮据〕手因疲而痉挛，不能自如伸展。②〔所〕通"尚"，还得。③〔荼〕茅草花，用以垫巢。④〔蓄〕储备。⑤〔租〕据马瑞辰《通释》：通"苴"，茅草。⑥〔卒瘏〕卒，通"瘁"，卒、瘏都是劳累致病的意思。⑦〔曰〕语词。

◎ **章旨**　诗之三章。极言"绸缪牖户"之辛苦。然手口劳瘁，仍无室家，处境堪忧。四句排比，句法奇特。

予羽谯谯①，予尾翛翛②；予室翘翘③，风雨所漂摇④，予维音哓哓⑤。

◎ **注释**　①〔谯谯〕羽毛枯黄的样子。②〔翛翛〕羽毛萎缩败坏的样子。③〔翘翘〕高而危险的样子。④〔漂摇〕摇晃摆动。⑤〔哓哓〕形容凄苦的叫声。

◎ **章旨**　诗之四章。极言劳瘁，然危殆之局并无改善。连用四"予"字领句，也是新奇句法。

◎ **解读**　《鸱鸮》是后人拟作周公向周成王哀切呼告的诗篇。周武王去世，成王年少，周公摄政，并力排众议平定"三监"叛乱，周公权势如日中天。然而这也引发内部的猜疑，如召公就曾疑心周公，周成王料想也不会对周公完全满意。

矛盾的爆发在周公还政成王之后。《史记·蒙恬列传》及《鲁周公世家》均有"周公奔楚"之说。又《尚书·金縢》篇记载："周公居东二年，则罪人斯得。于后公乃为诗以贻王，名之曰《鸱鸮》，王亦未敢诮公。""罪人斯得"，按马融、郑玄解释为"周公之属党与知居摄者"。"罪人"即周公手下。另外"王亦未敢诮公"，近出"清华简"此篇作"王亦未逆公"，"逆"即迎接。综合上述，周公出奔与"罪人斯得"应为同时先后发生的事件，《鸱鸮》表现周公的哀告，正模拟的是出奔后周公的心情。何以这样说？就诗篇风格及语句看，《鸱鸮》绝不会是周初作品，而是问世于周公去世数十年后，此时周公被平反，其家族成员重新得到王朝任用。为了纪念周公，后人模拟周公当时的处境与心境，而作此诗。这是一首禽言诗，寄寓着人对强暴势力的恐惧和防范。诗揭示出一幅强暴欺凌弱小的恐怖图景。但弱小者并未屈服，而是试图以自身的努力抵消恐惧。诗篇所塑造的形象是感人的。"恩斯勤斯"的母爱情结，令人感戴；未雨绸缪的智慧，令人敬服；"拮据""翛翛"的劳敝，令人哀伤；"哓哓"的呼喊，又令人心碎。诗连用"予"字及联绵词，殷殷切切，恓恓惶惶，情绪的表达真可谓曲尽其妙。

东 山

我徂①东山②，慆慆③不归。我来自东，零雨④其濛⑤。我东曰归⑥，我心西悲⑦。制彼裳衣⑧，勿士⑨行枚⑩。蜎蜎⑪者蠋⑫，烝⑬在桑野。敦⑭彼⑮独宿，亦在车下⑯。

◎ **注释**　①〔徂〕往。②〔东山〕即今天的泰沂山地，是山东一带的地标。③〔慆慆〕字又作"滔滔"，义同"遥遥"，时间漫长。④〔零雨〕落雨。⑤〔濛〕细雨貌。⑥〔我东曰归〕与"我来自东"义同。曰，语词。⑦〔西悲〕西归的愁思。⑧〔裳衣〕即常衣，家常衣服。裳，通"常"。⑨〔勿士〕不再从事。士，事。⑩〔行枚〕行军时含在嘴里的木条。古代行军为防止军士发出声音，把木条衔在嘴里，称行枚，又称衔枚。⑪〔蜎蜎〕蠕动貌。⑫〔蠋〕似蚕而不食桑叶的肉虫。⑬〔烝〕同"蒸"，众多貌。一说，即"乃"。⑭〔敦〕蜷缩一团的样子。⑮〔彼〕指士卒。⑯〔车下〕战车下。古代战车可以做营卫，士卒可依蔽车下。

◎ **章旨** 诗之首章。言归途中悲思及途中所见。"西悲"之情，正如漫天阴雨的湿漉沉重。陈子展《诗经直解》引王照圆《诗说》云："何故四章俱云'零雨其濛'？盖行者思家，惟雨、雪之际最难为怀。"扬之水《诗经别裁》："全诗选择一个最佳角度，即'在路上'。"

我徂东山，慆慆不归。我来自东，零雨其濛。果臝①之实，亦施②于宇③。伊威④在室，蟏蛸⑤在户；町畽⑥鹿场⑦，熠耀⑧宵行⑨。不可畏也，伊可怀⑩也。

◎ **注释** ①〔果臝〕又名栝楼，根茎蔓生，果实圆，子可食。喜在房前屋后攀援生长。②〔施〕蔓延。③〔宇〕房檐。④〔伊威〕虫名，又称鼠妇，今北方人称之为潮虫，体型宽扁，多足，色如蚯蚓，背上有蹙起的横纹。⑤〔蟏蛸〕一种长脚的蜘蛛，结网而居，又名喜子。⑥〔町畽〕屋舍旁的空地。⑦〔鹿场〕鹿栖居的地方。⑧〔熠耀〕萤火闪烁貌。⑨〔宵行〕萤火虫。⑩〔怀〕恋。

◎ **章旨** 诗之二章。悬想家中荒芜之景，"果臝"以下数句，植物、昆虫、野兽杂陈，写物琐细，是因为思家深切。吴闿生《诗义会通》："果臝二句，写凄凉景象况，《芜城赋》之祖。"

我徂东山，慆慆不归。我来自东，零雨其濛。鹳①鸣于垤②，妇叹于室。洒扫穹窒③，我征④聿⑤至。有敦瓜苦，烝在栗薪。⑥自我不见，于今三年⑦！

◎ **注释** ①〔鹳〕鹳雀，一种水鸟，尖嘴，喜食鱼，又名负釜、黑尻、背灶。②〔垤〕小土堆。③〔穹窒〕见《七月》。此句中两个动词，与"洒""扫"两动词为并列关系。④〔我征〕我的征人，是妇之口吻。⑤〔聿〕乃，语词。⑥〔"有敦"两句〕敦，圆貌。瓜苦，瓠瓜。苦，通"瓠"。古代结婚时，夫妻有合卺之礼，用一个瓠瓜剖成的容器共饮。下文见瓠瓜而言三年不见，暗示着夫妻离别。栗薪，杂乱堆积的木柴。这两句是说，长有瓠瓜的藤蔓爬满了薪柴，是夏日乡间特有的光景。⑦〔三年〕周公东征一说两年，清华简《金縢》作"三年"，与诗合。

◎ **章旨** 诗之三章。初回到家时所见。"于今三年"，失声之叹。

我徂东山，慆慆不归。我来自东，零雨其濛。仓庚于飞，熠耀其羽。之子于归①，皇驳②其马。亲结其缡③，九十④其仪。其新⑤孔嘉，其旧⑥如之何？

◎ **注释** ①〔于归〕出嫁。②〔皇驳〕黄白间杂。皇，通"黄"。驳，杂色。③〔结、缡〕女子出嫁时最后一道手续是母亲亲自为女儿系缡带，称结缡。缡，系围裙的带子。④〔九十〕言仪式多。⑤〔新〕新结婚的时候。⑥〔旧〕久别。与上文"新"相对。《郑笺》："其新来时甚佳，至今则久矣，不知其如何也？"

◎ **章旨** 诗之四章。三年战争结束，士卒回家娶妻，光景佳美。黄鹂之"熠耀"与迎亲之马"皇驳"相映照，诗篇善表喜庆。最后两句：新婚固然好，那久别重聚老夫老妻又感觉如何？《郑笺》："极序其情乐而戏之。"戴君恩《读风臆评》："此诗曲体人情，无隐不透，直从三军肺腑，扪摅（shū）一过，而温挚婉恻，感激动人。"

◎ **解读** 《东山》是后人为表现周公东征而创制的乐歌。诗篇并没有以夏日的好风光表现士卒的凯旋，而是选择用"零雨其濛"的景象，把士卒的乡情，笼罩在一片阴郁湿褥的氛围之中。三年的征战，"既破我斧，又缺我斨"（《豳风·破斧》），是多少兄弟的死亡，是多少人性的伤害，是多少剿灭征伐，又需要经过多长时间才得平复。诗人没有用光风霁月的笔法表现这些归乡士卒，正是其不浅薄的地方。

破 斧

既破我斧，又缺①我斨②。周公③东征④，四国⑤是皇⑥。哀⑦我人⑧斯⑨，亦⑩孔⑪之将⑫。

◎ **注释** ①〔缺〕残缺，动词。②〔斨〕古代一种斧子。斧、斨非兵器，但战争中可以披荆斩棘，开山修路。两句理解上历来有分歧，一理解为写实，即表战争残酷；一理解为东方叛乱破坏了周王朝完整。前说似更可从。③〔周公〕即周公旦，周武王之弟，据载曾在武王去世后七年间摄政，其间曾大举东征平定叛乱。④〔东征〕指周公平定东方叛乱势力。⑤〔四国〕四方国家。周公东征，虽主要指向殷商反抗势力，却有稳定四方国家的意义。⑥〔皇〕匡正。⑦〔哀〕哀怜。⑧〔我人〕我等小民。⑨〔斯〕语气。⑩〔亦〕也。⑪〔孔〕十分、极其。⑫〔将〕大。此句言东征胜利结束，对我们这些从征小民来说也是大美之事。

◎ **章旨** 诗之首章。言周公东征，破斧、缺斨表旷日持久，且残酷。全篇有叹息，有庆幸，更有赞美。

既破我斧，又缺我锜①。周公东征，四国是吪②。哀我人斯，亦孔之嘉③。

◎ **注释** ①〔锜〕凿子一类的工具。②〔吪〕动、变动，拨乱反正。③〔嘉〕好，善。

◎ **章旨** 诗之二章。含义同诗之首章。下章义同。

既破我斧，又缺我銶①。周公东征，四国是遒②。哀我人斯，亦孔之休③。

◎ 注释 ①〔銶〕凿子一类工具。②〔遒〕凝聚，稳固。③〔休〕美好。

◎ **章旨** 诗之三章。刘玉汝《诗缵绪》："此片三章一意，惟变文协韵耳；语再三而意深远。"

◎ **解读** 《破斧》是表征夫战后余生的庆幸之情的篇章。破斧、缺斨之句，既表现出战事的漫长，又表现出战斗的残酷，还有血肉之躯经历三年征战大难不死的庆幸。诗篇格调颇为高亢，是《小雅》的腔调，而且句式整齐，韵调铿锵，从形制上看也很像一首典礼的乐歌。

伐 柯

伐柯①如何？匪斧不克②。取妻如何？匪媒不得。

◎ **注释** ①〔柯〕斧柄。②〔克〕能。
◎ **章旨** 诗之首章。言婚姻需要媒人，是正则。

伐柯伐柯，其则①不远。我觏②之子③，笾豆④有践⑤。

◎ **注释** ①〔则〕标准。②〔觏〕见、观察。③〔之子〕这位女子。④〔笾豆〕二者都是盛食物的高脚食器，笾为竹制，豆为木制。⑤〔践〕整齐排列貌。
◎ **章旨** 诗之二章。言选贤妻可观其笾豆之事。"伐柯"二句，颇富哲理。
◎ **解读** 《伐柯》是一首有关娶妻智慧的诗篇。诗篇固然强调了媒人的重要，却更注重对所娶之人的实际观察。伐柯没有斧子不行，结婚不善于择偶不行。择偶就要讲究方法和标准，标准在哪里？就像所伐之柯的短长可以取决于手持的斧柄一样，从日常的生活能力，即可以判断女子的贤能与否。诗篇虽然短小，但思路曲折，而且"其则不远"一句，又颇富哲理意味，是一首精彩的短章。

九 罭

九罭①之鱼，鳟②鲂③。我觏之子，衮衣④绣裳⑤。

◎ **注释** ①〔九罭〕网眼细密的渔网。九非实数，虚言其多而已。②〔鳟〕鲤鱼的一种，细鳞赤眼，肉甚美。③〔鲂〕鳊鱼。④〔衮衣〕画有龙的图案的上衣，为上公之服。⑤〔绣裳〕下衣为裳，绣裳即绘有五彩纹饰的下衣。

◎ **章旨**　诗之首章。言设宴接待王室使者。言其衣装，表其地位尊贵。

鸿飞遵渚，公归无所①，于女信处②。

◎ **注释**　①〔"鸿飞"两句〕鸿，又名原鹅、大雁，比一般的雁体形较大，颈长。头顶及颈部呈棕褐，前颈白色，其前白后棕的鲜明对比，是鸿雁区别于其他雁的显著特征。鸿在古代文献中出现，往往代表艰难之象，如《小雅·鸿雁》以鸿雁象征流民遍地，因而后人有"哀鸿遍野"之语。遵，沿着。无所，无处安身。此句是说，周公想回朝，但那里已没有他安身之地。②〔于女信处〕于，在，介词。女，汝，地名。周原出土的周人，甲骨文有"女公用聘"句，可知"女"为地名。一说，"女"即第二人称"你"。诗句是说公没有归处，在你们这里停留。是诗中"衮衣绣裳"的王朝使者所言。亦通。信，住两个晚上。《毛传》："再宿曰信。"处，住。此句是说周公出奔，无处可去，幸而有汝地可以停住。

◎ **章旨**　诗之二章。此章转而言当初周公出奔之事。

鸿飞遵陆①，公归不复②，于女信宿③。

◎ **注释**　①〔陆〕陆地。鸿为水鸟，陆地行走非其所善。②〔不复〕不能复。周公想回而不能复归。③〔宿〕留住，与处同义。

◎ **章旨**　诗之三章。含义同诗之二章。

是以①有衮衣②兮，无以我公归兮③，无使我心悲兮！

◎ **注释**　①〔是以〕终于。言王终于派人前来迎接周公。②〔衮衣〕指服衮衣的王室使者，即首章所言"衮衣绣裳"之人。③〔无以我公归兮〕不要带周公走的意思。以，使，让，介词。

◎ **章旨**　诗之四章。表不舍之情。姚际恒《诗经通论》："忽入急调，扳留情状可见。"戴君恩《读风臆评》评此诗曰："信处信宿，明知公之必归，明知公归之为大义，却说'无以我公归兮''无使我心悲兮'，正诗之巧于写其爱处，真奇真奇！"

◎ **解读**　《九罭》是周公冤情昭雪后，王室派使者迎接周公灵柩西归，汝地之人表挽留惜别之情，因有此篇。诗篇与《鸱鸮》《破斧》一样，是西周中期怀念周公的作品。诗篇可能是宴会乐歌，这是由第一章显示的，"九罭之鱼，鳟鲂"表示宴会的丰盛，以下三章则表挽留及挽留不得的伤情。要注意的是诗最后一章"无以我公归兮"中的"无以"，它表明周公已经去世。就是说将要"归"的不是生者，而是灵柩。史载周公曾经"奔楚"，由此诗看，出奔的周公生前未能返回宗周。此外，"鸿"的意象也应注意，在诸多文献中，鸿出现时，常表艰难之象，诗篇以此起兴，应暗示着周公后来艰危的处境。

狼　跋

狼跋①**其胡**②，**载疐**③**其尾。公孙**④**硕肤**⑤，**赤舄**⑥**几几**⑦。

◎ **注释**　①〔跋〕踩着。②〔胡〕老狼项下的肉囊。③〔疐〕踩着。同上句之"跋"。④〔公孙〕指王公贵族。可能指的是周公之孙，即金文《作册矢令方尊》和《作册矢令方彝》中的"周公子明保"此人为第二代或第三代周公之子，其生活时间为西周中期。旧说"公孙"为"公逊"，不可信。⑤〔硕肤〕体态肥大。硕，大。肤，指腰腹处。⑥〔赤舄〕红色的鞋，以金为饰，为西周高级贵族所穿。⑦〔几几〕鞋尖弯曲貌。

◎ **章旨**　诗之首章。以老狼之态，喻公孙仪态雍容。《毛传》言老狼"进退有难，然而不失其猛"。

狼疐其尾，载跋其胡。公孙硕肤，德音不瑕①。

◎ **注释** ①〔不瑕〕很大，即德音广大。不，即丕；瑕，通"假"，大的意思。一说瑕为瑕疵，即德音无可挑剔。

◎ **章旨** 诗之二章。赞公孙有德音。

◎ **解读** 《狼跋》是赞美周公之孙的篇章。根据《作册矢令方尊》铭文，周穆王一上台即重新起用周公旦后代，并委以重任。这意味着在周昭王死于汉水，东南局势大动荡之下的重大政策调整。在这样的情形下，起用周公旦后人是很可能的；同时，举行纪念周公旦东征业绩的典礼，创作出一些表现当初情景的诗篇加以歌唱，同样也是很可能的。如此的纪念典礼由周公旦之孙以及明保来主持，也是很自然的。如此，诗篇实际是典礼中专门歌唱典礼主持者明保的。如此，可以将《豳风》中有关周公东征的六首诗篇的歌唱顺序作如下推测：《破斧》为第一，表现周公东征的意义及战争的残酷；《东山》为第二，表现归乡将士的内心情感；《伐柯》为第三，写东征结束后周公为未婚士卒娶妻；《鸱鸮》为第四，表现周公艰难中的心志；《九罭》为第五，表周公昭雪后东方人对周公的挽留；最后一首即《狼跋》，表示对被周公之孙的赞美，其实也是表达对王朝重新任用周公家族成员的庆幸。《孔丛子·记义》载孔子之言曰："于《狼跋》见周公之远志，所以为圣也。"但诗篇中并无任何"远志"的表现，但老狼的形象倒是颇为突出，且用它的形象赞美周公旦的后人，也颇为特别。